O PRIMEIRO HOMEM MAU

O PRIMEIRO HOMEM MAU
UM ROMANCE DE MIRANDA JULY

Tradução de
BRUNA BEBER

1ª edição

RIO DE JANEIRO | 2025

Copyright © 2015, Miranda July
Todos os direitos reservados

Título original: *The First Bad Man*

Diagramação: Abreu's System

Todos os direitos reservados. É proibido reproduzir, armazenar ou transmitir partes deste livro, através de quaisquer meios, sem prévia autorização por escrito.

CIP-BRASIL. CATALOGAÇÃO NA PUBLICAÇÃO
SINDICATO NACIONAL DOS EDITORES DE LIVROS, RJ

J91p

July, Miranda, 1974-
  O primeiro homem mau / Miranda July ; tradução Bruna Beber. – 1. ed. – Rio de Janeiro : Amarcord, 2025.

Tradução de: The first bad man
ISBN 978-65-85854-25-2

  1. Ficção americana. I. Beber, Bruna. II. Título.

25-97361.0

CDD: 813
CDU: 82-3(73)

Meri Gleice Rodrigues de Souza – Bibliotecária – CRB-7/6439

Este livro foi revisado segundo o Acordo Ortográfico da Língua Portuguesa de 1990.

Direitos desta tradução adquiridos pela
AMARCORD
Um selo da
EDITORA RECORD LTDA.
Rua Argentina, 171 – 3º andar – São Cristóvão
Rio de Janeiro, RJ – 20921–380
Tel.: (21) 2585–2000

Seja um leitor preferencial Record.
Cadastre-se em www.record.com.br
e receba informações sobre nossos
lançamentos e nossas promoções.

Atendimento e venda direta ao leitor:
sac@record.com.br

Impresso no Brasil
2025

Para Michael Chadbourne Mills

CAPÍTULO 1

Fui dirigindo para o consultório médico como se protagonizasse um filme a que Phillip estava assistindo — janela aberta, cabelos ao vento, uma das mãos no volante. Quando parei no sinal vermelho, fiquei olhando misteriosamente para a frente. *Quem é ela?*, as pessoas devem ter se perguntado. *Quem será aquela mulher de meia-idade no Honda azul?* Entrei no estacionamento, peguei o elevador e apertei o 12 com um movimento de dedo gracioso e casual. O tipo de dedo que topa qualquer coisa. Quando as portas se fecharam, me olhei no espelho do teto e ensaiei qual seria minha expressão se Phillip estivesse na sala de espera. Surpresa, mas não espantada, e é claro que ele não estava no teto, então meu pescoço não ficaria esticado daquele jeito. Caminhando pelo corredor mantive a expressão de *Ah! Ah, olá!* e cheguei.

DR. JENS BROYARD
CROMOTERAPEUTA

Abri a porta.
Nada de Phillip.
Levei um tempo para me recompor. Quase dei meia-volta e fui para casa — mas aí não poderia ligar para agradecer a indicação que ele havia me dado. A recepcionista me entregou uma ficha numa

prancheta; sentei numa cadeira estofada. Não havia o campo "indicação de", então escrevi logo em cima *Indicação de Phillip Bettelheim*.

— Não posso afirmar que ele é o melhor do mundo — disse Phillip no evento de arrecadação da Open Palm.

Phillip estava usando um suéter de cashmere cinza que combinava com a barba.

— Porque tem um cromoterapeuta em Zurique que está pau a pau com ele. Mas o Jens é o melhor de Los Angeles e, sem dúvida, o melhor da costa oeste. Ele curou meu pé de atleta.

Phillip levantou o pé só para que eu sentisse o cheiro.

— Ele passa a maior parte do ano em Amsterdã e escolhe as pessoas que vai atender aqui. Pode dizer que foi indicação de Phillip Bettelheim.

Ele anotou o telefone num guardanapo e se afastou gingando.

— Indicação de Phillip Bettelheim.

— Isso! — gritou já olhando para trás. E passou o resto da noite na pista de dança.

Fiquei olhando para a recepcionista — ela conhecia Phillip. Talvez ele tenha acabado de sair; talvez esteja lá dentro com o médico. Nisso, eu não tinha pensado. Empurrei o cabelo para trás da orelha e fiquei observando a porta do consultório. Um minuto depois saiu uma mulher esbelta com um bebê. O bebê balançava um cristal pendurado numa corda. Conferi se eu e ele tínhamos um vínculo maior do que o que ele tinha com a mãe. Não tínhamos.

Dr. Broyard tinha feições escandinavas e usava uns oculozinhos indagadores. Sentei num sofazão de couro de frente para um biombo japonês de papel enquanto ele lia meu prontuário. Não avistei varinhas mágicas nem esferas massageadoras, mas eu já estava pronta para coisas semelhantes. Se Phillip botava fé na cromoterapia, para mim estava de bom tamanho. Dr. Broyard baixou os óculos.

— Certo. *Globus hystericus*. Globo faríngeo.

Comecei a explicar do que se tratava, mas ele me interrompeu.

— Sou médico.

— Perdão.

Mas será que médicos de verdade respondem "sou médico"?

Ele examinou minhas bochechas calmamente enquanto fazia furos com uma caneta vermelha num pedaço de papel. No papel havia um rosto desenhado, um rosto qualquer com a legenda CHERYL GLICKMAN.

— Essas marcas são...?
— A rosácea.

Os olhos no papel eram grandes e arredondados, mas os meus somem quando sorrio, e meu nariz é mais de batata. Portanto os traços da minha fisionomia são bem proporcionais. Até hoje ninguém percebeu isso. Também minhas orelhas: conchinhas graciosas. É por isso que uso o cabelo atrás das orelhas; quando entro em ambientes lotados ponho as orelhas na frente, entro andando de lado. Ele circulou a garganta no papel e fez hachuras minuciosas.

— Há quanto tempo você tem globus?
— Vai e vem há uns trinta anos. Talvez quarenta.
— Fez algum tratamento?
— Já tentei ser encaminhada para cirurgia.
— Cirurgia.
— É, pra tentar tirar esse caroço.
— Mas você sabe que não se trata de um caroço.
— Pois é.
— O tratamento mais comum é a psicoterapia.
— Eu sei.

Não expliquei que era solteira. Terapia é coisa de casal. Natal também. Acampar também. Acampar na praia também. Dr. Broyard deu um puxão numa gaveta cheia de frasquinhos de vidro e pegou um etiquetado como "vermelho". Espiei o líquido translúcido. Parecia água pura.

— Essa é a *essência* do vermelho — disse, ríspido, farejando meu ceticismo. — O vermelho é uma energia que só desenvolve tonalidade em sua forma bruta. Tome trinta gotas agora e trinta gotas a cada manhã antes da primeira micção.

Engoli a medida de um conta-gotas.

— Mas por que antes da primeira micção?

— Antes de levantar e se movimentar, o movimento aumenta a temperatura corporal basal.

Fiquei pensando. E se a pessoa acordasse e fizesse sexo antes de urinar? Certamente também haveria um aumento da temperatura corporal basal. Se eu tivesse trinta e poucos, em vez de quarenta e poucos, ele diria antes da primeira micção *ou relação sexual*? Esse é o problema dos homens da minha idade, de algum jeito sou sempre mais velha do que eles. Phillip está na casa dos sessenta, é provável que me veja como uma mulher mais jovem, quase uma garota. Não que já esteja pensando em mim — sou só uma funcionária da Open Palm. Mas essas coisas mudam de uma hora para outra; inclusive poderia ter pensado em mim hoje, na sala de espera. Se eu ligar para ele, é bem capaz que aconteça. Dr. Broyard me entregou um formulário.

— Isso aqui você deixa com a Ruthie na recepção. Agendei uma consulta de retorno, mas se sentir que o globus enosou mais antes disso considere algum tipo de terapia.

— Vou ganhar um cristal daquele? — perguntei, apontando para uma constelação pendurada na janela.

— Pedra do sol? Quando você voltar.

A recepcionista xerocou a carteirinha do meu plano de saúde enquanto explicava que o plano de saúde não cobre cromoterapia.

— Temos vaga para o dia dezenove de junho. Você prefere manhã ou tarde?

Ele tinha um cabelo grisalho nojento que batia na cintura. O meu também é grisalho mas é mais bem cuidado.

— Não sei... manhã?

Ainda estávamos em fevereiro. Em junho talvez Phillip e eu já fôssemos um casal, talvez viéssemos ao consultório do dr. Broyard juntos, de mãos dadas.

— Não tem uma data mais próxima?

— O doutor só vem aqui três vezes por ano.

Vasculhei a sala de espera e perguntei:

— Mas quem vai regar essa planta?

Abaixei e enfiei o dedo na terra da samambaia. Estava molhada.

— Ele divide o consultório com outro médico — respondeu ela, tamborilando o mostruário de acrílico com dois montinhos de cartões de visitas: dr. Broyard e dra. Tibbets, assistente social clínica. Tentei pegar um cartão da Tibbets com o dedo sujo de terra.

— Às nove e quarenta e cinco da manhã, pode ser? — perguntou, me oferecendo uma caixa de Kleenex.

Corri pelo estacionamento segurando o celular com as duas mãos. Assim que travei as portas do carro e liguei o ar-condicionado, disquei os nove primeiros números do telefone do Phillip e estaquei. Nunca tinha ligado para ele; nos últimos seis anos era sempre ele que me ligava, e só no número da Open Palm e só como membro do conselho. Talvez não fosse boa ideia ligar. Suzanne diria que sim. Ela havia tomado iniciativa com Carl. Suzanne e Carl eram meus chefes.

— Se você sente que rola algo entre vocês não se acanhe — me disse uma vez.

— Me dá um exemplo do que é não se acanhar?

— Mostra tua quentura.

Esperei quatro dias — para bombardeá-la com perguntas — e depois pedi um exemplo do que seria mostrar minha quentura. Ela ficou olhando para mim por um tempo e aí tirou um envelope velho da lixeira e fez um desenho de pera.

— Essa é a forma do seu corpo. Certo? Muito pequeno em cima e não tão pequeno em baixo.

Em seguida explicou o truque de usar cores escuras embaixo e cores claras em cima. Agora toda vez que vejo uma mulher com essa combinação de cores, reparo se ela também é uma pera, e geralmente é... duas peras se reconhecem.

Logo abaixo do desenho, anotou o número de telefone de uma pessoa que achava mais apropriada para mim do que o Phillip — um pai divorciado e beberrão chamado Mark Kwon. Ele me levou para jantar no Mandarette, em Beverly Hills. Não deu em nada e ela disse que talvez estivesse dando murro em ponta de faca.

— Vai ver o problema não é o Mark, talvez você nem goste de homem.

As pessoas acham isso por causa do meu cabelo; é curtinho. Também uso sapatos que são próprios para pisar no chão, Rockports ou tênis branco em vez de salto alto emperiquitado. Mas o coração de uma homossexual pularia ao avistar um homem sessentão de suéter cinza? Mark Kwon casou de novo poucos anos atrás; Suzanne fez questão de me contar. Apertei o último dígito do telefone de Phillip.

— Alô.

Parecia sonolento.

— Oi, é a Cheryl.

— Quem?

— Da Open Palm.

— Ah, claro, oi! Que evento maravilhoso, me esbaldei. Em que posso ajudar, Cheryl?

— Tô ligando pra contar que fui no doutor Broyard.

Silêncio longo.

— O cromoterapeuta — completei.

— Jens! Ele é ótimo, né?

Respondi que era fenomenal.

Eu já estava com esse plano na cabeça, usar a mesma palavra que ele havia usado para descrever meu colar no evento de arrecadação de fundos. Levantando as contas pesadas sobre o meu peito, disparou "Fenomenal, onde você comprou?" e eu respondi "Numa feirinha de produtores locais" e em seguida usou as contas para me puxar para perto dele: "Veja só", respondeu ele. "Gostei, muito bem-feito." Uma excêntrica como Nakako, a pessoa que melhor redigia projetos para levantar fundos, deve ter achado essa cena degradante, mas eu sabia que essa degradação era só uma piada; ele estava zombando dos homens que fariam coisas como essas. Há anos ele faz coisas desse tipo; uma vez, durante uma reunião do conselho, cismou que minha blusa não estava fechada na parte de trás, então abriu a blusa rindo. Eu também ri e rapidamente estiquei a mão para fechá-la. A piada era a seguinte: *você sabe do que as pessoas são capazes? A grosseria de algumas atitudes delas?* Mas era mais que isso, afinal imitar pessoas grosseiras pode ser libertador, como fingir ser criança ou maluco. O tipo de coisa que só pode ser feita com quem confiamos de verdade, que atesta nossa sanidade e caráter. Depois que ele soltou meu colar tive uma rápida crise de tosse, e foi aí que chegamos no assunto do meu globus e do cromoterapeuta.

A palavra *fenomenal* não despertou qualquer reação nele; prosseguiu dizendo que o dr. Broyard era caro mas valia a pena, e o tom de sua voz começou a se elevar ao se despedir educadamente.

— Bom, então nos vemos na reunião do conselho ama...

Mas antes que ele completasse "nhã", eu o interrompi.

— Qualquer coisa grita!

— Como assim?

— Estou a seu dispor. Qualquer coisa é só gritar.

Silêncio total. Imensas catedrais abobadadas nunca suportaram o vazio. Ele pigarreou. O som do pigarro ecoou, quicou na abóboda, espantou os pombos.

— Cheryl?

— Diga.

— Preciso desligar.

Fiquei em silêncio. Ele desligaria essa ligação só se fosse por cima do meu cadáver.

— Tchauzinho — disse ele e, só depois de uma pausa, desligou.

Guardei o telefone na bolsa. Não sei se já era o vermelho fazendo efeito, mas comecei a sentir aquela comichão pinicando no nariz e nos olhos, a sensação de um milhão de alfinetezinhos se transfigurando na onda monumental e salobra da vergonha que rasgava minhas lágrimas a caminho da sarjeta. O grito subiu para a minha garganta provocando um inchaço, mas em vez de continuar subindo, se agachou por ali e virou uma bola aguerrida. *Globus hystericus.*

Senti uma batida no meu carro e dei um pulo. Era a porta do carro ao lado; uma mulher manobrava seu bebê na cadeirinha. Segurei a garganta e me inclinei para olhar, mas o cabelo tampava seu rosto, então não pude afirmar se era um dos bebês que eu achava que era meu. Não meu, biologicamente, mas... familiar a mim. Eu chamo esses bebês de Kubelko Bondy. Em poucos segundos consigo verificar; quase sempre eu nem percebo que estou fazendo isso, e quando vi já fiz.

O casal Bondy foi uma amizade passageira dos meus pais no começo dos anos setenta. O sr. e a sra. Bondy e seu filhinho Kubelko. Anos depois, quando perguntei do Kubelko à minha mãe, ela disse que tinha certeza de que o nome dele não era esse, mas qual *era*? Kevin? Marco? Ela não se lembrava. Uma vez nossos pais estavam bebendo vinho na sala de estar e eu tive que brincar com o Kubelko. *Mostra seus brinquedos pra ele.* Quieto, ficou sentado na porta do meu quarto segurando uma colher de madeira e às vezes batia a colher no chão. Olhões pretos, a papada gorda e rosada. Era um menino, um bebê. Um ano e pouco de idade. Em seguida ele jogou a colher no chão e começou a choramingar. Fiquei olhando a cena e esperei alguém vir em socorro, mas ninguém apareceu, então pus ele no meu colo minúsculo e comecei a balançar seu corpo gordinho. Ele se acalmou em segundos. Mantive os braços ao redor do seu corpo e ele olhou para mim e eu olhei para ele e ele olhou para mim e eu tive certeza de que ele me amava mais que a sua mãe e seu pai e que, de maneira muito real e eterna, ele era meu. Como eu tinha só nove anos de idade, não conseguia precisar se ele era meu filho ou meu cônjuge, mas tanto fazia, eu sentia que já estava sendo convocada para a batalha de todas as mágoas. Apertei minha bochecha contra a dele e fiquei com ele no colo pelo tempo que esperava ser a eternidade. Ele adormeceu, eu fiquei à deriva, ora consciente, ora inconsciente, alheia ao tempo e ao espaço, seu corpo quente gigantesco e depois minúsculo — e enfim arrancado abruptamente de mim pela mulher que se dizia sua mãe. Enquanto os adultos se encaminhavam para a porta e trocavam obrigados cansados e estridentes, Kubelko Bondy olhou para mim em pânico.

Faz alguma coisa. Tão me levando embora.

Deixa comigo, não se preocupe, vou dar um jeito.

É claro que eu não ia deixar que o arrastassem pelo sereno da noite, meu bebezinho, não. *Nem mais um passo! Soltem ele!*

Mas minha voz não tinha som, nem chegou a sair da minha cabeça. Segundos depois ele afundou no sereno da noite, meu bebezinho. E ninguém nunca mais o viu.

Exceto eu, que o vi depois disso — vejo-o aqui e ali. Às vezes é um recém-nascido, noutras já consegue andar. Ao tirar o carro da vaga no estacionamento, consegui ver o bebê do carro ao lado com mais nitidez. Uma criança qualquer.

CAPÍTULO 2

Acordei cedo com o barulho dos galhos caindo no quintal. Tomei trinta gotas do vermelho e fiquei ouvindo o barulho da serra a toda. Era Rick, o jardineiro sem-teto que veio de brinde com a casa. Eu nunca contrataria alguém para ficar à espreita na minha casa e invadir minha privacidade, mas não o demiti quando me mudei, porque não queria que ele achasse que eu era uma tirana em comparação com os proprietários anteriores, os Goldfarb. Eles deram uma chave para Rick; às vezes ele usa o banheiro e deixa limões na cozinha. Eu tento dar um jeito de sair antes de ele chegar, mas às sete da manhã é complicado. Às vezes passo três horas dirigindo sem rumo até ele ir embora. Ou dirijo alguns quarteirões, estaciono e durmo no carro. Uma vez ele me viu, enquanto voltava para sua barraca ou caixa, e encostou seu rosto sorridente e barbudo no vidro da janela. Foi difícil arranjar uma desculpa naquele estado de sonolência.

Hoje saí cedo para a Open Palm, queria deixar tudo pronto para a reunião do conselho. O plano era me comportar com muita elegância para que a mulher desajeitada com quem Phillip havia conversado no dia anterior nem sequer fosse reconhecida. Eu não falaria com sotaque britânico em voz alta, mas faria outro sotaque só dentro da minha cabeça e a mensagem seria transmitida.

Jim e Michelle já estavam no escritório, assim como Sarah, a estagiária. Ela tinha levado o bebê para o trabalho; tentava mantê-lo embaixo da mesa, mas é claro que todo mundo conseguia ouvi-lo. Limpei a mesa da sala de reunião e espalhei blocos de papel e canetas. Sendo gerente, não é minha função, mas gosto de deixar tudo mais bonito para Phillip. Jim gritou "Movimento!", a senha para anunciar que Carl e Suzanne já iam entrar na sala. Catei dois vasos gigantes cheios de flores mortas e corri para a cozinha dos funcionários.

— Pode deixar! — exclamou Michelle.

Funcionária nova. Não fui eu que contratei.

— Não precisa — respondi. — Já resolvi.

Ela correu pela lateral e arrancou o vaso da minha mão, ignorante demais para compreender meu sistema de contrapeso. Um dos vasos começou a escorregar, graças à ajuda dela, e eu o soltei em sua mão, mas ela não o segurou. Carl e Suzanne entraram na sala no momento em que o vaso se estatelou no carpete. Phillip estava com eles.

— Olá, olá — cumprimentou Carl.

Phillip usava um suéter maravilhoso cor de vinho. Minha respiração rareou. Eu sempre tinha que me segurar para não correr na direção dele como se fosse sua esposa, como se já fôssemos um casal há cem mil vidas. Homem e mulher da caverna. Rei e rainha. Freiras.

— Essa é Michelle, nossa nova coordenadora de mídia — apresentei-a, apontando para o chão de um jeito esquisito. Ela estava de quatro catando flores marrons pegajosas e agora se esforçava para ficar de pé.

— Eu sou o Phillip.

Michelle apertou a mão dele ainda ajoelhada e troncha, seu rosto era um círculo incandescente de lágrimas. Eu tinha sido cruel sem querer; isso costuma acontecer em momentos de grande estresse e meu arrependimento sempre é corrosivo. No dia seguinte eu traria uma lembrancinha para ela, um vale-presente ou um liquidificador portátil de um litro da marca Ninja. Eu já devia ter lhe dado um presente preventivo; gosto de fazer isso com funcionários novos. Eles chegam em casa dizendo "Meu emprego novo é ótimo, parece mentira... olha o que a gerente me deu!". Porque se chegarem em casa chorando, o cônjuge dirá "Mas, amor, e o liquidificador portátil, tem certeza?". E aí o funcionário novo vai pensar melhor e talvez até se sentir culpado.

Suzanne e Carl saíram de fininho junto com Phillip, e a estagiária Sarah correu para ajudar a limpar a bagunça. O gorgolejo de seu bebê era obstinado e agressivo. Fui até a mesa dela e me agachei para espiar. Ele arrulhou como uma pomba taciturna e sorriu para mim com o alívio do reencontro.

Continuo nascendo nas famílias erradas, afirmou ele.

Assenti, pesarosa. *Eu sei.*

O que eu podia fazer? Tentei tirá-lo do bebê-conforto para finalmente apertá-lo em meus braços de novo, mas não era viável. Dei uma desculpa esfarrapada que ele aceitou com uma piscada lenta e sábia, meu peito se encheu de dor e meu globus inchou. Sigo envelhecendo enquanto ele permanece jovem, meu maridinho. Ou agora é melhor dizer: meu filho. Sarah chegou correndo e deu uma empurrada com o pé no bebê-conforto para o outro lado da mesa. O pezinho dele ficou troncho com o chute.

Não desiste, não desiste.

Nunca, respondi. *Jamais.*

Ia ser muito doloroso vê-lo com frequência. Limpei a garganta, resoluta.

— Não acho apropriado você trazer seu bebê para o trabalho.

— Suzanne disse que não tinha problema. Que ela sempre trazia a Clee pra cá quando ela era pequena.

Verdade. A filha da Suzanne e do Carl costuma vir para o antigo estúdio depois da escola e ficava atrapalhando os cursos, correndo e gritando e tirando a atenção de todo mundo. Eu disse a Sarah que ela poderia permanecer até o fim do expediente, mas que isso não deveria virar rotina. Ela me olhou como se tivesse sido traída, porque é uma mãe que trabalha, feminismo etc. Olhei para ela como se eu tivesse sido traída, afinal estou numa posição superior à dela e ela está tentando tirar vantagem, feminismo etc. Ela abaixou a cabeça. As estagiárias costumam ser mulheres pelas quais Carl e Suzanne sentem pena. Eu fui uma delas há vinte e cinco anos. Naquela época a Open Palm era só um estúdio de defesa pessoal para mulheres; um dojô de taekwondo adaptado.

Um homem pega no seu peito... o que você faz? Um grupo de homens cerca você e joga você no chão, então começam a tirar sua calça... o que você faz? Um homem que você achou que conhecia te encurrala na parede e não deixa você sair... o que você faz? Um homem faz um comentário rude sobre uma parte do seu corpo que ele gostaria que você mostrasse... você mostra? Não. Você se vira e olha bem na cara dele, aponta um dedo para seu nariz e, do fundo do diafragma, grita um "Aiaiaiaiaiai!" altíssimo e gutural. As alunas sempre gostavam dessa parte, de emitir esse som. O clima mudava quando os agressores começavam a abandonar seus trajes de espuma com cabeças gigantes e a simular estupro, estupro coletivo, humilhação sexual e carícias indesejadas. Os homens naqueles trajes na verdade eram gentis e pacíficos — beirando o exagero — mas se tornavam muito vulgares e destemperados durante as encenações. Essa atitude desencadeava fortes emoções para a maioria das mulheres, e o objetivo era esse — qualquer pessoa consegue revidar quando não se sente aterrorizada ou humilhada, quando não está aos prantos ou pedindo seu dinheiro de volta. O senso de realização da aula final sempre era muito tocante. Agressores e alunas se abraçavam e trocavam agradecimentos enquanto tomavam espumante. Tudo era perdoado.

Temos ainda uma aula para adolescentes, mas é só para manter o status de uma empresa sem fins lucrativos — o forte do nosso negócio atualmente são os DVDs fitness. Vender defesa pessoal como exercício físico foi ideia minha. Nossa linha de produtos compete com outros vídeos fitness de ponta; a maioria dos clientes alega não dar muita importância ao aspecto de combate, gostam só da música de batida acelerada e o efeito disso em sua forma física. Quem gosta de assistir a uma mulher sendo abordada num parque? Ninguém. Não fosse eu, Carl e Suzanne ainda estariam fazendo esse tipo deprimente de vídeo de instruções. Eles já estão em parte aposentados desde que se mudaram para Ojai, mas ainda se intrometem na vida dos funcionários e compareçem às reuniões do conselho. Praticamente, embora não oficialmente, eu faço parte do conselho. Faço anotações.

Phillip sentou-se o mais longe possível de mim e pareceu evitar olhar para o lado da sala onde eu estava sentada ao longo de toda a reunião. Eu queria acreditar que estava sendo paranoica, mas depois Suzanne perguntou se havia algum problema entre nós. Confessei que tinha mostrado minha quentura.

— O que isso quer dizer?

Fazia cinco anos que ela havia me dado essa sugestão — talvez não fosse mais uma expressão usada por ela.

— Eu disse a ele que na dúvida... — era algo difícil de se dizer.

— Quê? — disse Suzanne, se encurvando, seus brincos balançando na minha direção.

— Qualquer coisa grita — sussurrei.

— Você disse isso pra ele? É uma frase muito provocativa.

— É?

— Pra uma mulher dizer prum homem? Claro. Certamente você conseguiu... como foi que você disse?

— Mostrar minha quentura.

Carl circulou pelo escritório com uma sacola de lona suja onde se lia COMIDA ORGÂNICA DE OJAI que ele abasteceu com cookies, chá verde e um leite de amêndoas que catou na cozinha dos funcionários, então deu uma passada pelo armário de papelaria, surrupiou resmas de papel, um punhado de canetas, marcadores de texto e alguns corretivos. Eles também têm o costume de desovar as coisas que não sabem que rumo dar por aqui — um carro velho cujo motor não funciona, uma ninhada de gatos, um sofá velho e fedorento que não têm onde guardar. Hoje foi uma quantidade absurda de carne.

— Chama-se beefalo... uma raça híbrida de bisão americano com gado europeu — esclareceu Carl.

Suzanne abriu um isopor.

— Exageramos na quantidade — explicou ela — e vence amanhã.

— Para não deixar apodrecer, achamos que todo mundo poderia comer beefalo hoje à noite... Grátis! — gritou Carl, jogando as mãos para o céu feito Papai Noel.

E começaram a fazer a chamada. Cada funcionário se levantava para receber um pacotinho branco etiquetado com seu nome. Suzanne chamou o nome de Phillip e o meu quase ao mesmo tempo. Fomos juntos até ela, que nos entregou a carne no mesmo segundo. Meu pacote era maior. Eu vi que ele percebeu e olhou para mim.

— Troca comigo — sussurrou.

Franzi a testa para esconder a alegria. Ele me deu a carne que dizia PHILLIP e dei a ele a carne que dizia CHERYL.

Enquanto o beefalo era distribuído, Suzanne assuntava em voz alta se alguém poderia receber a filha deles por algumas semanas enquanto ela procurava um apartamento e um emprego em Los Angeles.

— Ela é uma atriz muito talentosa.

Todo mundo em silêncio.

Suzanne deu uma sacudidela em sua saia longa. Carl esfregou seu barrigão e levantou as sobrancelhas, à espera de um voluntário. A última vez em que Clee esteve no escritório, ela tinha quatorze anos. O cabelo claro preso num rabo de cavalo bem apertado, muito delineador nos olhos, maxiargolas, calça caindo. Ela parecia fazer parte de uma gangue. Isso já faz seis anos, mas ninguém se voluntariou. Até que alguém tomou a iniciativa: Michelle.

O beefalo tinha um retrogosto primitivo. Passei um pano na panela e rasguei o pacote branco com o nome do Phillip. No meio do processo o telefone tocou. Por que rasgar um nome é algo que faz uma pessoa ligar ninguém sabe, nem a ciência consegue explicar. Também dá certo quando apagamos um nome.

— Me senti à vontade pra gritar — disse ele.

Fui para o quarto e me deitei na cama. A princípio não diferia em nada de qualquer outra ligação, exceto o fato de que em seis anos ele nunca tinha ligado para o meu celular pessoal à noite. Falamos sobre a Open Palm e questões surgidas na reunião como se não fossem oito horas da noite e eu estivesse de camisola. Aí, no ponto em que a conversa normalmente chegaria ao fim, fez-se um enorme silêncio. Fiquei sentada no escuro pensando se ele havia desligado sem se dar ao trabalho de desligar. Enfim, num sussurro, ele disse "Talvez eu seja uma pessoa horrível."

Por uma fração de segundo, concordei com ele — achei que estava prestes a confessar um crime, um assassinato, quem sabe. Então me dei conta de que todo mundo acha que é uma pessoa horrível. Mas só fazemos essa confissão antes de demandar o amor de alguém. É como tirar a roupa.

— Que nada — sussurrei de volta. — Você é um homem bom.

— Sou não! — asseverou, sua voz subindo de volume com a euforia. — Você não pode afirmar!

Respondi no mesmo tom e fervor.

— Eu posso, Phillip! Te conheço melhor do que você pensa!

Essa frase o acalmou momentaneamente. Fechei os olhos. Com todos os travesseiros em volta de mim, posicionados na borda da intimidade — me senti um rei. Um rei em seu trono com um banquete servido diante de si.

— Você tá ocupada? — perguntou.

— Tanto quanto você.

— Mas você tá sozinha?

— Eu moro sozinha.

— Imaginei.

— Sério? O que te fez imaginar isso?

— Ah, eu pensei: *acho que ela mora sozinha.*

— Acertou.

— Tenho uma confissão a fazer.

Fechei os olhos de novo, um rei.

— Preciso tirar esse peso de mim — prosseguiu ele. — Você não precisa responder nada, basta que me escute.

— Tá bom.

— Eita, tô nervoso. Estou suando. Não precisa responder, tá? Vou falar e aí podemos desligar e deixo você dormir.
— Já estou na cama.
— Ótimo. Então vai dormir e me liga amanhã de manhã.
— Vou fazer isso.
— Tá, nos falamos amanhã.
— Peraí, você não fez a confissão.
— Eu sei, fiquei assustado e... sei lá. Passou. Vai dormir, vai.
Me sentei na cama.
— Então ligo pra você amanhã de manhã?
— Pode deixar que te ligo à noite.
— Obrigada.
— Boa noite.

Foi difícil pensar numa confissão que faria alguém suar e que não fosse criminosa ou romântica. E com que frequência as pessoas, aquelas que conhecemos, cometem crimes graves? Fiquei aflita, não dormi. Ao amanhecer, experienciei uma evacuação feroz e involuntária do meu intestino. Tomei trinta gotas do vermelho e apertei meu globus. Ainda estava duro. Jim ligou às onze informando uma miniemergência. Jim é o gerente alocado no escritório.
— Tem a ver com o Phillip?
Talvez tivéssemos que ir às pressas à casa dele e eu enfim descobriria onde ele morava.
— Michelle mudou de ideia.
— Ãhn.
— Ela quer que Clee vá embora.
— Certo.
— Você pode hospedá-la?
Quando você mora sozinha as pessoas sempre acham que podem ficar na sua casa, mas a verdade é outra: elas devem ficar na casa de alguém que já vive na baderna que é dividir a casa com outras pessoas e mais uma não fará diferença.

— Adoraria, queria muito poder ajudar — respondi.

— Não foi ideia minha, é coisa do Carl e da Suzanne. Eles não entenderam por que você não se ofereceu já que é quase da família.

Apertei os lábios. Uma vez Carl me chamou de *ginjo*, e eu jurava que significava "irmã" até ele me dizer que é "homem" em japonês, em geral um ancião que vive isolado e mantém a fogueira acesa em prol do bem-estar de todo o povoado.

— Nos mitos antigos ele queima as próprias roupas e até os ossos para alimentar a fogueira — contou Carl.

Fiquei calada para que ele prosseguisse; adoro quando as pessoas me descrevem.

— E aí chega uma hora que ele tem que encontrar outras coisas para manter o fogo aceso, então ele usa o *ubitsu*. É uma palavra difícil de traduzir, mas basicamente são sonhos tão pesados que têm massa e peso infinitos. Ele queima esses sonhos, e o fogo nunca se apaga.

Na sequência ele me falou que meu estilo de gerência era mais eficaz a distância, então agora eu tinha que trabalhar de casa, mas era bem-vinda uma vez por semana e nas reuniões do conselho.

Minha casa não é muito grande; tentei imaginar outra pessoa vivendo comigo.

— Eles disseram que sou quase da família?

— Não precisaram dizer... por acaso você diz que sua mãe é quase da família?

— Não.

— Viu?

— E quando ela vai chegar?

— Hoje à noite, de mala e cuia.

— Eu tenho uma ligação importante hoje à noite.

— Muito obrigado, Cheryl.

Tirei meu computador do quartinho dos fundos e armei uma cama dobrável que é mais confortável do que parece. Coloquei uma toalha de rosto em cima de uma toalha de mão em cima de uma toalha de banho e as deixei sobre a capa do edredom que ela poderia usar sobre o seu edredom. Pus uma bala de hortelã sem açúcar em cima da toalha de rosto. Passei Windex em todas as torneiras da banheira e da pia para que ficassem com cara de novas, também na descarga. Coloquei as frutas numa tigela de cerâmica para que pudesse apontar na direção da tigela ao dizer "Pode comer o que você quiser. A casa é sua." O resto da casa já estava em ordem porque sempre está, graças ao meu sistema.

O sistema não tem nome — eu apenas o chamo de meu sistema. Digamos que uma pessoa está na fossa, ou só com preguiça, e para de lavar a louça. Em pouco tempo a pilha está batendo no teto e parece impossível lavar um garfo que seja. Então a pessoa começa a comer com garfos sujos em pratos sujos e isso lhe dá a impressão de que é uma sem-teto. Em seguida para de tomar banho. E sem tomar banho é mais difícil sair de casa. A pessoa começa a jogar lixo no chão e a fazer xixi nos copos que estão mais próximos da cama. Todo mundo já foi essa pessoa então não há por que julgar e a solução é simples:

Ter menos louça.

O que não abunda não acumula. Essa é a lição principal, mas tem outra:

Evite tirar as coisas de seus lugares.

Quanto tempo você perde levando objetos de um lado para o outro? Antes de afastar alguma coisa de seu local de origem, lembre-se de que em alguma hora você vai ter que levá-la de volta ao seu lugar — vale a pena? Não é melhor ler o livro em pé na frente da estante com o dedo segurando o local onde você vai guardá-lo de volta? Melhor ainda: não leia. E quando *estiver* transportando um objeto, pegue outra coisa que talvez precise levar para o mesmo lado da casa. O nome disso é carona. Vai colocar um sabonete novo no banheiro? Talvez seja melhor esperar as toalhas na secadora e carregá-las junto com o sabonete. Talvez já deixar o sabonete em cima da secadora. E talvez seja melhor deixar para dobrar as toalhas quando for usar o banheiro. Quando chegar a hora exata e estiver no banheiro, veja se é possível colocar o sabonete novo e dobrar as toalhas, afinal as mãos estarão livres. Antes de fazer a toalete, use papel higiênico para remover o excesso de oleosidade do rosto. Hora do jantar: não use pratos. Ponha a frigideira sobre o descanso de panela em cima da mesa. Os pratos são uma regalia para fazer com que convidados se sintam num restaurante. Precisa lavar a frigideira? Se você come só coisas gostosas, não.

Todo nós fazemos a maioria dessas coisas vez ou outra; com o meu sistema você pode fazer todas elas o tempo inteiro. Nunca deixe de fazê-las. Sem que perceba, vira uma natureza secundária, e, da próxima vez que estiver na fossa, ela passa a operar por conta própria. Como uma pessoa rica, em tempo integral, tenho uma serviçal que deixa tudo em ordem para mim — e porque a serviçal sou eu, não há invasão de privacidade. No melhor dos cenários, meu sistema me propicia uma vida mais tranquila. Meus dias são oníricos, sem qualquer aresta, sem os pepinos e abacaxis de que a vida é feita. Depois de passar dias e dias sozinha, viver torna-se tão leve que não consigo mais sentir a mim mesma, é como se eu não existisse.

A campainha tocou às quinze para as nove e nada do Phillip. Se ele ligasse quando ela já tivesse chegado, eu teria que me retirar. E se ela ainda tivesse a aparência de integrante de uma gangue? Ou talvez ela se sinta péssima com a circunstância e, no momento em que me vir, comece a se desculpar. Enquanto eu caminhava até a porta, o mapa-múndi descolou da parede e deslizou para o chão fazendo barulho. Não necessariamente um indício de qualquer coisa.

Ela estava muito mais velha do que aos quatorze anos. Era uma mulher. Tão mulher que por um instante não tive certeza do que eu era. Tinha uma mochilona roxa pendurada no ombro.

— Clee! Bem-vinda!

Ela imediatamente deu um passo para trás como se eu pretendesse abraçá-la.

— Aqui não se entra de sapatos, deixe seus sapatos ali.

Apontei e sorri, aguardei e apontei mais uma vez. Ela olhou para minha fileira de sapatos, diferentes modelos em marrom, então olhou para os seus, que pareciam feitos de chiclete rosa.

— Acho melhor não — respondeu num tom de voz surpreendentemente baixo e rouco.

Ficamos em pé na porta. Pedi que ela esperasse e fui pegar um saco plástico. Ela olhou para mim com uma apatia agressiva enquanto tirava os sapatos e os colocava dentro da sacola.

— Quando sair de casa, não se esqueça de acionar as duas travas, mas quando estiver em casa pode acionar uma só. Se a campainha tocar, você pode abrir isso aqui — eu abri a janelinha que ficava na porta e espiei — pra ver quem é.

Quando tirei o rosto do olho mágico, ela já estava na cozinha.

— Pode comer o que quiser — complementei, correndo atrás dela. — A casa é sua.

Ela pegou duas maçãs e começou a guardar na bolsa, mas logo se deu conta de que uma delas estava machucada e trocou por outra. Apresentei o quartinho dos fundos. Ela jogou a bala de hortelã na boca e deixou a embalagem em cima da toalha de rosto.

— Não tem TV aqui?

— A TV fica no espaço comum. A sala de estar.

Fomos para a sala de estar, e ela ficou olhando para a TV. Não era do tipo plana, mas era grande, embutida na estante de livros. Sobre ela, um paninho tibetano.

— Tem TV a cabo?

— Não. Mas tenho uma boa antena, o sinal dos canais locais é bem nítido.

Antes que eu terminasse de falar, ela pegou o celular e começou a digitar. Fiquei ali, esperando, até que ela me olhou como se dissesse *Sai da minha frente!*

Fui para a cozinha e pus a chaleira no fogo. Pela visão periférica, ainda conseguia vê-la, e foi difícil não me indagar se a mãe do Carl tinha uns peitões. Suzanne, apesar de alta e atraente, nunca seria descrita como um "mulherão", mas essa pessoa recostada no sofá trouxe essa palavra à minha mente. Extrapolava as dimensões do peito — ela era o equilíbrio perfeito entre o loiro e o bronzeado. Talvez estivesse um pouco acima do peso. Ou talvez fosse apenas o jeito como se vestia, calça de moletom magenta bem colada de cintura baixa e várias regatas, ou talvez um sutiã roxo e duas regatas — havia um acúmulo de alças em seus ombros. Seu rosto era bonito mas não se comparava com o corpo. Muito espaço entre os olhos e um narizinho. Também um excesso de rosto abaixo da boca. Queixão. É claro que ela tinha feições mais belas que as minhas, mas caso a pessoa olhasse só para o excesso de espaço entre as feições, eu ganharia. Ela devia ter me agradecido; uma lembrancinha de boas-vindas não seria uma atitude inédita. A chaleira apitou. Ela levantou o olhar do celular e arregalou os olhos numa careta, dando a entender que aquela era a minha cara.

Na hora do jantar perguntei se Clee estava servida de frango e couve no pão torrado. Se ela ficasse intrigada com pão torrado no jantar, eu ia explicar que é mais fácil de fazer do que arroz ou macarrão, mas ainda pode ser considerado um grão. Eu não pretendia expor meu sistema de uma vez só, apenas dar uma informação aqui, outra ali. Ela disse que tinha trazido comida.

— Você quer um prato?
— Não, vou comer na embalagem mesmo.
— Um garfo?
— Beleza.

Dei o garfo para ela e aumentei o volume do meu telefone.

— Estou aguardando uma ligação importante — expliquei.

Ela olhou para trás, como se procurasse a pessoa interessada nessa informação.

— Quando acabar, lava seu garfo e põe aqui junto com suas outras coisas.

Apontei para o cestinho na prateleira onde também estavam o copo, o prato, a faca e a colher dela.

— Já as minhas louças ficam aqui, mas agora estão em uso — e dei um tapinha no cesto vazio ao lado do dela.

Ela olhou para os dois cestos, depois para seu garfo e para o cesto mais uma vez.

— Sei que é meio confuso porque nossas louças parecem iguais, mas quando tudo estiver em uso, ou lavando ou no cesto determinado, não teremos problemas.

— Onde estão as outras louças?

— Há anos eu faço assim, nada é pior do que uma pia cheia de louça.

— Mas onde estão?

— Eu tenho mais. Se você quiser convidar um amigo para jantar, por exemplo...

Quanto mais eu evitava olhar para a caixa na última prateleira, mais eu olhava. Ela acompanhou meus olhos e sorriu.

Na noite seguinte lá estava a pia cheia de louça e nada do Phillip. Como o quartinho dos fundos não tinha TV, Clee se aboletou na sala de estar com suas roupas, comida e litros de Pepsi Diet; tudo a poucos palmos de distância do sofá, que ela havia paramentado com seu próprio travesseiro gigante florido e um saco de dormir roxo. Ali ela falava ao telefone, trocava mensagens de texto e sobretudo assistia à TV. Levei meu computador de volta para o quartinho dos fundos, dobrei a cama e a guardei no sótão. Enquanto minha cabeça estava do outro lado do teto, ela informou que uma pessoa havia aparecido oferecendo um teste gratuito de TV a cabo.

— Foi quando você estava no trabalho. Dá pra cancelar no fim do mês, quando eu for embora. Vai sair de graça.

Não briguei com ela porque me soou como uma espécie de apólice que assegurava sua partida. A TV ficava ligada o tempo todo, dia e noite, estivesse ela acordada ou dormindo ou mesmo assistindo. Eu já tinha ouvido falar que existiam pessoas assim, já tinha visto, aliás, justamente na TV. Passados três dias, escrevi o nome do Phillip num pedaço de papel e o rasguei, mas o truque não funcionou — nunca funciona quando você mais precisa. Também tentei ligar de trás para frente para o número que ele tinha me ligado, o que não é grande coisa, depois tentei sem o código de área e por fim aqueles dez números embaralhados.

Senti um cheiro coagulando-se em volta de Clee, um almiscarado íntimo e ácido a que ela parecia alheia, sem se importar. Presumi que ela tomava banho todas as manhãs, usando géis azuis nocivos e loções plásticas açucaradas. Mas a verdade é que ela não tomava banho. Não tomou no dia seguinte à sua chegada, nem no dia que se seguiu. O odor corporal emanava do fungo que fermentava em seu pé, que levava dois segundos para dar as caras depois de ela passar — um atraso furtivo. Ela só tomou banho no fim de semana e usou o que cheirava como meu xampu.

— Fica à vontade pra usar meu xampu — alertei quando saiu do banheiro. O cabelo estava penteado para trás e tinha uma toalha em volta do pescoço.

— Já usei.

Ri, e ela riu para mim — não uma risada sincera, mas uma gargalhada sarcástica e bufante que durou um bom tempo e que se tornou cada vez mais horrorosa até congelar. Pisquei, grata por não ter chorado, ela passou por mim e me deu uma trombada de ombro. No meu rosto, lia-se a expressão de *Ei, pega leve! Não é legal me ridicularizar na minha própria casa, cujas portas abri generosamente para você. Dessa vez vou relevar, mocinha, mas no futuro espero uma reviravolta de cento e oitenta graus no seu comportamento.* Porém, ela estava digitando no telefone e não percebeu meu olhar. Peguei o telefone e digitei também. Os dez números, agora na ordem certa.

— Olá! — gritei.

Ela virou a cabeça bruscamente. Devia achar que eu não tenho amigos.

— Olá — respondeu ele. — Cheryl?

— Checheryl na linha — lati, saçaricando para o meu quarto. Bati a porta com pressa.

— Essa não foi minha voz normal — sussurrei, agachada atrás da cama —, e na verdade nem precisamos conversar. Eu só precisava fazer uma ligação teste e o número discado foi o seu.

Essa desculpa teria sido mais plausível no começo da frase do que no final.

— Perdão — desculpou-se Phillip —, acabei não ligando pra você.

— Agora estamos quites, afinal te usei na minha ligação teste.

— Acho que fiquei com medo.

— De mim?

— É, e da sociedade. Tá me ouvindo? Tô dirigindo.

— Aonde você tá indo?

— Pro supermercado. Ralphs. Deixa eu te perguntar uma coisa: você acha um problema a diferença de idade? Teria um amante muito mais velho ou muito mais novo que você?

Meus dentes começaram a bater, uma descarga imediata de energia. Phillip era vinte e dois anos mais velho que eu.

— É uma confissão?

— Digamos que sim.

— Tá, sim, claro que teria.

Segurei o maxilar para acalmar meus dentes.

— Você teria?

— Cheryl, você quer mesmo saber o que eu penso?

Sim!

— Claro.

— Acho que todas as pessoas vivas da Terra estão no mesmo barco. A grande maioria vai ser tão jovem ou tão velha que o tempo de vida delas jamais vai coincidir com o seu, e essas pessoas estão fora de cogitação.

— Em muitos níveis.

— Pois é. Então, se acontece de uma pessoa nascer nessa fatiazinha de tempo da sua vida, por que dar importância a meros aninhos? É quase blasfêmia.

— Mas você há de convir que o tempo de vida de algumas nem chega a coincidir — elaborei. — Talvez essas pessoas estejam fora de cogitação.

— Você tá falando de...

— Bebês?

— Sei lá — respondeu ele, pensativo. — Acho que tem que ser recíproco. E fisicamente confortável para ambas as partes. Acho que no caso de um bebê, se é que podemos determinar que um bebê corresponda ao sentimento, a relação tem que ser sensorial ou talvez só enérgica. Mas não menos romântica e significativa.

Ele fez uma pausa.

— Sei que é controverso, mas acho que você entendeu.

— Perfeitamente.

Ele estava nervoso... os homens sempre têm certeza de que serão acusados de um crime horrível depois que falam sobre sentimentos. Para tranquilizá-lo, fiz uma descrição do Kubelko Bondy, nossos trintas anos de desencontros.

— Então ele não é um bebê só... são muitos em um?

Um tom esquisito na voz dele? Ciúme?

— Não, é um bebê só. Mas é interpretado por vários bebês. Ou vai ver é o anfitrião de vários bebês, talvez essa seja a melhor palavra pra ele.

— Saquei. Kubelko... é tchecoslovaco?

— Eu chamo ele assim. Talvez tenha inventado.

Parecia que ele tinha desligado. Fiquei pensando se estávamos a um passo de fazer sexo pelo telefone. Eu nunca tinha feito, mas me ocorreu que seria muito boa nisso. Algumas pessoas acham que é muito importante estar no momento do sexo, estar presente junto da outra pessoa; para mim o que importa é afastar a pessoa e se possível substituí-la pelo meu lance. Seria muito mais fácil fazer isso pelo telefone. Meu lance é só uma fantasia sexual específica e secreta que gosto de cultivar. Perguntei o que ele estava vestindo.

— Calça e camisa. Meia. Sapato.

— Legal. Você tem alguma coisa pra me contar?

— Acho que não.

— Nenhuma confissão?

Ele riu de nervoso.

— Cheryl, cheguei aqui.

Por um instante achei que ele estava na minha casa, esperando na porta. Mas ele estava falando do supermercado, Ralphs. Será que era um convite sutil?

Só havia dois Ralphs onde ele poderia estar, supondo que estava no lado leste. Vesti uma camisa social masculina risca de giz que estava guardando para uma ocasião especial. Se ele me visse com essa roupa ia fazer uma associação inconsciente de que havíamos acordado juntos e a camisa era dele. Uma associação relaxante, pensei. As sacolas reutilizáveis ficavam na cozinha; tentei entrar e sair sem Clee me notar.

— Vai no mercado? Tô precisando de umas coisas.

Complexo explicar que essa não era uma ida a um supermercado qualquer. Ela pôs os pés no painel do carro, dedos bronzeados e imundos num chinelo azul-claro. Um cheiro surreal.

Depois de mudar de ideia algumas vezes, escolhi o Ralphs mais requintado. Andamos de cima a baixo os corredores de comida processada, Clee empurrando o carrinho alguns passos à frente de mim, os peitos balançando com desplante. As mulheres a olhavam da cabeça aos pés e desviavam o olhar. Os homens não desviavam — continuavam olhando ao passar por ela, para esquadrinhar a retaguarda. Eu virava e fazia caretas severas para eles, que não davam a mínima. Alguns homens até disseram oi, como se a conhecessem ou como se tivessem acabado de conhecê-la. Alguns funcionários do Ralphs perguntaram se ela precisava de ajuda com alguma coisa. Estava pronta para esbarrar com Phillip a cada curva, para ele ficar maravilhado e para fazermos compras juntos como o velho casal que fomos por centenas de milhares de vidas antes desta. Ou eu havia perdido seu rastro ou ele estava comprando no outro Ralphs. Um homem que estava na nossa frente na fila do caixa começou a contar espontaneamente para Clee o quanto amava seu filho gordo estatelado no carrinho de compras. Completou que já sabia o que era o amor antes de ter um filho, mas que nada se comparava ao amor que sentia por ele. Eu fiz contato visual com o bebê, mas não houve ressonância entre nós. Ele ficou de boca aberta, babando. Um empacotador ruivo abandonou num pulo o outro caixa para empacotar as compras de Clee.

Ela comprou quatorze refeições congeladas, um Cup-o-Noodles, um pão branco e três litros de Pepsi Diet. O único pacote de papel higiênico que comprei coube dentro da minha mochila. Na volta para casa, comentei brevemente sobre o bairro Los Feliz, sua diversidade, e fiquei quieta. Me senti uma boba com aquela camisa masculina; a decepção inundou o carro. Ela vistoriava as batatas da perna em busca de pelos encravados e os arrancava com as unhas.

— A que você aspira exatamente, no ramo da atuação? — perguntei.
— Como assim?
— Você quer trabalhar no cinema? Ou no teatro?
— Ah, foi isso que minha mãe contou? — bufou. — Atuar não é a minha parada.

Má notícia. Eu só estava esperando a chegada da grande oportunidade, a reunião ou o teste que a tiraria de vez da minha casa.

Comi a couve com ovos na panela, nem ofereci para ela. Fui para a cama cedo. No escuro do quarto, ouvia cada movimento seu. TV ligada, então caminhar silencioso ao banheiro, descarga, sem lavar as mãos, ida ao carro dela para pegar algo, batida da porta do carro, batida da porta da casa. Geladeira aberta, congelador aberto e por fim um apito desconhecido. Pulei da cama.

— Não funciona — alertei, esfregando os olhos. Clee estava apertando os botões do micro-ondas. — Já estava aqui quando me mudei, mas tem um milhão de anos. Não é seguro, e não funciona.

— Ah, vamos tentar — prosseguiu ela, apertando o iniciar. O micro-ondas zuniu, o jantar girava lentamente. Ela espreitava pelo vidro.

— Acho que deu certo.

— É melhor dar um passo pra trás. Radiação. Não é bom para os seus órgãos reprodutores.

Ela ficou olhando para minhas coxas à mostra. Em geral não mostro as pernas, é por isso que não estão depiladas. Não é por um motivo político, é só para economizar tempo. Voltei para a cama. O micro-ondas apitou, a porta foi aberta e se fechou com uma batida.

Na quinta-feira, saí de fininho às sete da manhã para não cruzar com o Rick. Assim que pisei no escritório, ele ligou.

— Desculpa incomodar a senhorita, mas tem uma mulher aqui e ela pediu pra eu ir embora.

Fiquei surpresa que ele tinha meu número, ou mesmo um telefone.

— Só um segundo, ela quer falar com você.

Ouvi uma pancada, o telefone caiu, Clee entrou na linha.

— Esse cara entrou aqui do nada, e chegou a pé.
Ela afastou o telefone.
— Posso ver seu RG? Cartão de visita, sei lá?
Fiquei incomodada com a insolência dela. Em todo caso talvez estivesse me livrando dele.
— Clee, esqueci de falar do Rick, ele é o jardineiro.
Talvez ela o proibisse de voltar e eu não poderia fazer mais nada.
— Quanto você paga pra ele?
— Uns... às vezes dou vinte.
Mentira; nunca dei nada a ele. De repente me senti julgada, acusada.
— Ele é praticamente da família — expliquei.
Mentira maior ainda, eu nem sabia o sobrenome dele.
— Pode botar o Rick na linha, por favor?
Parecia que ela tinha jogado o telefone no chão.
Rick na linha.
— Quer que eu volte outra hora?
— Desculpa, Rick, perdão. Ela é mal-educada.
— Eu tinha feito um bem-bolado com os Goldfarb... eles gostavam... já você, não sei...
— Eu gosto mais que os Goldfarb. *Mi casa es tu casa.*
— Quê?
Sempre achei que ele era latino, mas achei errado. De todo modo, não foi muito sagaz da minha parte ter dito isso.
— Não vamos mudar o combinado, foi só um mal-entendido.
— Na terceira semana do mês que vem vou ter que vir na terça-feira.
— Sem problema, Rick.
— Obrigado. E quanto tempo sua visita vai ficar aqui? — perguntou educadamente.
— Já já ela vai embora, só mais uns dias, e tudo volta ao normal.

CAPÍTULO 3

O quartinho dos fundos e o meu quarto faziam parte da minha jurisdição, a sala de estar e a cozinha eram dela. A porta de entrada e o banheiro eram zonas neutras. Quando eu ia pegar comida na geladeira, me encolhia e saía correndo como se fosse uma ladra. Comia olhando pela janela alta do quartinho dos fundos, ouvindo os programas de TV a que ela assistia. Os personagens estavam sempre gritando, então era muito fácil acompanhar a trama longe da tela. Durante nossa reunião por vídeo das sextas-feiras, Jim perguntou que alvoroço era aquele.

— É a Clee — respondi. — Lembra que ela tá hospedada aqui até encontrar um trabalho?

Em vez de aproveitar essa oportunidade para serem simpáticos e me encherem de elogios, meus colegas de trabalho se fecharam num silêncio culpado. Sobretudo Michelle. Uma pessoa que vestia um suéter bordô passou atrás da cabeça do Jim. Espichei a cabeça.

— É o... quem era?

— Phillip — exclamou Michelle. — Ele acabou de doar uma máquina de expresso pra cozinha dos funcionários.

Ele passou de volta com uma xicrinha na mão.

— Phillip! — gritei. A figura fez uma pausa, parecia confuso.

— É a Cheryl — esclareceu Jim, apontando para a tela.

Phillip foi em direção ao computador e se abaixou para mostrar a cara. Quando me viu, a ponta do seu dedo cresceu de tamanho na câmera — eu imediatamente fiz o mesmo na minha. Nos "tocamos". Ele sorriu e se afastou da tela.

— O que foi isso? — perguntou Jim.

Quando acabou a reunião, pus o robe e fui até a cozinha. Estava farta de me esconder. Se ela fosse grosseira, eu ia deixar rolar. Ela estava vestida com uma camiseta larga que dizia TOMA, TOMA, TOMA, AMA… VEM ASSIM QUE A GENTE GAMA! e não dava para ver se estava de calça ou short, a camisa cobria. Parecia que ela estava esperando a chaleira apitar. Fiquei aliviada; talvez estivesse evitando o micro-ondas.

— Essa água serve dois chás?

Ela me ignorou. Achei que descobriríamos na hora de servir. Tirei minha caneca do meu cesto: embora a pia estivesse cheia de louça, eu prosseguia usando meus próprios itens. Me encostei na parede para massagear os ombros, sorria tranquila para o nada. Deixa rolar, deixar rolar, deixar rolar. Ficamos à espera da chaleira. Ela enfiou um garfo nas camadas de comida calcificada na minha frigideira de só fazer comidas gostosas como se elas estivessem vivas.

— É combinação de sabores — comentei, me protegendo, esquecendo de deixar rolar.

Ela riu heh, heh, heh, e em vez de ficar na defensiva, ri também, e rir deu uma cara engraçada à situação, muito engraçada — para a frigideira e para mim. Me senti leve, desafogada, maravilhada com o universo e seus truques.

— Tá rindo de quê? — O rosto dela virou pedra.

— Disso… — apontei para a panela.

— Você achou que eu tava rindo da frigideira? Tipo, há, há, olha lá a maluquinha da panela suja com seu jeito engraçado de fazer as coisas?

— Não.

— Achou sim, eu sei.

Ela deu um passo na minha direção e começou a falar bem na frente do meu rosto.

— Eu tava rindo porque — senti seus olhos sobrevoando meus cabelos grisalhos, todo meu rosto e seus poros abertos — porque você é deprimente. Totaaalmente deprêee.

Ao dizer a palavra "deprê", ela colocou a palma da mão no meu peito e me encostou na parede. Soltei um "huh" sem querer e meu coração disparou. Ela sentia meu coração bater na palma de sua mão. Com um ar de entusiasmo, ela pressionou um pouco mais forte, então um pouco mais forte, fazendo pausas para que eu tivesse oportunidade de reagir. Eu só pensava em dizer *Ei, você vai ultrapassar meu limite* ou *Você está ultrapassando meus limites* ou *Beleza, tranquilo, você ultrapassou meu limite,* mas de repente senti que ela estava machucando meus ossos, não só os ossos do peito, mas minhas omoplatas rangiam contra a parede, e eu queria me safar daquilo, viver plenamente, sem lesões. Então o que eu disse foi:

— É, tô triste sim.

A chaleira começou a apitar.

— Repete.

— Tô triste.

— Tô nem aí pra sua tristeza.

Assenti velozmente para demonstrar que estava completamente de acordo com ela, contra mim mesma. A chaleira berrava. Ela tirou a mão de mim e despejou a água dentro do copo de isopor contendo noodles — não estava apaziguada, mas indignada com a circunstância da nossa convivência. Saí da cozinha, uma mulher livre com pernas de borracha.

Na cama me enrosquei em mim mesma, apertei o globus. Essa situação que eu estava vivendo tinha qual nome? De que categoria? Quando eu tinha vinte anos, fui assaltada em Seattle, e depois tive uma sensação muito parecida com essa. Naquele contexto, fui à polícia, mas nesse eu teria que agir de outro modo.

Liguei para os meus chefes em Ojai. Carl atendeu de pronto.

— Trabalho ou lazer? — indagou ele.

— Clee — sussurrei. — Tá sendo ótimo hospedá-la, mas...

— Só um segundo. Suz, atende aí! Clee tá aprontando. Nesse telefone não, no do corredor!

— Alô? — mal dava para ouvir a voz de Suzanne porque a ligação chiava.

— Você pegou o telefone ruim! — gritou Carl.

— Peguei não! — berrou Suzanne. — Eu tô no do hall! Por que você precisa estar na linha também?

Ela desligou o telefone do hall, mas eu ainda conseguia ouvi-la ao longe pela extensão do Carl.

— Desliga esse telefone, quero falar com a Cheryl a sós!

— Suzi, você tá me tratando muito mal hoje.

Suzanne tirou o telefone do gancho mas fez uma pausa antes.

— Será que você pode sair daqui? Que saco, monitora todos os meus passos.

— Você vai oferecer dinheiro pra ela? — disse Carl num sussurro que pareceu mais alto que seu tom de voz normal.

— Claro que não. Por acaso estou rasgando dinhe...

Suzanne tapou o telefone com a mão. Fiquei esperando e imaginando qual era o motivo do debate, afinal ambos concordavam que não era o caso de me oferecer dinheiro.

— Cheryl! — exclamou ela.

— Oi.

— Olha, me desculpa, esse casamento anda me tirando do sério.

— Ah, tudo bem — respondi, embora eles só se comunicassem assim, ou pior que isso, aos berros.

— Eu me sinto um lixo — disse ela e em seguida para Carl: — Será que dá pra você sair... estou tendo um particular e não quero ser oprimida.

Então para mim:

— Tudo bem com você?

— Tudo.

— Nem chegamos a agradecer por você estar hospedando a Clee, mas foi de grande valia pra nós...

O tom de voz dela se avolumou e ficou hesitante, eu conseguia enxergar seu rímel escorrendo.

— ... só de saber que ela está convivendo com valores bons. Não se esqueça que ela cresceu em Ojai.

Carl pegou o telefone.

— Cheryl, desculpa esse teatrinho, você não tem que ouvir esse tipo de coisa. Fica à vontade pra desligar.

— Vai à merda, Carl, estou tentando concluir. Todo mundo acha que é uma ideia e tanto se mudar para criar os filhos fora da cidade. E aí depois ficam surpresos quando a criança é contra o aborto e a favor de armas de fogo. Se você visse as amigas dela... Aliás, ela está indo aos testes?

— Não sei dizer.

— Posso falar com ela?

Fiquei pensando se eu ainda estava autorizada a desligar o telefone.

— É melhor ela retornar mais tarde.

— Cheryl, querida, deixa eu falar com ela.

É claro que ela percebeu que eu estava com medo da filha dela. Abri a porta do meu quarto. Clee estava comendo ramen no sofá.

— É a sua mãe — e passei o telefone para ela.

Clee deu um puxão no telefone, foi para o quintal e bateu a porta. Fiquei observando quando passou pela janela, sua boca prestes a dar uma cuspida. A família inteira tinha uma dinâmica de tremenda pressão entre si, eles viviam continuamente em pé de guerra. Segurei meus cotovelos e olhei para o chão. Havia um Cheetos laranja reluzindo no tapete. Próximo ao Cheetos, uma lata vazia de Pepsi Diet; ao lado da lata, duas calcinhas fio-dental de renda verde com um negócio branco no fundilho. Estou descrevendo só a área próxima aos meus pés. Tateei minha garganta, uma rocha dura. Mas não que eu precisasse cuspir em vez de engolir.

Clee entrou em casa feito um raio.

— Uma pessoa chamada... — disse ela olhando para a TV — Phillip Bettelheim te ligou três vezes.

* * *

Retornei a ligação de dentro do carro. Quando ele perguntou como eu estava, aconteceu o que para mim é o equivalente a explodir em lágrimas — minha garganta fechou, meu rosto se retorceu e eu emiti um som tão agudo que não gerou som algum. Então, ouvi um soluço. Phillip estava chorando alto.

— Puxa, o que houve?

Ele parecia estar bem quando nos tocamos pela tela do computador.

— Nada demais, tá tudo bem, o motivo é aquela coisa que te falei antes — fungou, confuso.

— A tal confissão.

— É. Isso tá me enlouquecendo.

Ele começou a rir e em seguida caiu num choro ainda maior. Ofegante, perguntou assim:

— Tudo... bem? Posso só... chorar... mais um pouquinho?

Respondi claro que sim. Eu podia reclamar da Clee outra hora.

A princípio, essa permissão pareceu sufocante para ele, mas logo caiu num tipo diferente de choro que percebi ser de sua predileção — o choro de uma criança, um menininho que não consegue controlar o fôlego, que está fora de si e não pode ser consolado. Mas eu o consolei, "Shh, shh, shh" e "Isso, chorar faz bem", e cada uma dessas palavras pareceu apropriada e o fez chorar ainda mais. Eu me senti parte importante da situação, como se o ajudasse a chegar num lugar que ele sempre quis conhecer e por isso agora ele chorava de gratidão e espanto. Se parasse para pensar, *realmente* era uma situação inacreditável, e conforme os minutos se passavam, eu me esforçava ainda mais. Olhei para as cortinas da minha própria casa e torci para que Clee não estivesse quebrando nada lá dentro. Pensei se algum homem já tinha chorado dessa forma antes, ou mesmo uma mulher adulta. Era provável que faríamos uma troca de papéis a qualquer momento, e ele seria o guia do meu choro desesperado. Conseguia até enxergá-lo, todo gentil, me encorajando a chorar; o grande alívio que eu sentia. "Você está linda", diria ele, tocando minha bochecha cheia de lágrimas e colocando minha mão na altura da braguilha de sua calça. Com uma mexidinha, o banco do carro ficou deitado, quase reto; enquanto o choro dele se renovava, em silêncio abri minha calça e enfiei a mão. Nós assoaríamos o nariz e tiraríamos nossas roupas, mas só as necessárias. Por exemplo, eu ficaria de camisa, meia e talvez de sapato, Phillip faria o mesmo. Tiraríamos nossas calças e roupas íntimas, mas não a dobraríamos porque já teríamos que colocá-las de volta. Deixaríamos tudo no chão para que depois fosse mais fácil. Nos deitaríamos lado a lado na cama nos abraçando e nos beijando muito, Phillip subiria em cima de mim e enfiaria seu pênis entre as minhas pernas e, em seguida, num tom de voz baixo e dominante, sussurraria "Pensa no seu lance." Eu sorriria, grata por ele ter pedido permissão para entrar em mim, fecharia os olhos, me transportando para um quarto muito semelhante àquele onde nossas calças estavam jogadas no chão, e Phillip estava em cima de mim e dentro de mim. Com um tom de voz baixo e dominante, ele diria "Pensa no seu lance", e eu me sentiria inundada de gratidão e alívio, ainda mais que na vez anterior. Fechei os olhos e fui mais uma vez transportada para um quarto semelhante, fantasia dentro da fantasia dentro da fantasia, e não parava de acontecer, escalando numa intensidade que me vi tão dentro de mim mesma que não tinha para onde ir. É assim que a banda toca. Esse é o meu lance, o lance em que gosto de pensar quando estou transando ou me masturbando. Sempre termina com um aperto repentino na virilha seguido de uma fadiga relaxante.

    Enquanto eu fechava a calça ele começou a se acalmar, tentando recuperar o fôlego. Assoou o nariz várias vezes. Comentei "Se acalma, você vai conseguir" e com a emoção dessa frase ele deu mais uma choradinha, talvez por educação, em reconhecimento às minhas palavras. Enfim, silêncio.

    — Nossa, foi muito bom.

    — Foi mesmo — concordei. — Foi maravilhoso.

    — Uma novidade pra mim, em geral não choro na frente de ninguém. Mas com você é diferente.

    — Você teve a sensação de que a gente se conhecia há mais tempo?

— Talvez.

Eu podia contar ou não contar para ele. Resolvei contar.

— E acho que sei qual é a razão — arrisquei.

— Fala.

Ele assoou o nariz mais uma vez.

— Você sabe qual é?

— Me dá uma dica.

— Uma dica... Hmmm... não tem como dar dica. Não tem como fragmentar, é uma coisa só e imensa.

Respirei fundo e fechei os olhos.

— Vejo uma tundra rochosa e uma figura abaixada com características de primatas que se parece muito comigo. Ela acabou de fazer uma bolsa com tripas de animais e está presenteando seu companheiro, um homem da pré-história forte e peludo que se parece muito com você. Ele enfia o dedão na bolsa e acha uma pedra colorida. Presente dela pra ele. Você está acompanhando?

— Não sei, pelo que eu entendi você está falando de pessoas da caverna que se parecem com a gente.

— Que *são* a gente.

— Isso, eu não tinha certeza... tá. Reencarnação?

— Essa palavra não me diz nada.

— Nem pra mim.

— Mas claro, consigo ver a gente no período medieval, abraçados e vestindo casacões. Também consigo ver a gente usando uma coroa. E nos anos quarenta.

— Anos quarenta?

— É.

— Mas eu nasci em quarenta e oito.

— Faz sentido você dizer isso porque estava vendo a gente como um casal muito velho nos anos quarenta. É provável que tenha sido a vida anterior a essa.

Fiz uma pausa. Falei demais. Será? Dependia do que ele dissesse em seguida. Ele pigarreou mas ficou em silêncio. Talvez não dissesse nada, que é o pior defeito dos homens.

— O que nos faz continuar retornando? — perguntou ele, calmamente.

Sorri para o telefone. A pergunta mais fantástica que já me fizeram. Aqui e agora, aninhada no calor do meu carro, com essa pergunta sem resposta nas minhas mãos — acho que foi o momento que mais amei em todas as vidas.

— Não sei — murmurei. Encostei a cabeça no volante e ficamos ali, nadando no tempo, juntos e em silêncio.

— Cheryl, o que você vai fazer sexta à noite? Tô pronto pra me confessar.

O restante da semana eu nem vi passar. Tudo era fantástico e perdoei todas as pessoas, até Clee, mas sem ela saber. Ela era jovem! Enquanto eu almoçava em pé na cozinha dos funcionários, Jim me garantiu que os jovens hoje em dia se expressavam fisicamente melhor do que antigamente; sua sobrinha, por exemplo: uma garota muito corpórea.

— Eles são rudes — comentei.

— Eles não têm medo de expressar seus sentimentos — respondeu ele.

— O que talvez não seja lá tão bom, né? — sugeri.

— Mas é muito saudável — assegurou ele.

— A longo prazo, sim — respondi. — Talvez.

— Eles abraçam mais — respondeu. — Mais do que a gente abraçava.

— Abraçam, sei — comentei.

— Meninos e meninas se abraçam sem segundas intenções.

A conclusão a que cheguei — e era importante que houvesse uma conclusão porque não é recomendável que esses pensamentos se desenvolvam sem categorização ou conclusão — foi que as garotas de hoje em dia, quando não estão abraçando os garotos sem segundas intenções, passam o tempo sendo agressivas com todo mundo. Ao passo que as meninas da minha época sentiam raiva, mas engoliam a raiva e se cortavam e ficavam deprimidas, as garotas de hoje dia só rugiam *arrrrrgh* e encurralavam as pessoas na parede. Quem pode afirmar o que é melhor? No passado a garota se feria; hoje uma outra pessoa, inocente e desavisada, é ferida, e a garota parece se sentir bem. No que diz respeito à justiça, talvez o passado tenha sido uma época melhor.

Sexta à noite, vesti mais uma vez a camisa de risca de giz e passei só um pouquinho de sombra acinzentada. Meu cabelo estava ótimo — meio Julie Andrews, meio Geraldine Ferraro. Quando Phillip buzinou, desembestei pela sala de estar desejando cruzar com Clee.

— Chegaê — disse ela, de pé na porta da cozinha, comendo uma fatia de pão branco torrado.

Apontei para a porta.

— Chega aqui.

Fui até ela.

— Que barulho é esse?

— Meus braceletes? — respondi sacudindo o punho. Pus dois braceletes bem barulhentos para equilibrar com a camisa masculina. A mãozona de Clee apertou meu braço e ela começou a balançá-lo.

— Toda arrumada! — anunciou ela. — A intenção era ficar bonita, mas aí — ela sacudiu com mais força —, olha no que deu.

Ele buzinou de novo, duas vezes.

Ela deu outra mordida na torrada.

— Quem é?

— O nome dele é Phillip.

— É um encontro?

— Não.

Fiquei olhando para o teto. Talvez ela fizesse isso o tempo todo, agisse como se tivesse uma casca grossa, então conseguia suportar a pressão antes de se dar mal. Tomara que conseguisse ter em mente a quantidade ideal de pressão e não ultrapassar esse limite. Phillip bateu na porta. Ela terminou de comer a torrada e usou a mão limpa para baixar meu rosto gentilmente para que meus olhos só pudessem olhar para os dela.

— Eu gostaria que você resolvesse seus problemas *comigo*, não com meus pais.

— Eu não tenho problemas com você — respondi imediatamente.
— Foi o que eu disse pra eles.

A conversa acabou aí. Phillip bateu mais uma vez na porta. Fim de papo. Phillip bateu na porta de novo. Fim de papo. E enfim ela me soltou.

Abri a porta no ângulo necessário para conseguir escapar.

Quando já estávamos em segurança, fora dos limites do bairro, pedi que ele encostasse o carro e ficamos averiguando meu pulso; tudo normal. Ele acendeu a luz interna; tudo certo. Descrevi o tamanho da Clee e o modo como ela havia me segurado, ele disse que supunha que ela pudesse mesmo espremer uma pessoa crente que estava usando um nível normal de pressão, mas que para uma pessoa delicada como eu podia ser doloroso.

— Eu não sou delicada-delicada.
— Em comparação a ela, é sim.
— Faz muito tempo que não a vê?
— Alguns anos.
— Ela é toda grande — respondi. — Muitos homens acham isso atraente.
— Claro, esse tipo de corpo feminino tem uma reserva de gordura que estimula a produção de leite para os filhos, mesmo que o marido não consiga botar comida na mesa. Mas eu confio na minha capacidade de botar comida na mesa.

As palavras *leite* e *gordura* e *comida* embaçaram os vidros numa velocidade em que as palavras esbeltas jamais seriam capazes. Estávamos em meio a uma espécie de nuvem cremosa.

— E se em vez de a gente ir num restaurante — perguntou Phillip —, a gente fosse jantar na minha casa?

Ele dirigia da mesma forma que vivia, com altivez, sem usar a seta, deslizando velozmente pelas pistas em sua Land Rover. No começo, eu ficava olhando para trás para ver se as pistas estavam de fato livres ou se íamos morrer, mas depois mandei a cautela às favas e me entreguei ao calor do banco de couro. Medo é coisa de pobre. E talvez esse tenha sido o momento mais feliz que vivi.

Tudo na cobertura de Phillip era branco ou cinza ou preto. O chão, uma superfície branca imensa e macia. Não havia objetos pessoais — livros, pilha de contas a pagar, nenhum brinquedinho de corda estúpido que ganhara de um amigo. O detergente ficava num recipiente feito de pedra preta; alguém teve o trabalho de transferi-lo da embalagem plástica para essa que é mais respeitável. Phillip jogou as chaves e encostou no meu braço.

— Quer saber de uma?
— Quero.
— Olha nossas camisas.

Fiz uma cara de espanto extremíssima, mas rapidamente a reduzi a uma cara de surpresa desconcertada.

— Você é minha versão feminina.

Meu coração começou a se precipitar como se estivesse pendurado numa corda comprida. Ele disse que esperava que eu gostasse de sushi. Pedi que ele me indicasse onde ficava o lavabo.

O banheiro era todo branco. Me sentei no vaso sanitário e olhei com nostalgia para as minhas coxas. Em breve, elas estariam perpetuamente entrelaçadas nas dele, nunca mais sozinhas, nem quando quisessem. Ninguém evita o destino. Nós nos divertimos muito, eu comigo mesma. Imaginei que dava um tiro num cachorro velho, um cão velho e leal, porque era isso que eu significava para mim mesma. Vai lá, amigão, pega. E me vi obedientemente trotando adiante. Então, abaixei meu rifle e o que aconteceu foi sentir os movimentos peristálticos. O plano não era esse, mas uma vez iniciado o melhor era terminá-lo. Dei descarga, lavei as mãos e, por um golpe de sorte, conferi a privada. Lá estava a merda. Alguém havia de supor que era o cachorro, baleado mas se recusando a morrer. Essa situação poderia sair do meu controle, eu poderia dar descargas e mais descargas. Lá fora, Phillip se perguntaria o que estava acontecendo aqui, e eu teria que responder *Esse cachorro vai acabar mal.*

Mas o cachorro é você, é assim que se vê até hoje?
É.

Mas não é preciso matá-lo, minha querida, ele me consolaria, indo em direção ao vaso sanitário com uma escumadeira. *A gente precisa de um cachorro.*
Mas ele é um cachorro velho de hábitos estranhos e sólidos.
Mas eu também sou assim, minha linda. Todos nós somos.
Dei uma descarga e desceu. Em outro momento eu contaria esse episódio.

Jantamos em silêncio e percebi que a mão dele estava tremendo e entendi que era chegada a hora. Ele ia se confessar. Eu já devo ter sentado de frente para ele em centenas de reuniões do conselho, mas nunca me permiti escrutinar seu rosto. É como ter convicção da aparência da lua sem nunca ter parado para procurar o homem que está nela. Ele tinha rugas que se estiravam dos olhos às bochechas. O cabelo era cheio e cacheado nas laterais, no cocuruto mais rareado. Barba cheia, sobrancelhas desgrenhadas. Sorríamos um para o outro como os velhos amigos que de certa forma somos. Ele suspirou profundamente e começamos a rir.

— Faz tempo que eu quero falar uma coisa pra você — começou.
— Diga.
Ele riu mais uma vez.
— Você já deve ter entendido. Eu dourei essa pílula, mas no fundo ela nem devia ter sido dourada.
— Sim e não — respondi.
— Exatamente, sim e não. Pra outras pessoas sim, mas não pra mim. Sei lá, também não é que merecesse ter sido dourada, é algo importante mas nem tanto...

Ele fez uma pausa e expirou soltando um *xuuuuu* bem longo. Então levantou a cabeça e ficou imóvel.

— É que... eu me apaixonei... por uma mulher que é complementar a mim em todos os sentidos, que me desafia e faz com que eu me sinta... ela me humilha. Ela tem dezesseis anos. O nome dela é Kirsten.

O primeiro nome que me veio à cabeça foi Clee, como se ela estivesse presente, assistindo à minha queda. A cabeça jogada para trás, dando aquela risadinha rouca *heh, heh, heh*. Enfiei a unha numa fatia finíssima de gengibre.

— Mas como você... — tentei engolir mas minha garganta estava completamente fechada — conheceu a Kristen?

— *Kir*, lembra o verbo *ouvir* — ele tocou em sua própria orelha, um lóbulo pendular com um tufo de cabelo brotando do buraco — *sten*. Kirsten. Nos conhecemos na minha aula de terapia craniossacral. Heh, heh, heh.

Fiz que sim com a cabeça.

— Incrível, né? Fazer essa aula aos dezesseis anos? Ela é prafrentex. Um ser sábio e muito evoluído... Tem uma origem complicada, a mãe é totalmente lelé da cuca, usa drogas. Mas a Kirsten... — ele suspirou com os olhos aflitos — transcende.

Fingi que ia dar um gole no vinho mas na verdade cuspi a saliva que estava se acumulando na minha boca.

— É uma paixão correspondida?

Ele assentiu.

— Na verdade é ela que quer consumar a coisa.

— Então quer dizer que vocês ainda não...?

— Não. Ela tava saindo com um cara até bem pouco tempo. Nosso professor. Um cara mais novo, mais próximo da idade dela. Um cara muito firmeza... às vezes acho até que ela devia ter ficado com ele.

— Talvez ele tente reconquistá-la — sugeri.

— Cheryl.

De repente, ele pôs a mão sobre a minha.

— Nós queremos a sua bênção.

A mão dele tinha um calor e um peso que só as mãos de verdade têm. Centenas de mãos imaginárias nunca teriam esse calor. Mantive o olhar em suas unhas encorpadas e primitivas.

— Não entendi.

— O negócio é o seguinte: eu quero, ela quer, mas é uma atração tão fatal que nem conseguimos confiar nela. É real ou é só consequência do tabu? Eu já falei de você pra ela, sobre a relação que temos. Falei da sua força, falei que você é feminista e mora sozinha, e ela concordou que antes de qualquer coisa tínhamos que ouvir sua opinião.

Cuspi o vinho mais uma vez.

— Quando você falou da nossa relação, disse o quê?

— Que você... — ele olhou para os nós vermelhos dos meus dedos — que eu tenho muito a aprender com você.

Com um empurrão, ele apertou seus dedos entre os meus.

— E eu disse a ela como você tem o equilíbrio perfeito das energias masculina e feminina.

Começamos a fazer um pequeno movimento ondular com nossas mãos, enroscando várias vezes os dedos.

— Que você consegue ver as coisas pelo ponto de vista de um homem mas sem deixar o yang te confundir.

Agora, estávamos enroscando as duas mãos, olhando bem nos olhos um do outro. Nossa história se apossava de nós, centenas de milhares de vidas fazendo amor. Nos levantamos da cadeira e ficamos a um palmo quente de distância, as mãos espalmadas.

— Cheryl — sussurrou ele.

— Phillip.

— Não consigo dormir, não consigo pensar. Tô ficando louco.

O palmo se tornou meio palmo. Meu corpo latejava.

— Nós não temos anciãos para nos dar conselhos — resmungou ele. — Não há quem possa nos orientar. Você pode ser nossa guia?

— Mas sou mais nova que você.

— Nem tanto.

— Sou sim. Sou vinte e dois anos mais nova que você.

— E eu sou quarenta e nove anos mais velho do que ela — concluiu, respirando fundo. — Me diz se você topa. Eu não quero que uma pessoa como você pense que eu... nem consigo completar essa frase. Não tem nada a ver com a idade dela... você entendeu, né?

A cada inspiração, o domo macio do meu estômago pressionava a virilha dele, e a cada expiração, sua virilha gentilmente se distanciava de mim. Pra dentro, pra fora, pra dentro, pra fora. Minha respiração ficou mais forte e mais rápida, uma respiração forçada, e Phillip segurava minhas mãos. Mais um segundo e eu estava prestes a usar minha pança inocente e sem dedos para apalpá-lo e explorá-lo, balançando de cima pra baixo. Dei um passo pra trás.

— É uma decisão complexa — peguei meu guardanapo do chão e o coloquei, com muito cuidado, sobre a fileira de peixes rosa intactos. — E muito séria pra mim.

— Certo — disse Phillip, endireitando o corpo e piscando como se eu tivesse acabado de acender a luz. Ele me seguiu até o armário onde estavam minha bolsa e casaco. — Mas e aí?

— Eu vou pensar e te digo. Agora me leva pra casa, por favor.

Clee estava meio dormindo meio assistindo à TV. Quando entrei em casa, ela despertou, surpresa, como se eu estivesse na casa errada. Só de avistar seu rosto bonito e seu queixão fiquei enfurecida. Joguei a bolsa na mesa de centro pois era onde ela costumava ficar antes de Clee se mudar.

— Você precisa tomar vergonha e começar a procurar um emprego — disparei, endireitando a cadeira. — Ou eu vou ligar pros seus pais e contar o que está acontecendo aqui.

Ela sorriu calmamente para mim, estreitando os olhos.

— O que está acontecendo aqui? — perguntou ela.

Fiquei sem palavras. Os simples dados de sua violência me escaparam. De repente, fiquei insegura, como se ela soubesse algo a meu respeito, como se, perante a corte de um tribunal, a culpada fosse eu.

— E se você quer saber — completou ela, pegando o controle remoto —, eu tenho um emprego.

Notícias provavelmente inverídicas.

— Ótimo. E faz o quê?

— Trabalho no supermercado, naquele que nós fomos.

— Você voltou ao Ralphs e preencheu a ficha e fez uma entrevista?

— Não, eles me chamaram pra trabalhar lá... da última vez que fui. Começo amanhã.

Eu vi na minha frente as mãos trêmulas de um homem pregando um crachá no seio dela e me lembrei do que Phillip dissera sobre sua reserva de gordura. Há poucas horas, estávamos em seu carro, eu pensava *Chega de perder tempo falando dela, afinal temos muita coisa a declarar um pro outro.* Levantei o saco de dormir dela por uma das pontas e puxei uma das almofadas do sofá.

— Esse sofá não é uma cama. Você tem que virar as almofadas de vez em quando para elas não perderem a forma.

Virei uma das almofadas e comecei a puxar a outra, sobre a qual ela estava sentada. Meus músculos estavam tensos; eu sabia que não era uma boa ideia, mas continuei puxando a almofada. Não parei de puxar.

Nem vi quando ela se levantou. A curva de seu braço enlaçou meu pescoço e me deu um solavanco para trás. Caí estatelada no sofá — perdi o ar, catatônica. Antes que eu recuperasse o equilíbrio, ela empurrou meu quadril com os joelhos. Eu me debatia. Ela me segurou pelos ombros e ficou observando o pânico tomar conta do meu rosto. Então de repente ela me soltou e saiu da sala. Fiquei deitada, tremendo sem parar. Ela trancou a porta do banheiro num estalido.

Phillip ligou de manhã bem cedo.

— Eu e Kirsten queríamos saber se você já tem uma resposta.

— Posso fazer uma pergunta? — perguntei enquanto apertava um hematoma na parte superior da minha panturrilha.

— Fica à vontade — respondeu Phillip.

— Ela é linda?

— Isso influi na sua decisão?

— Não.

— Deslumbrante.

— Cor do cabelo?

— Loiro.

Cuspi no lenço. Meu globus havia inchado da noite para o dia, e eu não conseguia mais engolir.

— Não, ainda não tenho uma resposta.

Nas três horas seguintes, fiquei deitada com a cabeça na parte da cama onde os pés deveriam estar. Ele estava apaixonado por uma garota de dezesseis anos. Passei anos aprendendo a ser minha própria serviçal para que quando chegasse a hora da desgraça eu conseguisse me safar. Mas a casa não era mais a mesma; Clee havia dilapidado os anos de manutenção cuidadosa. Toda a louça estava suja na pia e o caos generalizado, não fazia mais sentido pensar no meu esquema de caronas — nada me separava de uma vida selvagem e imunda. Então, comecei a mijar nos copos, derrubei um deles e não limpei. Mastigava o pão até virar um purê que era umedecido com goles de água ao limite de engoli-lo ruidosamente como um cavalo. Só os líquidos abriam passagem através do globus, e somente num cenário de deglutição. O Corcel Negro a pão e água. Quando se tratava de água pura, eu virava a menininha Heidi, mergulhava uma concha de mental num poço. Essa é a parte final do livro, quando ela vivia nos Alpes Suíços. Com o suco de laranja, eu passava a ser o Sargento Tainha daquela tirinha do *Recruta Zero* quando ele e o Recruta vão para a Flórida e zeram o open bar de suco de laranja. Glug, glug, glug. Dava certo porque não era eu, era o personagem que engolia, sem qualquer preocupação — só um momentinho dentro da trama. Para cada bebida havia um cenário, exceto cerveja e vinho, porque quando inventei essa técnica eu era muito jovem para beber. Eu deixava a boca aberta para que pudesse cuspir com mais facilidade. Não era só uma garota de dezesseis anos, era uma loira deslumbrante de dezesseis anos. Ele estava louco por ela. Alguém entrou pela porta dos fundos. Rick. A TV ligou no último volume. Não era o Rick.

Ela chegou em casa do Ralphs: era mais tarde do que eu imaginava. Me endireitei na cama e a ouvi trocar de canal sem qualquer ritmo. Minhas costas estavam doendo na região que bati quando ela me jogou no chão, mas era quase um alívio poder me distrair do globus. Meu pescoço parecia um objeto que não tinha qualquer relação com o corpo, a pasta que um empresário perdeu. Quando tateei minha garganta ouvi um barulho de osso e instantaneamente o músculo começou a

se contrair e apertar como se alguém estivesse dando um nó — entrei em desespero e comecei a sacudir as mãos o ar — não, não, não...
Até que a garganta fechou.
Eu havia lido sobre isso na internet, mas nunca tinha acontecido comigo. O músculo esternotireoideo fica tão enrijecido que trava. Às vezes não destrava nunca mais.
— Testando — sussurrei, para ver se ainda conseguia falar. — Som, testando.
Com todo cuidado do mundo, sem mexer o pescoço, peguei o frasco de vidro que estava na mesinha de cabeceira. Escolhendo o cenário da Heidi bebi o vermelho inteiro numa talagada só. Nada mudou. Guiei meu pescoço até o telefone e liguei para o dr. Broyard, mas ele estava em Amsterdã; a mensagem da secretária eletrônica sugeria ligar para a emergência ou deixar nome e telefone para que a dra. Ruth-Anne Tibbets retornasse. Me veio a imagem dos montinhos de cartão de visita nos suportes de acrílico... mas essa era a outra médica. A pessoa responsável por regar a samambaia da sala de espera. Desliguei, liguei de volta e deixei meu nome e telefone. Para uma terapeuta, aquela mensagem parecia curta demais.
— Ah, tenho quarenta e três anos — completei, ainda sussurrando. — Altura média. Cabelos castanhos que agora são grisalhos. Não tenho filhos. Obrigada, aguardo seu retorno. Obrigada.

Dra. Tibbets atendia aos pacientes de terça a quinta. Sugeri hoje, uma quinta, mas ela rebateu com a quinta da semana que vem. Seis dias à base de líquido; talvez eu definhe. Sentindo minha angústia, ela perguntou se era uma emergência. Até terça eu aguento, respondi. Se eu pudesse sair de casa naquele minuto, disse ela, eu seria atendida no horário de seu almoço.
Peguei o carro e fui para o mesmo prédio e peguei o mesmo elevador para o mesmo andar. A placa com o nome do dr. Broyard havia sido substituída por uma com o nome DRA. RUTH-ANNE TIBBETS, ASSISTENTE SOCIAL CLÍNICA — uma placa de plástico que

confluía para uma borda em alumínio. Examinei o corredor e me perguntei quantos consultórios ali eram compartilhados. A maioria dos pacientes jamais teria essa informação; provavelmente era incomum uma só pessoa precisar dos serviços de dois especialistas diferentes que não têm qualquer associação. A recepção estava vazia. Li uma revista de golfe por quinze segundos, e a porta abriu.

Dra. Tibbets era alta, cabelos lisos e grisalhos, uma cara andrógina de cavalo; ela me lembrava alguém, mas eu não sabia quem. Talvez isso indique que uma terapeuta é boa, ter um rosto familiar a todas as pessoas. Ela perguntou se a calefação estava boa — havia um aquecedor que também poderia ser ligado. Eu disse que estava tudo bem.

— Como posso ajudar?

Uma marmita em cima da agenda. Será que ela havia engolido a comida logo depois que o paciente anterior saiu? Ou estava esperando para almoçar, morta de fome?

— Fica à vontade pra almoçar, eu não me incomodo.

Ela sorriu, serena:

— Quando quiser, pode começar a falar.

Virei de lado no sofá de couro mas logo descobri que minhas pernas não cabiam ali, então voltei a ficar de pé; ela não era esse tipo de terapeuta.

Contei do globo faríngeo e do músculo esternotireoideo travado. Ela perguntou se eu conseguia me lembrar de algum incidente desencadeador. Não achei que era a hora de contar do Phillip, então descrevi minha hóspede, o modo como ela circulava pela sala de estar balançando seu cabeção pesado como uma vaca, um touro parrudo e fedorento.

— Touros são machos — respondeu dra. Tibbets.

Mas era isso mesmo. Uma mulher fala demais — se preocupa demais — e cede e cede e cede. Uma mulher toma banho.

— Ela não toma banho?

— Raramente.

Descrevi seu completo desrespeito pela minha casa, encenei as inúmeras coisas que ela tinha feito comigo, e para tal pressionei meu próprio peito e apertei meu próprio pulso. Puxar minha própria cabeça para trás foi mais difícil.

— Talvez não dê a dimensão da dor porque sou eu infringindo a mim mesma.

— Certamente doeu muito — respondeu ela. — E como você resistiu?

Deixei o braço cair e me endireitei no sofá.

— Como assim?

— Você costuma revidar?

— Tá falando de defesa pessoal?

— Exato.

— Ah, não é o caso. É que ela não tem educação — sorri para mim mesma porque parecia que estava em negação. — Você já ouviu falar da Open Palm? Defesa pessoal que ajuda a queimar gordura e criar massa muscular? Eu praticamente sou a inventora desse conceito.

— Você chegou a gritar?

— Não.

— Ou disse "não" para ela?

— Não.

Então dra. Tibbets ficou quieta, como uma advogada que não tinha mais perguntas a fazer. Meu rosto se entortou e senti a dor do meu globus inchando; ela me ofereceu uma caixa de lenço de papel.

De repente saquei porque ela parecia tão familiar.

Ela era a recepcionista do dr. Broyard. Ultrajante. Era ao mesmo tempo a Ruth-Anne Tibbets e a recepcionista da Ruth-Anne Tibbets? O que ela tinha feito com a dra. Tibbets? Alguém precisava saber disso. Mas a quem eu deveria avisar? Para o dr. Broyard ou para a dra. Tibbets é que não, afinal essa farsante, usurpadora, sem dúvida atenderia o telefone. Lentamente, catei minha bolsa e meu suéter. Era melhor não deixar transparecer nem a alarmar.

— Você me ajudou muito, obrigada.

— Restam trinta minutos.

— Não será necessário. Era só um problema de vinte minutos e você conseguiu resolver.

Ela me olhou, hesitante.
— Mas vou ter que cobrar o valor da sessão.
Eu já tinha feito o cheque. Tirei o cheque da bolsa.
— Faça a gentileza de doar esses trinta minutos de terapia pra alguém que não pode pagar.
— Isso eu não posso fazer.
— Obrigada.

Clee estava no Ralphs e por isso fiquei em casa e pus compressas de água quente na garganta para conseguir destravá-la gradualmente. Às vezes encostava uma colher quente na região; dizem que ajuda. No momento em que comecei a sentir um alívio, Phillip ligou.
— Vou encontrar a Kirsten hoje. Às oito, vou buscá-la.
Fiquei em silêncio.
— Será que até essa hora recebo uma mensagem sua ou...?
— Não.
— Hoje à noite não rola? Ou até às oito não rola?
Desliguei o telefone. Uma fúria trêmula ascendia em silêncio do peito para a garganta. O caroço voltou a enosar, contraindo-se como o punho de um homem. Ou o meu punho. Olhei para as minhas mãos veiadas que se retorciam lentamente formando duas esferas. Era isso que ela queria dizer com revidar? Lembrar a cara presunçosa de cavalo da recepcionista tornou meu globus ainda mais duro. Dei um salto e fiquei olhando as lombadas da minha coleção de DVDs. Não era possível que eu tivesse aquele. Eu tinha: *A sobrevivência do mais apto*. Era nosso lançamento mais recente; Carl e Suzanne haviam me dado de presente de Natal quatro anos atrás. É claro que tive muitas oportunidades de aprender defesa pessoal no antigo estúdio, mas nunca quis passar vergonha na frente dos meus colegas de trabalho. O grande lance dos DVDs (também em streaming) que a gente produzia, além da queima de gordura e desenvolvimento de massa muscular, é que a pessoa pode fazer tudo sozinha, sem plateia. Apertei o play.
— Olá!! Vamos começar!!

Shamira Tye, a fisiculturista. Ela não competia mais, mas ainda cobrava muito caro e era difícil de contratar.

— Recomendo que você malhe na frente do espelho para ver seu rabo contrair.

Fiquei em pé na sala de estar, de pijama. Chutes eram chutes mesmo, mas os socos eram chamados de "pôu".

— Pôu, pôu, pôu, pôu! — disse Shamira. — Eu faço pôu até dormindo! É o que vai acontecer com você!

Um movimento de joelhada na virilha foi apresentado com "póc-póc".

— Vamos, póc-póc!

Se alguém estivesse estrangulando você, "a borboleta" enfraqueceria o oponente ao mesmo tempo que tonificaria seus braços.

— É o famoso paradoxo — concluiu Shamira no final do vídeo. — Com esse novo corpo sarado é provável que você seja atacada com mais frequência!

Caí de joelhos. O suor escorria pelas laterais do meu tronco e desaguava na cinta.

Clee chegou em casa às nove da noite com uma caixa de sacos de lixo. Eu esperava que isso fosse uma bandeira branca, já que o saco de lixo tinha acabado e eu não tinha qualquer intenção de lutar com ela. No entanto, ela usou todos os sacos para juntar roupas e toalhas de praia mofadas, comidas e objetos eletrônicos que aparentemente estavam em seu carro esse tempo todo. Fiquei observando-a estacionar os quatro sacos na parede do canto da sala de estar. Para engolir, a cada vez, eu precisava me concentrar muito, mas fui adiante. Algumas pessoas que têm globus só conseguem cuspir; têm que levar uma escarradeira a tiracolo para todos os lugares.

Às onze e quinze, Phillip mandou uma mensagem. *ELA ME PEDIU PRA CONTAR QUE MASTURBEI ELA POR CIMA DA CALÇA JEANS. ACHAMOS QUE ISSO NÃO CONTA. ELA NÃO GOZOU.* Tudo em caixa-alta, como se gritasse da janela de sua cobertura. Depois que li a mensagem, não consegui mais domar a imagem que se criou — a virilha no jeans apertado, suas mãos grossas e peludas esfregando com força. Dava para ouvir Clee na sala mastigando gelo como se ruminasse. Mastigava tão alto que suspeitei que estivesse fazendo de sacanagem, para me irritar. Colei o ouvido na porta. E agora ela imitava a imitação — um som de mastigação circundado por aspas duplas. Não percebi a tempo que essa minha linha de raciocínio jamais teria fim — a imitação da imitação de si foi elevada ao quadrado, em seguida à décima sexta potência, seus globos oculares saltavam das órbitas, a esfregação selvagem de calças jeans, dentes que eram presas, a língua chicoteando o quarto inteiro, vendaval de gelo. Cuspi na manga do pijama, abri a porta num puxão e marchei até o sofá. Do saco de dormir, olhou para mim e regurgitou calmamente uma pedra de gelo.

— Por gentileza, você poderia não fazer mais esse som, por gentileza?

Eu não devia ter dito "por gentileza" duas vezes, mas falei num tom de voz baixo e fiz contato visual direto. Pus as mãos em frente ao corpo, em prontidão. Meu coração batia tão acelerado dentro do meu corpo que emitiu um som de colisão. E se ela fizesse um movimento que não estava previsto no DVD? Olhei para baixo para me certificar de que mantinha uma postura firme.

Ela me olhou de soslaio, examinando minhas mãos flutuando e meus pés plantados no chão, e aí jogou a cabeça para trás e encheu a boca de gelo. Arranquei o copo da mão dela. Ela olhou para a mão vazia, mastigou o gelo devagar, engoliu e olhou para a TV que estava atrás de mim. Não foi dessa vez; luta adiada. Mas ela percebeu que eu queria. Percebeu que havia me preparado — uma mulher de quarenta e três anos, de roupa de ficar em casa, pronta para cair na mão. E ela estava rindo disso tudo, por dentro. Heh, heh, heh.

CAPÍTULO 4

Demorei um dia para me acalmar e recobrar meu orgulho. *Delicada* foi a palavra que Phillip havia usado para me descrever. Uma mulher delicada não ensaiaria socos dentro de sua própria casa. Que mentalidade bárbara! Como se não houvesse milhões de maneiras de lidar com o conflito. Rascunhei uma carta para Clee. Uma carta simples e elucidativa. Quando a li em voz alta fiquei até comovida, na verdade; ao sugerir uma convivência mais civilizada, é quase certo que demonstrava um respeito por ela poucas vezes direcionado a outras pessoas. A dignidade estava próxima. Cuspi num pote vazio de manteiga de amêndoa; as escarradeiras têm suas particularidades. Ela não precisava agradecer minha franqueza, mas se ela insistisse, eu seria obrigada a aceitar. Já aceitei outras vezes como exercício. Pus a carta num envelope escrito CLEE, colei no espelho do banheiro e saí de casa porque não queria estar no cômodo ao lado quando ela lesse.

Pedi um garfo no restaurante etíope. Explicaram que eu tinha que comer com as mãos, então pedi para viagem, peguei um garfo no Starbucks e comi dentro do carro. Mas minha garganta não aceitou nem uma refeição tão macia quanto essa. Deixei no meio-fio para um morador de rua. Um morador de rua etíope ficaria contentíssimo. Um pensamento de partir o coração, encontrar sua comida nacional nesse contexto.

Quando cheguei em casa, ela estava comendo uma refeição de Ação de Graças, seu tipo favorito de comida de micro-ondas. Eu estava um pouco apreensiva com a carta, mas ela parecia estar de bom humor — mandando mensagens e lendo uma revista com a TV ligada. Estava se comportando bem. Pus a camisola e levei minha nécessaire para o banheiro. O envelope com o seu nome ainda estava colado no espelho. Ou ela viu e não leu ou ainda não tinha ido ao banheiro. Me deitei na cama e verifiquei o celular. Nada. Phillip estava masturbando Kirsten por cima da calça jeans até agora, e ela ainda não tinha gozado. O jeans a essa altura já estava um trapo, seus dedos cheios de bolhas, esperando meu consentimento. Ouvi barulho de descarga.

No minuto seguinte a porta do meu quarto se abriu.

— Quem é o hóspede? — perguntou ela. O quarto estava escuro, mas dava para ver a carta na mão dela.

— Quem?

— O tal que vai fazer eu me mudar na sexta-feira.

— Ah, é um amigo de longa data.

— Amigo de longa data?

— É.

— E qual é o nome do amigo de longa data?

— Kubelko Bondy.

— Parece um nome inventado.

Ela estava caminhando em direção à cama.

— Vou contar isso pra ele.

Levantei da cama e fui me afastando dela calmamente. Se eu corresse, haveria ensejo para uma perseguição e seria assustador, então me forcei a caminhar distraída até a porta. Ela bateu a porta antes. Coração aos pulos, tremores. Shamira Tye chama de "manifestação da adrenalina"; uma vez disparada, deve-se ir até o fim — proibido parar ou reverter a situação. A escuridão me desorientou, não consegui enxergá-la até que senti minha cabeça sendo empurrada para baixo, mergulhada como se eu estivesse numa piscina.

— Tentando se livrar de mim, é? — disse ela, ofegante. — Hein?

— Não!

A palavra certa na hora errada. Tentei me levantar, mas ela me empurrou para baixo mais uma vez. Me ouvi ofegante, me afogando. Que movimento tinha sido esse? Eu precisava do DVD. Meu nariz estava muito próximo de seus pés azedos. Fiquei enjoada, pálida. Soltei um grito entremeado de sussurros roucos, estava entalado na minha garganta. Eu estava chegando no meu limite; se você não revida quando está chegando no limite do medo, não revida nunca mais. Você morre — talvez não a morte física, mas vai morrer.

O grito saiu do meu âmago, o barulho mais alto de que já fui capaz. Não o *não!*, mas o grito de guerra da Open Palm *Aiaiaiaiai!* Catapultei minhas coxas, quase pulei no ar. Clee ficou parada por um momento, mas logo partiu para cima de mim e me empurrou para baixo tentando me imobilizar. Ela jogou todo seu peso em mim. Dei um póc-póc com toda a força que me restava, chutando tudo que estava ao redor, fazendo pôu pôu com o punho a toda. Ela tentava de todo jeito me jogar no chão até que fiz a borboleta. Funcionou… consegui me libertar. Ela se levantou e saiu da sala. Ouvi o clique da porta do banheiro se fechando. E as rajadas das torneiras da pia.

Me deitei no chão perto da cama, traguei todo ar que podia. Zumbidos de dor longos e espaçados vibravam pelos meus membros. Era o fim. Não só do globus, mas de toda a estrutura que o mantinha, o aperto no peito, o maxilar travado. Girei a cabeça de um lado para o outro. Que delícia. Um milhão de sensaçõezinhas agradáveis. Senti a pele arder em decorrência de algum golpe que ela havia aplicado, mas de resto estava de boa na lagoa. Comecei a rir e com isso enviei uma onda de um braço ao outro, intermediada pelos ombros. Como era mesmo o nome disso? Descarga elétrica? Quem era essa palerma? Maria Mijona. Me vi dançando flamenco, usando castanholas. A água ainda corria no banheiro, uma tentativa ridícula de ser passivo-agressiva. Pois desperdice toda a água que quiser! Se ela se mudasse amanhã, até o final de semana eu já teria a casa em ordem. Meus músculos recém-nascidos ainda tremiam quando peguei o telefone. Deixei meu nome e telefone e pedi uma consulta no mesmo horário para terça-feira seguinte. A recepcionista da dra. Tibbets era uma farsante, uma ladra e uma ótima terapeuta.

Clee não se mudou no dia seguinte. Nem depois. Lá estava ela na terça-feira, mas não deixei de ir à terapia. A recepcionista sorriu, calorosa, quando me sentei no sofá da Ruth-Anne Tibbets.

— Como você...

Interrompi.

— Antes de responder, posso fazer uma pergunta.

— Claro.

— Você tem graduação?

— Tenho, sou diplomada em psicologia clínica e serviço social pela UC Davis.

Ela apontou para um pedaço de papel pendurado na parede, o diploma de Ruth-Anne Tibbets. Eu já ia pedir para ver a carteira de motorista, mas ela prosseguiu.

— Não quero violar sua confidencialidade de paciente do doutor Broyard, mas lembro que marquei sua consulta com ele. Trabalho aqui como recepcionista três vezes por ano quando ele está no consultório. Talvez isso tenha causado alguma confusão.

Mas é claro. Por que não pensei numa explicação tão simples e óbvia? Pedi desculpa, e ela disse que não era necessário, mas me desculpei mais uma vez. Os sapatos. Um tipo chique de sapato europeu. Será que ela precisava complementar a renda?

— Quanto você ganha como recepcionista?

— Uns cem dólares por dia.

— É menos do que eu te pago por uma hora.

Ela concordou.

— Não faço por dinheiro. Faço porque gosto. Atender ao telefone e marcar consultas para o doutor Broyard é um descanso e tanto da responsabilidade deste outro trabalho aqui.

Tudo o que ela dizia fazia muito sentido, mas só por alguns segundos. Um descanso e tanto? Não parecia. Ela se recostou na cadeira à espera de que eu começasse a falar sobre a minha vida. Também esperei, mas esperava que a confiança aflorasse. Silêncio total na sala.

— Preciso ir ao banheiro — avisei enfim, só para acabar com o silêncio.

— Logo agora, precisa mesmo?

Assenti.

— Certo. Você tem duas opções. Tem uma chave na sala de espera presa num pato de borracha. Com ela você consegue ir ao banheiro do nono andar, mas infelizmente pra chegar lá, você tem que descer de elevador até o saguão e pedir para usar a chave do porteiro para destravar o elevador de serviço. Essa opção em geral leva quinze minutos. Outra opção é que atrás do biombo de papel tem uma pilha de embalagens de comida chinesa para viagem. Você pode usar uma delas, atrás do biombo, e levar com você quando sair do consultório. Faltam trinta minutos para acabar sua sessão.

O xixi fez um som alto e vergonhoso ao acertar a embalagem plástica, mas me lembrei de que ela tinha estudado na UC Davis e por aí vai. A preocupação era não deixar transbordar, mas não transbordou. Peguei aquele vasilhame quente e fiquei espiando a dra. Tibbets por um rasgo do biombo. Ela estava olhando para o teto.

— O doutor Broyard é casado?

Ela ficou muda.

— É casado, sim. A esposa e a família moram em Amsterdã.

— Mas qual é sua relação com...?

— Três vezes por ano faço esse papel submisso. É uma brincadeira nossa, uma brincadeira de gente grande extremamente prazerosa.

Ela continuava a olhar para o teto, esperando a pergunta seguinte.

— Como vocês se conheceram?

— Ele foi meu paciente. E aí, muitos anos depois, bem depois que ele parou de fazer terapia comigo, nos reencontramos numa aula do método Renascimento, e ele me disse que estava procurando um consultório. Aí, sugeri esse acordo. Isso já faz oito anos.

— Mas você sugeriu o consultório ou a coisa toda?

— Sou uma mulher madura, Cheryl... sei pedir o que eu quero, e se o desejo não for mútuo, bem, aí pelo menos não perco tempo pensando nisso.

Saí de trás do biombo e me sentei no sofá, posicionando cuidadosamente o vasilhame ao lado da minha bolsa.

— Tem sexo?

— Amor, ele faz com a esposa. Nossa relação me parece muito mais poderosa e emocionante quando não focamos a energia nos genitais.

Os genitais dela, o foco. A imagem me deixou enjoada. Pressionei os dedos na boca com delicadeza e me inclinei para frente.

— Você está enjoada? Se precisar vomitar, tem uma lata de lixo bem ali — alertou ela.

— Ah, não foi por isso que eu... — Encostei nos lábios várias vezes só para mostrar que era uma mania minha. — Você é apaixonada por ele?

— Apaixonada? Não. Nosso vínculo não é emocional nem intelectual. Combinamos de deixar a paixão de fora; é uma cláusula do nosso contrato.

Abri um sorriso. Então fechei o sorriso — ela estava séria.

— Eu sei que predomina a lógica de que é mais romântico tentar adivinhar a intenção de cada um.

Ela agitou suas mãozonas no ar, e eu visualizei galinhas de penas eriçadas, galinhas tontas, cacarejando.

— O contrato é escrito ou de boca?

Minhas pernas estavam cruzadas, e eu segurava meus braços.

— Como você se sente sabendo do que acabei de contar? — perguntou ela, sobriamente.

— Vocês contrataram um advogado?

— Baixei um modelo da internet. É só uma lista do que é e não é permitido no relacionamento. Mas não tenho aqui.

— Tudo bem — sussurrei. — Vamos mudar de assunto então.

— Sobre o que você gostaria de falar?

Contei a história do revide. Sooou menos triunfante do que achei que soaria, sobretudo porque Clee ainda estava morando na minha casa.

— E como você se sentiu quando ela saiu da sala?
— Acho que bem.
— E agora? Como está o globus?

A sensação flamenca durou muito pouco. Na manhã seguinte, Clee não parecia intimidada por mim — a bem da verdade, ela estava ainda mais relaxada desde a briga, mais à vontade.

— Não tá lá essas coisas — admiti, apalpando a garganta. Ruth-Anne perguntou se poderia tocar; me aproximei e ela gentilmente pressionou meu pomo-de-adão com a ponta de quatro dedos. Pelo menos sua mão parecia limpa.

— Bastante enrijecido. Nada confortável.

Sua compaixão desencadeou algumas lágrimas. A bola subiu e apertou; eu me contraí segurando o pescoço. Nem sinal daquele relaxamento que havia sentido tão recentemente.

— Talvez esta noite melhore.
— Esta noite?
— Se você e Clee tiverem outro — ela fez punhos de boxeadora — encontro.
— Nem brinca. De jeito nenhum... ela precisa ir embora, isso sim. Já aguentei essa situação por muito tempo.

Pensei na Michelle, a velocidade com que havia dado um pé na bunda dela. Agora era a vez do Jim, ou da Nakako.

— Mas se o globus está...

Balancei a cabeça.

— Dá-se outro jeito... cirurgia... não, cirurgia não, mas um acompanhamento.

— Acompanhamento já estamos fazendo.

Meus olhos despencaram sobre as unhas lilases de Ruth-Anne. Esmaltadas, porém descascando. A recepcionista precisava de unhas feitas, mas não a terapeuta. Em três meses, ela faria as unhas novamente.

Peguei o carro e fui direto para a Open Palm: meu dia de trabalho presencial. Todos os funcionários me pareceram estranhos e evasivos, como se estivessem sentados sem calça atrás de suas mesas, genitais fora de foco. Será que Ruth-Anne estava sem calça atrás da mesa da recepção na primeira vez em que nos vimos? Um pensamento repulsivo e anti-higiênico; ignorei e comecei a trabalhar. Jim e eu tínhamos agendado um brainstorming com o web designer sobre o KickIt.com, nosso produto para jovens. Michelle foi convidada para coordenar a comunicação. Antes de se sentar, pigarreou e disse:

— Jim e Cheryl podem ficar responsáveis pela ata, eles são ótimos fazendo anotações.

Foi interrompida por Jim.

— Sente-se, Michelle. É só um trabalho em grupo.

Ela enrubesceu. Os costumes pseudojaponeses sempre complicaram a vida dos novos funcionários. Em 1998, Carl foi ao Japão para uma convenção de artes marciais e ficou impressionado com a cultura de lá.

— Eles dão presentes toda vez que conhecem uma pessoa nova, e é tudo embrulhado com muito esmero.

Ele me entregou algo embrulhado num guardanapo de pano. Eu ainda era estagiária na época.

— É um guardanapo?

— Lá eles usam tecido como papel de embrulho. Finge que é.

Desembrulhei o guardanapo, e minha carteira caiu.

— É a minha carteira.

— Eu não estava dando um presente para você, só queria fazer uma demonstração da cultura japonesa. Se fosse um presente, seria um conjunto de copinhos de saquê, algo assim. Foi o que o diretor da conferência me deu.

— Você abriu a minha bolsa e pegou minha carteira? Quando isso aconteceu?

— Faz poucos minutos, você estava no banheiro.

Ele redigiu uma lista de diretrizes para o escritório, para dar uma atmosfera mais japonesa. Difícil era comprovar a veracidade daquela lista, afinal mais ninguém ali havia estado no Japão. Quase duas décadas depois, sou a única que sabe como as diretrizes do escritório nasceram, mas nunca toco nesse assunto, porque hoje em dia temos nipo-americanas na equipe (Nakako e Aya, responsáveis, respectivamente, pelos grupos de ensino e assistência) e eu não quero ofendê-las.

Se uma tarefa requer um esforço do grupo — por exemplo, mudar uma mesa pesada de lugar —, uma pessoa deve tomar a iniciativa e, só depois de uma pausa respeitosa, uma segunda pessoa se propõe a ajudar, mas de cabeça baixa, dizendo "Jim consegue carregar essa mesa sozinho, melhor pessoa para isso não há, vou cooperar com ele, mas não sei se será de grande valia, afinal não sou muito boa mudando móveis de lugar." Depois de mais um tempo, uma terceira pessoa pode ajudar, primeiro abaixando a cabeça e dizendo "Jim e Cheryl podem perfeitamente fazer isso sozinhos" etc. E por aí vai até que haja o número preciso de pessoas para executar tal tarefa. É o tipo de coisa que no começo parece um fardo e depois passa a ser instintiva, até porque não a fazer pode soar grosseiro, quase agressivo.

Quando a reunião acabou, pedi que Michelle ficasse.

— Queria conversar com você.

— Desculpa.

— Desculpa pelo quê?

— Não sei.

— Queria saber da Clee.

Seu rosto envelheceu com essa frase.

— Carl e Suzanne tão chateados comigo?

— Ela te tratou mal?

Michelle olhou para as mãos.

— Tratou, eu sei. Foi violenta, te machucou? — eu perguntava sem parar.

Ela pareceu surpresa, quase perplexa.

— Não, claro que não. É só que... — Michelle estava escolhendo muito bem as palavras — ela tinha modos diferentes do que estou habituada.

— Só isso? Foi por isso que você botou ela pra correr?

— Eu não botei ela pra correr — respondeu. — Ela foi embora porque quis. Disse que queria morar com você.

* * *

Entrei em casa na ponta dos pés, embora ela estivesse no Ralphs. Eu nunca tinha bisbilhotado as coisas dela ou sequer tive a intenção, mas não é crime me sentar no meu próprio sofá. Quando me sentei, seu saco de dormir de náilon soltou uma lufada de cheiro corporal. Tomei cuidado para não tirar nada do lugar — as embalagens dormidas de comida, a escova de cabelo entupida de fios loiros, a bolsinha volumosa de vinil rosa com uma calcinha fio-dental colorido saindo de seu interior. Deitei a cabeça no travesseiro dela. O cheiro de couro cabeludo era tão forte que tive que prender a respiração, sem saber como lidar a situação. Lidei bem. Inspirei e expirei. Meu corpo ficou retesado, eu quase planava para não deixar aquele saco de dormir roxo encostar na minha pele. Contei até três, levantei os joelhos e deslizei pra dentro dele, e lá me encovei. Estava tão sujo que parecia quase úmido. Barulho de porta? Dei um salto, perdi a voz, que flagra — não, era a chuva rugindo no telhado. Puxei a bocarra do náilon até a altura do meu queixo. O ninho dela sem ela ficava totalmente vulnerável, todos aqueles seus cacarecos expostos à luz deprimente da tarde. Engoli em seco e dei um sorrisinho ao sentir que o *globus* enosava. Eu e ela juntas nessa. Eu tinha uma parceira, uma dupla.

Hoje à noite ia ter *pôu*. Borboleta. Mordida. Chute.

Fui escolhida por ela.

A maneira mais rápida para chegar ao Ralphs era correndo. A urgência precedia os carros — o melhor era que eu saísse sozinha perfurando o espaço, peito estufado, cabelos ao vento. Cada motorista que passava por mim pensava *É questão de vida ou morte, ela vai morrer se não chegar a tempo*, e eles estavam cobertos de razão. Mas a pé era bem mais longe do que eu imaginava, e a chuva havia engrossado. Minhas roupas pesaram com a água, meu rosto lavado e centrifugado. Cada motorista que passava por mim pensava *Ela é uma ratazana ou outro bicho medroso e ensopado cuja fome a priva de sua própria dignidade*. E eles estavam cobertos de razão.

Assustei todo mundo enquanto andava pelo mercado, uma monstra tão grotesca quanto encharcada. Os caixas ficaram de queixo caído, e o homem no balcão de frios deixou um peixe cair no chão. Eu me espremia entre os corredores, guiada pelo meu faro. O ruivo magricela que empacotava as compras sorriu intencionalmente e apontou para o corredor quinze.

Ela estava de costas para mim.

Transferia potes de condimentos de um palete para uma prateleira. Mostardas amarelas de tampas pontudas, quatro por vez. Ela se virou já indisposta, *Que macho está me secando agora?*, pensava. Mas não era um homem.

Ela jogou a cabeça para trás numa hesitação automática. Igual quando avistamos nossa mãe na porta da escola.

— Tá fazendo o que aqui?

Penteei meu cabelo ensopado com os dedos e respirei fundo. Eu não havia planejado nada para esse momento; ela só precisava notar que eu já sabia de tudo — e estava dentro. Jogávamos um jogo, brincadeira de gente grande. Sorri e levantei as sobrancelhas várias vezes. Ela contraiu os lábios; não estava entendendo nada.

— Agora eu sei — respondi. — Entendi o que está acontecendo.

E para não deixar qualquer sombra de dúvida, fiquei apontando para mim e para ela várias vezes.

Ela ficou corada de ódio e rapidamente olhou para trás e para todos os lados, então se voltou para as mostardas e começou a socá-las nas prateleiras. Ela sacou tudo.

A chuva estiou. Eu me sequei e me senti mais alta no caminho de volta para casa. Cada motorista que passava por mim pensava *Olha ela, ou acabou de se formar ou foi promovida ou acabou de ganhar um prêmio.* E eles estavam cobertos de razão.

Eu estava lavando a louça quando ela chegou em casa. Deixei a torneira no mínimo para conseguir ouvir o que ela estava fazendo. Ligou a TV.

Fez as mesmas coisas de sempre. Entrou na cozinha, pegou a comida, ficou atrás de mim enquanto assistia ao prato girar no micro-ondas e foi comer no sofá. De repente, me dei conta de que poderia não estar acontecendo nada. Eu já tinha feito isso antes. Tantas e tantas vezes, eu havia adicionado camadas de significado a coisas que não faziam qualquer sentido. Besteira pensar que Phillip ainda estava masturbando Kirsten por cima da calça jeans. A essa altura, já havia tirado a mão dali e levado a cabo a situação sem a minha benção. Deixei a água correr pelas minhas mãos. Clee tinha vinte anos; nada do que fazia tinha significado.

Vesti a camisola e fui para a cama mais cedo, me deitei com as mãos cruzadas sobre o peito. Ouvi a torneira pingando na cozinha. Empurrei as cobertas e me levantei da cama.

Quando abri a porta do quarto, lá estava ela, prestes a entrar.

Fiquei horrorizada a ponto de esquecer que era um jogo. Passei por ela e fui até a cozinha, torneira pingando, preciso fechar. Mas ela já estava atrás de mim. Quando cruzei o batente, ela me encurralou na parede da cozinha, como da primeira vez. Começou a apertar meu corpo, meus ossos entraram em pânico, e aí um murmúrio ritmado começou a zumbir dentro das minhas veias, como uma valsa — então valsei... Borboleteei os ombros dela, que se curvaram num reflexo. Deslizei ao longo de toda a parede para tentar usá-la como base para o único fim: socar a cabeça dela na parede. Quando iniciei o póc--póc, ela me jogou de cara no chão e me segurou com folga embaixo dos joelhos. Da outra vez, ela estava só se defendendo — agora tive certeza. Algo gigantesco triturava minha espinha e comecei a gritar, um gritinho feio sem efeito. Tentei empurrar os braços para baixo do corpo e conseguir me levantar, mas ela aproximou a parte superior de seu corpo e empurrou seu crânio contra o meu.

— Eu te proíbo de ir no mercado — sibilou, seus lábios na minha orelha. — Fico lá pra não ter que olhar pra sua cara.

Reuni todas as minhas forças e soltei um grito gutural para conseguir me desvencilhar. Ela ficou me observando sem se abalar. Desisti.

Quando minhas costas começaram a arder, senti a endorfina subir como da última vez, mas com mais intensidade. Minha garganta parecia uma poça quente e tranquila; meu rosto no chão estava frio e maravilhado. Como disse Ruth-Anne: uma brincadeira de gente grande extremamente prazerosa. De lado, eu conseguia enxergar as pontas de seus cílios abaixados e a parte de cima do lábio superior polvilhado de suor, ofegante. Certamente achou que eu não conseguia vê-la. Para mim soava comovente, esse momento que dividíamos, embora também tivesse algo de excruciante — ou talvez a dor que irradiava minhas costas era excruciante, ou quem sabe comovente para mim signifique exatamente isto: dor. Lentamente, ela foi saindo de cima de mim, eu chorava baixinho, aliviada. Em vez de correr para o banheiro, ficou deitada recobrando o fôlego, nossos ombros se tocando de leve. O chão girava apático, meus braços e pernas trinavam e tremiam. Será que ela também se sentia assim? Os minutos se passaram como num caleidoscópio e então, pouco a pouco, a cozinha começou a se reconstituir, as bancadas, a pia, tudo no seu lugar lá em cima. Quando Clee se mexeu e começou a se levantar, uma onda patética de abandono tomou conta de mim. Seu rosto impassível caminhando em direção à porta. E aí, no ultimíssimo momento, seus olhos se viraram e encontraram os meus. Me apoiei nos cotovelos e me levantei num pulo, à espera de uma pergunta, mas ela já tinha ido embora.

Eu estava tão animada para encontrar Ruth-Anne que cheguei quinze minutos mais cedo. Dei uma arrumada no carro e fui espiar a loja de presentes do saguão do prédio. Cheirava a vitaminas e estava superaquecida. Uma indiana gravidérrima examinava elfos de cerâmica. Posicionei o suporte giratório de óculos de leitura para me certificar e então me aproximei dela discretamente, fingindo que me interessava por um elfo esquiador. A barriga da mulher estava tão protuberante que seu umbigo estava mais próximo de mim do que dela.
Kubelko?

Sim. Eu tô dentro de você?
Não, tá dentro de outra pessoa.
Seguiu-se um silêncio triste e embaraçoso. Tratei de achar uma maneira de expressar o luto que sentia toda vez que nos encontrávamos. Meu telefone vibrou no bolso, uma mensagem.
Com licença.
ELA FEZ UM STRIP PRA MIM, VI A BUCETA E AS TETAS. UHHHH. MAS FIQUEI SÓ NA PUNHETA. A benção vindoura ainda sustia meu reinado. Plenamente em vigor. Eu precisava confiar nele. Juntos havíamos sido pré-históricos, medievais, rei e rainha — e agora éramos isso. Tudo não passava de uma resposta à pergunta dele *O que nos faz continuar retornando?* Ele não havia terminado comigo nem eu com ele. E esses detalhes — mensagens de texto — eram meros enigmas do universo. Pistas. Quando me virei para falar com Kubelko, a grávida já tinha ido embora.

O sofá de Ruth-Anne ainda estava quente da paciente anterior e ela estava com uma aparência corada e radiante.
— A consulta foi boa, né? — perguntei.
— Como?
— Você está animada.
— Ah — respondeu, desanimando. — Acabei de almoçar, tirei um cochilo. Como você está?
Então o calor do sofá era dela. Apertei o couro com os dedos ensaiando como começar.
— O lance entre você e o doutor Broyard, o tal... como você chama?
— Encenação? Brincadeira de adulto?
— Isso. Você acha incomum?
— O que é *incomum* pra você?
— O quão comum você diria que é?
— Diria que é mais comum do que você imagina.
Contei a ela o que havia acontecido — começando pela informação da Michelle e terminando no chão da cozinha.

— E meu globus se foi, apesar dos pesares! Vê se você consegue sentir — Eu me inclinei para frente e engoli —, mas tá bem mais fácil de engolir. Eu devo isso a você, Ruth-Anne. Enfiei a mão na bolsa e peguei uma caixa.

Em geral, as pessoas agradecem antes de abrir o presente — obrigada por pensar em mim. Ruth-Anne fez diferente; ela olhou para o relógio enquanto rasgava o papel de embrulho. Era uma vela de soja. Não uma velinha, mas uma coluna dentro de um vidro com tampa de madeira.

— Groselha com romã — informei.

Ela me devolveu a vela sem cheirar.

— Acho que isso não é pra mim.

— Claro que é! Eu trouxe pra você — apontei para baixo, indicando a loja do térreo.

Ela assentiu e ficou aguardando.

— Você acha que é pra quem? — falei finalmente.

— *Você* acha que é pra quem?

— Alguém que não é você?

Ela assentiu fechando os olhos devagar e tornando a abri-los. A vela tremendo nas minhas mãos, como uma batata quente.

— Pros meus pais?

— Por que pros seus pais?

— Sei lá. Pensei nisso porque estamos na terapia e a resposta só pode ser essa.

— Pra quem você gostaria de dar uma vela? Vela, chama, luz... iluminação...

— ... pavio... cera... soja...

— Pra quem? Pensa bem.

— Clee?

— *Interessante*. Por que Clee?

— Acertei? Clee?

O papel de embrulho ainda servia, então bastou embrulhar de novo. Quando Clee estava no banheiro, eu coloquei a vela em cima do travesseiro dela, que rolou fazendo um barulho; ela chegou bem na hora em que eu tentava alcançar a vela embaixo da mesa de centro. Eu não queria entregar em mãos.

— Ó.

Pus o cilindro pesado em sua mão. Uma fragrância exuberante e dessemelhante às romãs e groselhas, que não costumam ser famosas por seu cheiro. Que patético uma vela, o presente mais idiota que se pode dar a alguém. Clee desfez o laço e cheirou com cautela. Leu o rótulo e enfim disse:

— Obrigada.

Eu respondi:

— De nada.

Foi horrível mas já estava feito.

Me tranquei no quartinho dos fundos e escrevi um e-mail tardio para toda a equipe sobre reciclagem, superpopulação, petróleo, depois dei uma mudada no tom e por fim o deletei. Barulho de chuveiro. Ela estava tomando banho. Liguei para Jim e conversamos sobre a equipe do depósito.

— Kristof está fazendo lobby para uma cesta de basquete — contou ele.

— Já tentamos uma vez mas não surtiu efeito.

Eu queria que ele continuasse insistindo na cesta para que eu pudesse ser mais enfática, mas ele desistiu. A esposa o esperava; ele tinha que desligar.

— *Mas* e a Gina, tá bem?

Ele precisava mesmo desligar.

Já estava anoitecendo quando saí do quartinho dos fundos. Ela estava sentada na beirada do sofá, as pernas arreganhadas. O cabelo molhado penteado para trás, uma toalha pendurada no pescoço; parecia um boxeador. Com as mãos entrelaçadas na frente do corpo, ela olhava adiante com a testa franzida. A TV estava desligada. Ela estava me esperando.

Eu nunca tinha sentado na minha poltrona. Não era confortável.

Ela abaixou a cabeça, consentindo com minha chegada à reunião, e emitiu um som com a garganta que dava a entender que ela ia escarrar.

— Acho que passei... — ela procurava as palavras certas — a *impressão* errada.

Olhou para mim querendo se certificar de que eu conhecia a palavra. Assenti.

— Gostei do presente, mas eu não curto... você entendeu. Eu gosto de pau.

Uma tosse rouca, ela cuspiu dentro de uma das garrafas vazias de Pepsi que estavam na mesa de centro.

— Estamos no mesmo barco, seja lá onde vamos parar — respondi. Avistei nós duas juntas dentro de um bote, curtindo um pau na escuridão do mar.

— Acho que é mais que isso — ela sacudia o joelho sem consciência do que fazia. — Acho que sou "misógina", ou sei lá.

Eu nunca tinha ouvido a palavra nesse contexto, como uma orientação.

— Se você quiser, eu paro — disse ela, olhando para o nada. De cara pensei que ela se referia à conversa, a parar de falar. Mas era outra coisa.

— Você quer? — perguntei.
— O quê?
— Parar.

Deu de ombros, bastante indiferente. É provável que nunca tenha sido tão má. Então deu de ombros de novo, igualzinho, em seguida completou com "Não", como se fosse a primeira resposta de todas. Não, ela não queria parar de me atacar.

Me senti um pouco zonza, sem fôlego. Estávamos fazendo um acordo; era inegável. Olhei para ela com timidez e notei que olhava fixo para o aglomerado repulsivo de veias, minha teia roxa na panturrilha. Senti um arrepio pelo corpo inteiro — ela estava imobilizada pela fúria singular que lhe despertei.

— Você quer fazer um contrato? — sussurrei de modo quase inaudível.

— Como assim?

— Um contrato que indique o que podemos e não podemos fazer. Podemos baixar um modelo da internet — respondi, no volume máximo, como se ela fosse surda.

Ela não parava de piscar os olhos.

— Não faço a mais puta ideia do que você tá falando, mas num tô interessada, não.

Ela começou a estalar os dedos em sua própria testa, então soltou as mãos, exasperada.

— Você já fez isso antes? Com esse lance de contrato e tal?

— Não — disparei. — Uma amiga me contou que isso existe.

— Você fala sobre isso com as pessoas?

O joelho dela não parava de quicar.

— Amiga, não. Terapeuta. Tudo ali é confidencial.

Parecia que ela tinha se acalmado. Olhava para o controle remoto ao longe. Entreguei o controle e ela ficou esfregando os botões de borracha para cima e para baixo.

— Tem mais alguma que a gente precise...?

— Por mim estamos conversadas — respondi, tentando lembrar qual era o acordo. Ela assentiu, arisca, e ligou a TV.

CAPÍTULO 5

Não eram óbvias as circunstâncias da luta, como e por que brigar, agora que estavam formalmente acordadas. Algumas vezes ela parecia estar prestes a dar início a alguma situação mas logo mudava de ideia. E é claro que a iniciativa não podia ser minha — seria perverso. A coisa toda, se é que era uma coisa, fazia cada vez menos sentido com o passar dos dias e se tornava cada vez mais embaraçosa. Passei a ir para o escritório sempre que possível e mais do que o necessário, chegava gritando "Visitinha!" para não transgredir minha condição de trabalho domiciliar. Carl pediu que eu entregasse um molho de pimenta tailandês para Clee.

— Você já saiu pra comer uns pratos picantes com ela? Não? Ela não é uma figura?

Assenti em silêncio e guardei a garrafa no porta-malas do carro.

Na manhã seguinte, Clee estava na cozinha na mesma hora em que eu precisava estar na cozinha, logo estávamos dividindo a cozinha. Tensão no ar. Ela deixou uma tampa cair no chão mas se abaixou resoluta para pegar. Eu tossi e disse "Licença." Que papelão; estava na hora de anular o acordo e seguir adiante.

— Olha só... nem eu nem você...

— Vai, vamo lá — disse ela, me interrompendo, a mão segurando o lado direito do rosto. Imitei o gesto e semicerrei os olhos me prevenindo de um tapa ou um soco.

— Sabe o que eu acho — prosseguiu. — Um lado do seu rosto é mais velho e mais feio que o outro. Uns poros enormes e parece que sua pálpebra vai cair em cima do olho. Não que o outro lado tenha boa aparência, mas se os dois fossem iguais ao esquerdo as pessoas iam achar que você tem setenta anos.

Abaixei a mão. Ninguém nunca havia falado comigo dessa forma, com tanta crueldade. Nem com tanta minúcia. Minha pálpebra *estava* começando a cair no olho. Meu lado esquerdo sempre tinha sido mais feio. Uma reflexão factual embutida nesse breve discurso — não era só hostilidade descuidada. Olhei para suas sobrancelhas exageradamente carpidas e pensei se poderia dizer algumas palavrinhas sobre a insipiência bronca de seu rosto e foi aí que notei suas mãos; esfregavam com frenesi as pernas felpudas de sua calça e sua boca estava aberta. A pequena ode humilhante que ela tinha me dedicado a deixou transtornada, estava louca para vir para cima de mim, e quando detectou o medo no meu rosto, seu corpo parecia estar se armando, enfurecido. Com um estalo altíssimo, meu antebraço impediu sua mão.

Entrei na Open Palm a passos largos e flutuantes, dizendo "Olá, olá, olá!". A primeira luta sob a vigência do novo acordo havia sido longa e desleal e havia se espalhado por todos os cômodos da casa. Executei póc-póc e muitos pôus, não só para me defender, mas por sentir uma raiva tremenda, raiva dela e raiva de pessoas *como* ela, idiotas. Estapeei Clee por ser uma jovem sem humildade, e na idade dela eu havia sido muito humilde — até demais. Mordi e quase dilacerei a pele de seu antebraço. Quando ela me empurrou em cima da mesa, dei uma cabeçada nela e em todas as pessoas que nunca conseguiram entender minhas sutilezas. Ela me agrediu como só uma pessoa nascida numa vida de treinamento em artes marciais é capaz. Sucintamente. Não houve um só segundo em que achei estar em vantagem. Depois de uns vinte e cinco minutos, paramos para descansar; tomei um copo d'água. Quando retomamos, minha pele estava mais sensível, hematomas aparecendo, e cada músculo do meu corpo tremia. Foi uma luta boa, com mais profundidade e foco. Senti que meu rosto se contorcia com uma ira até então desconhecida; não parecia algo comum à minha espécie. Na verdade, foi o oposto da agressão. Eu havia sido agredida todos os dias da minha vida, e era a primeira vez em que não era agredida. No final ela apertou minha mão duas vezes: ótima rodada.

Pulei de reunião em reunião com uma sensação furtiva, sangrenta e dolorosa que me dava um ar jovial e hilário; todo mundo comentava. Organizar o evento anual de arrecadação de fundos para o Kick It costumava ser tão estressante que eu ia só empurrando com a barriga, desagradando todo tipo de gente. Mas agora tudo estava mudado — quando Jim deu a sugestão estúpida de um número musical para substituir o DJ eu respondi "Muito interessante" e ignorei. Em outra altura da reunião, voltei ao assunto fazendo perguntas corteses que o fizeram mudar de ideia. Para completar, perguntei "Tem certeza? Eu tinha adorado a ideia anterior", e fingi que tocava maracas invisíveis, um comportamento novo que estava indo longe demais. Mas esse comportamento, algo na grande área desse comportamento, estava na minha essência. Quando eu ria, ouvia-se a risada silenciosa de uma pessoa sábia e equilibrada, sem histeria ou desespero.

Mas até quando isso ia durar? Na hora do almoço, senti que a pulsação dos meus membros rareava; ela era tão habilidosa que não chegava a me machucar. No fim do dia, me sentei no banheiro e ensaiei engolir — nada do globus, mas e a sensação de lividez, cadê? Tensionei os ombros e baixei a cabeça, tentando dar luz às ansiedades. O caos que virou a minha casa... grande coisa! Phillip? Ele queria minha aprovação — justo a minha! Kubelko Bondy? Meus olhos despencaram no linóleo cinza e fiquei calculando quantas mulheres haviam se sentado nessa privada e olhado para esse chão. Cada uma a protagonista de seu próprio mundo, todas elas ávidas para amar alguém de modo a serem reconhecidas e amadas por isso. *Ah, Kubelko, meu garoto, faz tempo que não te pego no colo.* Pus os cotovelos nos joelhos e larguei o peso da cabeça nas minhas mãos.

Foi bom passar esse tempo sozinha, estremecer de satisfação, mas depois da satisfação era chegada a hora de voltar à luta. Agora que o globus havia amolecido, eu sentia uma consciência corporal nova. Meu corpo era tenso e sobressaltado, não era divertido habitá-lo; eu nunca tinha notado porque nunca tive com o que compará-lo. Naquela semana, lutamos todas as manhãs antes de ela sair para o trabalho. No sábado, novamente, e eu saí de casa em seguida; à medida que me sentia mais lívida e animada, não queria mais ficar perto dela — não tínhamos nada a dizer uma à outra. Comprei uma blusa cáqui que imaginei ser do gosto de Phillip e a vesti assim que saí da loja. Cortei o cabelo. Rodopiei pela cidade chamando a atenção de todos ou ignorando toda a atenção que recebia. Comi um doce feito com farinha branca e açúcar refinado e fiquei observando um casal ao meu lado que dividia uma omelete. Foi difícil acreditar que eles faziam suas brincadeiras de gente grande, mas é quase certo que sim, talvez com colegas de trabalho ou parentes. Como eram as brincadeiras das outras pessoas? Quem sabe mães e pais que fingiam ser filhos de seus filhos e faziam muita bagunça. Ou uma viúva que às vezes se passava por seu marido falecido e contava com a boa vontade de todos. Tudo muito pessoal; a brincadeira de alguns jamais faria sentido para outros. Observei homens e mulheres que pareciam ser entediantes zunindo em seus carros. Duvidei que alguns deles tivessem assinado um contrato como o de Ruth-Anne, mas alguns certamente sim. Outros talvez tivessem assinado vários. Muitos desses contratos anulados ou transferidos para outras pessoas. As pessoas estavam se divertindo muito por aqui, inclusive eu. Acenei para o garçom e pedi um suco caríssimo, apesar de oferecerem água da casa. Ainda me sentia lívida? Sim. Estava passando o efeito? Um pouco. Eu ainda tinha algumas horas pela frente.

Estava escuro quando parei o carro na porta de casa. Ela me esperava na entrada; nem deu tempo de largar a bolsa. Ela bateu a porta e comprimiu meus ombros com força total. Eu não aguentei, caí de quatro, as chaves tilintaram no chão.

Mas na maioria das noites ficávamos em paz. Eu cozinhava, tomava banho, lia na cama; ela falava no telefone, assistia à TV, esquentava suas comidas congeladas. Nos ignorávamos com plenitude e ebulição.

Phillip mandou uma mensagem *(KIRSTEN QUER SUA PERMISSÃO PARA GENTE SE CHUPAR.???! SEM PRESSÃO, NÃO PRECISA DIZER SIM AGORA)* e eu não movi uma palha. Ah, Kirsten. Talvez ela tenha sido nossa gata de estimação nas centenas de vidas passadas, sempre deitadinha na nossa cama, brincando com os cobertores, observando nosso dia a dia. Parabéns, gatinha, nesta vida a namorada é você — mas quem manda ainda sou eu. Me senti diligente, generosa. Phillip estava tramando alguma coisa — essa é a frase que eu diria a um amigo íntimo, contando um segredo. Eu havia permitido que ele tivesse um caso com uma mulher mais jovem.

Você é tão corajosa, tão aberta.

Grande coisa. We've seen fire and we've seen rain, respondi, citando a canção.

É claro que se tratava de um pré-caso, afinal eu e ele ainda não tínhamos nada, pelo menos não do jeito tradicional, e não nesta vida. E as labaredas e a chuva ainda iam aparecer. E além do mais: nenhum amigo íntimo com quem me confidenciar. Mas lá estava eu de cabeça erguida quando avistei o carteiro e cumprimentei meu vizinho — e quem tomou a iniciativa de cumprimentar fui eu. Até puxei conversa com Rick, ele estava andando no jardim com sapatos de perfurar grama.

— Eu queria pagar você — anunciei — por todo esse serviço pesado.

Generosa, por que não.

— Que isso, não, não. Seu jardim é o meu pagamento. Aqui posso exercitar meu dedo verde.

Ele levantou o dedão e olhou para ele com ternura, mas logo fechou a cara, como se tivesse tido uma lembrança horrível. Respirou fundo.

— Eu tirei seu lixo na semana passada.

— Obrigada — respondi rindo. — Me ajudou muito.

Tinha me ajudado mesmo, eu não estava mentindo.

— Se você quiser, pode fazer isso toda semana.

— Eu faria de bom grado — disse, baixinho —, mas terça-feira eu não trabalho.

Olhou angustiado para mim.

— O dia do lixo é quarta-feira. Mas eu só venho quinta. Se precisar de alguma coisa é só me dizer. Estou aqui pra te proteger.

Alguma coisa ruim estava acontecendo ou já tinha acontecido. Arranquei um punhado de grama.

— E por que você veio essa terça-feira?

— Lembra que eu pedi pra trocar? Em vez de vir na terceira quinta do mês, eu vim na terça. Lembrou?

Ele olhava para o chão, envergonhado.

— Lembrei.

— Aí precisei usar o banheiro. Bati na porta dos fundos antes de entrar, mas ninguém ouviu. Esquece, é a sua vida íntima.

Terça. O que fizemos na terça? Talvez nada. Talvez ele não tenha visto nada.

— Caramujos — disse Rick.

Foi na manhã de terça-feira que ela me encurralou no chão. Segurei firme numa posição defensiva, rabão pro alto.

— Preciso de caramujos. — Ele tentava mudar de assunto. — Pra ajudar no jardim. Caramujos africanos... eles arejam a terra.

Se não ouvimos quando ele bateu na porta é quase certo que Clee estava berrando assédios verbais.

— Eu não estou correndo perigo, Rick. Não é nada do que você está pensando — respondi.

— Tá bem, eu entendi. Ela é sua... coisa sua.

— Não, não tem nada secreto, não...

Ele saiu tropeçando e se afastou, esfaqueando a grama com seus sapatos especiais.

— É uma brincadeira — respondi, apelando. — Faz bem pra saúde! É recomendação médica.

Ele examinava o jardim e fingia não me ouvir.

— Quatro ou cinco já tá bom — respondeu.

— Vou comprar sete. Ou uma dúzia. Treze! Que acha?

Ele se esgueirava pela lateral da casa para chegar na calçada.

— Cem caramujos! — gritei. Mas ele já tinha sumido.

* * *

De repente me vi abobalhada. Quando Clee tampou a minha boca e puxou meu pescoço pelo corredor, eu não consegui revidar porque não queria encostar nela. Antes de cada impulso de brutalidade havia uma pausa — e nos vi pelos olhos do jardineiro sem-teto e achei aquilo tudo uma indecência. Por estar às margens da sociedade, ele não sabia nada sobre as brincadeiras de gente grande; eu era como ele antes de conhecer Ruth-Anne, achava que tudo que acontece na vida é real. Na manhã seguinte, saí de casa cedo, mas evitá-la me causou outros problemas. Uma dor de cabeça do naipe de uma enxaqueca começou do nada; minha garganta pulsava e me ameaçava. Meio-dia eu já tentava loucamente inventar um modo de lutar que fosse mais cirúrgico, mais organizado e conceituado, algo menos febril. Luvas de boxe? Não, mas isso me deu uma ideia melhor.

Saí cambaleando pela rua e fui até o depósito da Open Palm; Kristof me ajudou a vasculhar a velharia no estoque.

— Você está procurando algum VHS?

— Quando foi mesmo que paramos de montar cenários? 2000?

— Cenários?

— É, tipo uma mulher sentada num banco de parque etc. Antes da defesa pessoal como fitness.

— Ah, isso foi antes de 2002. Você está planejando algo pro aniversário de vinte e cinco anos?

— Será?

— Aqui tem umas fitas de noventa e seis, noventa e sete... serve?

Combater sem bater (1996) começava com uma simulação de ataque chamada "Um dia no parque". Uma mulher de alpargatas está sentada num banco de parque, passa protetor solar nos braços, tira os óculos escuros da bolsa, abre o jornal.

Empurrei o saco de dormir roxo da Clee e me sentei no sofá, minha bolsa do lado. Saquei meu protetor solar. Clee assistia da cozinha.

— O que você tá fazendo?

Passei o protetor solar lentamente, então peguei os óculos de sol.

— Você vem pra cima assim que eu abrir o jornal — sussurrei.

E abri o jornal e bocejei do mesmo jeito que a mulher bocejava na fita, teatral mas nem tanto. O nome dela era Dana alguma coisa, ela dava aulas no fim de semana. Ela não tinha o abdômen nem o carisma de sua sucessora, Shamira Tye; com certeza também não pagávamos seus serviços. Clee hesitou mas logo veio se sentar ao meu lado. Pôs o braço em volta do meu ombro antes do agressor no VHS, mas, assim como ele, agarrou meu peito e eu, assim como Dana, dei-lhe uma cotovelada e gritei "Não!"

Ela tentou me puxar para o chão e isso não estava nessa simulação, mas na seguinte, e eu dei um pulo para frente.

— Não! Não! Não! — gritei, fingindo dar uma joelhada na virilha dela.

Dei um pulo para cima e saí correndo. Como não tinha muito para onde correr, fiquei correndo no mesmo lugar por algum tempo, de cara para a parede. E aí corri mais um pouquinho porque não queria me virar para ela. A encenação inteira foi ridícula. Tirei os óculos escuros e olhei para ela. Ela me passou o jornal:

— Vamos repetir.

Refizemos a cena mais duas vezes e então propus que fizéssemos a "Aula 2: Armadilhas domésticas", que se passava numa cozinha. Eu me senti uma idiota dando socos de mentirinha, mas Clee não parecia se incomodar que aquela não era uma briga de verdade; ela passou a desdenhar de mim e me assediar com a arrogância de um fanfarrão, o que era novidade. No VHS, o agressor de Dana usava um boné de beisebol e dizia coisas como "E aí, boneca" ou "Vem com o papai, vem." Na "Aula 3: Algo curioso acontece a caminho da porta da frente", temos ele encoberto pelas sombras rugindo como se fosse jantar: "Hmmm, hmmm, hmmm." É claro que Clee não reproduziu essas coisas, mas de certa forma eu consegui equiparar as apreensões dele às dela, o que sentia com os estremecimentos e olhares de terror de Dana; e, num nível genético, Clee sabia muito bem o que fazer — ela assistia a centenas de encenações como essa desde a primeira infância.

Uma hora depois, estávamos exaustas mas sem hematomas pelo corpo. Ela apertou minha mão com força e me lançou um olhar comprido e esquisito antes de cada uma tomar seu rumo. Fechei a porta do quarto e examinei minha cabeça. A enxaqueca tinha passado; minha garganta estava tranquila. Não estava me sentindo eufórica, mas o efeito ainda poderia chegar. Se ao menos Rick tivesse assistido a "Armadilhas domésticas" em vez de sabe-se lá que coisas ele nos viu fazer. Mas era tudo bobagem, só a reencenação de uma simulação, o que poderia acontecer com uma mulher que não consegue pensar rápido.

Enquanto Clee estava no trabalho, fiquei tentando aprender o resto do *Combater sem bater*. "Aula 4: Lutando dentro do carro" utilizava um sofá e um molho de chaves de um carro. "Como se defender de uma gangue" era complicado demais, pulei. "Mulher pedindo informação" era tipo uma rapidinha e eu só tinha uma fala "Você sabe onde fica a farmácia mais próxima?". No desfecho do vídeo, Dana me pedia para ligar pra minha secretária eletrônica, falar dez "nãos" no volume máximo e depois ouvir NÃO NÃO NÃO NÃO NÃO NÃO NÃO NÃO NÃO NÃO.

Então Dana dizia:

— Caramba, quem é essa louca gritando na sua secretária eletrônica? É você!

Eu ensaiei não só os chutes e puxões, mas todo o diálogo e a encenação completa. Dana havia dado tudo de si naqueles esquetes; choques, medos, raiva — ela demonstrava não só como agir mas o que sentir. Meus momentos preferidos eram os que aconteciam logo antes do ataque — de boa no banco do parque, andando como quem não quer nada em direção à porta da frente. Sentia meu cabelo pesado e batendo na bunda; balancei um pouco a bunda porque sabia que estava sendo observada, quiçá perseguida. Era gostoso ser esse tipo de pessoa, tão desinibida e desprotegida, tão feminina. Dana poderia ter construído sua carreira só fazendo vídeos como esse para todas as situações da vida — acordar, atender o telefone, sair de casa; e aí as mulheres poderiam assistir a tudo para saber o que fazer nos momentos em que *não* estão sendo atacadas, o que sentir no restante do tempo.

Mas as três últimas lições eram meio perturbadoras; estava claro por que a Open Palm nunca tinha lucrado um centavo com essa série. Dana pede que a espectadora reúna objetos domésticos — uma bola de futebol, uma fronha, uma corda elástica — e monte uma cabeça improvisada: "Quando você estiver chutando uma cabeça de verdade, ela não vai quicar tanto, mas talvez comece a ceder e você precisa estar preparada pra isso. Os crânios não são tão duros quanto você imagina." Na "Aula 10: Compaixão e compaixão total", eu fiquei pensando se alguém da equipe já tinha assistido a esse vídeo até o fim; Dana estava no controle de tudo. Com o salto alto enfiado na bola de futebol ela listava os únicos motivos possíveis para que um agressor escapasse vivo. "Os que têm filhos pequenos. Os que têm animais de estimação que ninguém vai querer adotar — por exemplo, um cachorro velho, fedorento e banguela. Quando você mata o dono do cão, mata o cão? Talvez seja legal perguntar antes se eles têm animais domésticos e pedir para ver uma foto ou o atestado de saúde do animal. Por fim: motivos religiosos. São motivos pessoais, e esse vídeo não vai entrar nesses pormenores, mas saiba que em algumas religiões é proibido matar, até se defender é proibido. Se você não tem certeza, procure uma paróquia, sinagoga ou mesquita."

Na manhã seguinte, respirei fundo e cheguei perto do sofá. Eu tinha uma pergunta para Clee.

— Você sabe onde fica a farmácia mais próxima?

Ela piscou os olhos, ficou um pouco confusa. Então retorceu a narina esquerda e estreitou os olhos.

— Sei, sim — respondeu, se levantando bem devagar. Não era a fala correta, mas tudo bem.

Todas as tardes eu ensaiava novos enredos enquanto ela estava no trabalho e os apresentava na manhã seguinte, antes de ela sair. Durante os primeiros dias, foi emocionante revelar cada um como se eu tivesse acabado de fantasiá-los e fossem o fruto da minha criatividade. Mas se tornou frustrante assim que Clee começou a fazer e dizer coisas que não condiziam com o agressor de Dana. Teria sido mais fácil se ela tivesse assistido ao vídeo e decorado suas falas. Num de seus dias de folga, deixei o *Combater sem bater* engatilhado na mesinha de centro, enquanto ela dormia. Agi sem pensar, peguei o carro e fui para o trabalho. Num dos sinais vermelhos, respirei profundamente e fiquei paralisada. O que eu tinha acabado de fazer? No momento em que ela desse play, perceberia que eu havia treinado os movimentos na frente da TV e decorado as falas, como se tudo aquilo fosse muito importante para mim. Senti minhas bochechas ardendo de vergonha — ela ia sacar a minha, sacar quem eu realmente era. Uma mulher cuja feminilidade não passava de reprodução da feminilidade de outra mulher.

— Vê se eu tô com febre — perguntei ao Jim. — Quarenta graus?

— Sua testa não tá quente, mas tá melada. E você tá pálida.

Consegui enxergá-la sentada no sofá dando play no controle remoto. Cada gesto, grito, carão e urro que dei na última semana eram reações da Dana. *Quem é você?*, ela me perguntaria com toda razão. *Dana é você? Por acaso sabe quem você é? Não*, eu responderia aos soluções, *Não, não sei*. Jim me passou o termômetro.

— Esse é de enfiar no ouvido. Ou prefere ir pra casa?

— Não, não posso ir pra casa agora.

Me deitei no chão. Ao meio-dia, Phillip mandou uma mensagem que continha só um ponto de interrogação e um emoticon de reloginho de desenho animado. Já fazia dois meses que ele aguardava minha resposta. Dois meses atrás eu vivia a paz de uma vida organizada. Me virei de bruços, torcendo para que ele me tirasse dessa enrascada em que me meti. Qual seria o emoticon correto para *Me leva pra sua cobertura e cuida de mim como se fosse meu marido?* Jim pôs um papel toalha molhado na minha testa.

Às sete da noite, Nakako me pediu para ligar o alarme antes de sair.

— Você sabe o código, né?

Levantei do chão a duras penas, saí com ela catando cavaco e dirigi até em casa tremendo de frio. Estacionei na porta de casa e me lancei para fora do carro rumo ao ridículo.

Mas algo curioso aconteceu enquanto caminhava até a porta.

— Delícia, delícia, delícia — disse uma voz das sombras. Ela se aproximou toda gabola e pôs a mão na minha lombar. Usava um boné de beisebol para trás.

— Nem vem! — ladrei, e ela recuou por um, dois, três segundos antes de partir pra cima de mim. Os cinco minutos seguintes foram a prova de que meus vizinhos não se importavam com a minha vida.

Quando enfim consegui chegar na porta de casa, entrei, bati e sorri averiguando minhas bochechas. É claro que não cheguei a chorar de verdade, mas fiquei muito emocionada. É provável que ela tenha ensaiado e treinado o dia todo na frente da TV. É claro que inimigos de todo tipo se enfrentam com raiva, mas o que havia entre nós era mais raro. Me lembrei daquela partida de futebol entre nações rivais que aconteceu numa noite de Natal durante a Primeira ou Segunda Guerra Mundial. Ela ainda sentia repulsa de mim, eu ainda a deixaria chumbada na manhã seguinte, mas até o dia raiar essa seria nossa brincadeira.

Na noite que se seguiu repassamos o vídeo inteiro, em ordem. A aula "Como se defender de uma gangue" continuava sendo a mais confusa porque havia dois homens maus e um todo vestido de jeans que não queria confusão.

— Pô — dizia ele para os homens maus. — Corta essa. Vamos dar no pé.

Clee tomou a iniciativa de se revezar nos papéis dos três sem me consultar; eu parava toda hora para encontrar o fio da meada.

— Qual foi? — sussurrou ela. — Já tô nessa parte.

— Qual deles é você?

Ela hesitou. Até então não tínhamos nos manifestado sobre o vídeo nem se representávamos alguém além da versão raivosa de nós mesmas.

— O primeiro homem — respondeu ela.

— O de jeans?

— O primeiro homem mau.

Sua postura ao dizer essa frase — os pés plantados no chão, as mãozonas à espera, suspensas. Exatamente como um homem mau, o tipo forasteiro que chega a uma cidade adormecida e causa todo tipo de confusão antes de fugir a galope. Ela não era o primeiro homem mau do mundo, mas o primeiro que conheci de cabelão loiro e calça de veludo rosa. Ela estalava o chiclete entre os dentes sem a menor paciência.

Atravessamos a cena até o fim e então repetimos mais duas vezes. Parecia dança de salão ou um jogo de tênis, eu disse à Ruth-Anne na semana seguinte.

— Depois que você pega os movimentos, passa a ser instintivo... verdadeiras férias pra cabeça.

— Então como descreveria o prazer que sente?

— Um pouco teatral, sobretudo atlético. E pra mim a surpresa é ainda maior porque nunca fui boa nos esportes.

— E a Clee? Você acha que pra ela também é um esporte?

— Não — baixei os olhos. Quem sou eu para dizer.

— Você acha que vai além disso?

— Pra ela talvez não seja um jogo, talvez seja real. Ela é do tipo "misógina", sei lá. O lance dela é esse.

Descrevi a voracidade que vinha à tona nas atuações dela.

— Mas é claro que você sabe melhor do que eu o que isso significa. Você acha que tem um lance psicológico?

— Olha, esse é um termo muito amplo.

— Mas certeiro, né?

— Ah, sim — respondeu ela, com relutância. Ela achou que eu queria receber dois diagnósticos pelo preço de um.

— Você não precisa me responder — recuei, apertando minhas mãos no ar. Para mudar de assunto apontei para as embalagens avolumadas de comida chinesa enfileiradas na mesa dela. — Isso tudo é pra você?

— Eu bebo muita água — respondeu ela, dando um tapinha na garrafa d'água. — No fim do dia, recolho todas elas e despejo tudo no banheiro de uma vez só.

— No banheiro daqui ou no banheiro da sua casa?

— No banheiro daqui! — respondeu, rindo. — Já pensou! Eu indo pra casa com milhares de contêineres de xixi e fezes dentro do carro? Que loucura!

Ela se encenou ao volante e caímos na gargalhada. De fato, uma situação muito engraçada. Rimos como amigas para enfatizar que não éramos amigas. Não era assim que ela ria na casa dela.

Ela continuava ao volante e eu dei mais uma gargalhada. Ia ficar nessa até quando?

— E daí se pra ela for real? — perguntou, largando o volante. — A realidade muda o tempo todo e não tem nada de muito interessante.

CAPÍTULO 6

Todo ano o evento de arrecadação de fundos da Open Palm é um perrengue e nem chega a ser muito lucrativo, mas anualmente eu fico zonza na hora de me arrumar para sair, porque penso que Phillip também deve estar se arrumando para tal. Se estivéssemos num filme, haveria uma alternância entre as cenas em que visto a meia de náilon, Phillip engraxa o sapato, eu penteio o cabelo e por aí vai. Esse evento costumava ser a única oportunidade que eu tinha de vê-lo fora do escritório — e dessa vez eu poderia me gabar *Ele me manda mensagem o dia inteiro* e estaria falando a verdade. Assim que me visse com a blusa cáqui nova talvez ficasse constrangido ou envergonhado pelas mensagens. "Ei" seria minha primeira fala. "Olha bem", apontando para os meus olhos. "A vergonha não cabe nesse relacionamento tá?" Será que em seguida ele me puxaria pelo colar da feirinha de produtores locais que eu estava usando esse ano de novo? E o que aconteceria depois? Alguém teria que dar carona para Clee, eu estaria ocupada. Eu disse isso para ela assim que saiu do banho. Aliás, o que ela ia fazer lá? Só ia a eventos de arrecadação de fundos da Open Palm quando ainda era uma criança que corria pela pista de dança.

Mudei de ideia quando ela saiu do banheiro pisando duro; ela precisava de uma acompanhante. A blusa que usava obrigava as pessoas a olharem para ela, mesmo que a contragosto. Eram duas peças em tecido preto que se entrecruzavam num anel dourado gigante — uma vestimenta pouco segura. Eu poderia deixá-la no evento antes de passar na casa do Phillip, se necessário.

— Vai ter bebida? — perguntou ela no caminho para o Presbyterian Fellowship Hall. Seus pés pontudos navalhando o painel do carro; ela havia desenterrado um salto altíssimo cheio de tiras e fivelas.

— Alcoólica, não. Não vá achando que é uma festa.

Ela não estava com a calça larga de sempre, usava um jeans muito muito apertado. Jeans me lembrava Kirsten. Ai dele se levasse ela.

— Tranquilo. Jim tem um presentinho pra mim.

— Jim da Open Palm? Ela vai levar bebida pra você?

— Não, outra coisa. Você vai ver.

Ficamos em silêncio no restante do trajeto.

Suzanne e Carl abraçaram a filha e a obediência de Clee me surpreendeu. Fiquei em pé ao lado daquele longo abraço a três como se fosse um vigia ou guia.

— Cheryl! — grasnou Suzanne quando se separaram. — O que houve com as suas pernas?

Nós todos olhamos para as minhas panturrilhas. Estavam lanhadas e cheias de hematomas como sempre.

Phillip ainda não tinha chegado. As garotas do Kick It fizeram uma demonstração de defesa pessoal ao som de rap e em seguida entrou um DJ. Perguntei se ele achava que o som estava um pouco alto.

— Acho que tá baixo — gritou, uma das mãos segurando o fone de ouvido.

— Legal, mas não aumenta o volume.

— Quê?

— Tá ótimo assim! — e complementei com um joinha.

Enquanto o fornecedor explicava o problema da cafeteira elétrica, observei Clee conversando com as garotas do Kick It. Elas usavam roupas idênticas e parecia que algumas eram suas conhecidas — talvez filhas dos amigos dos pais. Tentei imaginar enredos com uma das garotas, a de franja castanha que mostrava algo no celular para Clee.

— Então é melhor servir menos café? Ou diluir?

— Menos café por enquanto.

Quem diria — a garota da franja castanha era só uma garotinha. Clee vez ou outra olhava para mim; eu desviava o olhar. Vê-la em público, na presença dos pais, era perturbador. O DJ tocou uma música que todo mundo amava, e as garotas correram para a pista de dança com as mãos para o alto. Dançavam num estilo hip-hop e Carl se requebrava fingindo ser um boboca e as garotas do Kick It morriam de rir. Ele me viu e acenou. Apertei o pescoço para dizer que estava até aqui enrascada com as demandas da gerência. Um laço invisível começou a rodopiar em cima de sua cabeça; ele me laçou. Todo mundo estava olhando, então me permiti ser arrastada para a pista de dança. Clee deu uma olhadinha para os meus quadris gingando dentro da saia amassada de tecido étnico e virou de costas, horrorizada. Eu dei uma requebrada para demonstrar que estava vivendo um momento fantástico e observei as garotas fazendo movimentos que pareciam mais apropriados a um clube de strip-tease do que a um evento que visava arrecadar fundos em prol da defesa pessoal. Todas elas estavam de salto alto — nenhuma delas poderia fugir de um agressor, sem contar os níveis de dor no pé a que haviam se submetido e que deviam estar sentindo o tempo todo. "Ôla", gritavam, "Ôla!". Era uma palavra? Ou gritavam *oba*? As pessoas me olhavam achando graça; certamente eu não estava "no ritmo" ou sei lá eu. Cadê o Phillip? Alguém me deu um esbarrão e virei para ver quem era. Era Clee. Lá vinha ela — como se pudéssemos lutar aqui, nos engalfinhar até o chão. Ou vai ver era assim que ela dançava. Ela me deu mais um esbarrão mas dessa vez pôs a mão com cuidado na minha barriga e ficou bem atrás de mim, me segurando de modo a entrarmos no mesmo ritmo. Olhei ao redor e percebi que na verdade era um passo de dança, muitas pessoas faziam o mesmo passo. Eu não conseguia ver seu rosto, mas senti que ela estava se divertindo, tentava fazer as outras garotas rirem. Peralá, eu até podia ficar na piada por um tempo, mas a música não acabava nunca e tive a impressão de que, honestamente, estava ficando inapropriado. Pela expressão de Suzanne é quase certo que ela concordava comigo. Dei uma reboladinha e me afastei. O telefone vibrou no meu bolso.

Phillip. Não mencionava Kirsten na mensagem. Era direcionada exclusivamente a mim e revelava, sem deixar dúvida, tudo o que ele sentia em relação a nós dois.

FIZ UMA DOAÇÃO — FVR MANDAR NOTA QUANDO DER.

Uma mensagem tediosa e respeitável para uma mulher tediosa e respeitável. Nunca fomos um casal, em qualquer nível ou existência. Mas peralá — meu telefone vibrou de novo. Talvez fosse brincadeira e agora ele diria *Brincadeira*.

ESPERO QUE A NOITE TENHA SIDO UM SUCESSO!

Educado — a pior coisa depois de tedioso. Eu já havia esperado tanto para declarar minha decisão e essa era a minha punição. Foi difícil digitar ao som das batidas da música. Escrevi tudo em caixa-alta como ele, como se gritasse noite adentro.

ESTOU QUASE DECIDIDA!

Fiquei olhando para o telefone, à espera. Nenhuma resposta.

Então adicionei: :)

Nenhuma resposta.

Esperei mais vinte minutos. Sem resposta. Soturna, observei aquele mar de pessoas dançando. Hora de ir para casa. Jim daria conta do resto. Falei para Clee que estava de saída e ela me surpreendeu saindo da pista de dança no mesmo instante.

— Só preciso encontrar o Jim.

Jim tirou uma coisa do meu porta-malas. Perguntou à Clee o que ela ia fazer com aquilo e ela deu de ombros. Estava embalado num papel florido. No espelho retrovisor parecia ser algo encantador.

— O que é isso?

— Você vai ver — disse Clee.

Ela levou a coisa para dentro do banheiro. Minutos depois senti uma batidinha no meu ombro. Ela usava um traje completo de luta livre. Eu não via um troço daqueles desde o fim da década de noventa — capacete e luvas enormes, ombreiras e protetor de virilha. Ela começou a me agarrar sem nenhum roteiro. Foi como ser atacada por um monstro, a criatura que habita um pesadelo. Esqueci de simular e lutei para matar. Sem compaixão, sem misericórdia, sangue e nada mais. Soquei a cabeça careca de Phillip e soquei a barriga seca de Kirsten, soquei os dois ao mesmo tempo, socando-os como se fossem uma porta.

— Para, para, para — disse Clee, segurando meus braços. — Pega leve.

Peguei leve.

Clee quase não se mexia, quase não encostou em mim, usava seu corpo acolchoado para se defender do meu. Meus socos lentos pareciam tai chi. Depois de um tempo o extraterrestre cabeçudo me imobilizou. Ou me abraçou. Um minuto estranho se passou. Contei até setenta e tossi. Ela cambaleou para trás e arrancou o capacete de espuma. Seu cabelo estava bagunçado, o rosto suado e vermelho.

— Mas que ideia de jerico eu tive — disse ela.

Não rolou nem um aperto de mãos.

No dia seguinte Clee avisou que havia sido transferida para o turno da noite, mas só por duas semanas. De manhã eu ficava me esgueirando pela casa e ia para o escritório para deixá-la dormir em paz. Será que ela sentia falta das nossas simulações? Não parecia. Eu não estava conseguindo trabalhar nem dormir. Meu telefone andava inerte. Desde a minha última resposta, Phillip e eu vivíamos um impasse. Me arrependi de ter mandado a carinha sorridente. Às vezes eu ia ao banheiro às cinco da manhã, hora em que ela chegava em casa, só para deixar claro que eu estava acordada e disponível, mas ela me ignorava e usava uma camiseta enrolada na cabeça, como uma pessoa perdida no deserto, para assistir à TV. Na maioria das vezes, ela colocava o travesseiro em cima do rosto, então eu não conseguia afirmar se ela estava muquifada em seu saco de dormir ou se sequer tinha chegado do trabalho. Uma vez apalpei para verificar, e ela se levantou como uma múmia da tumba, o cabelo embolado, os olhos alucinados.

— Desculpa — sussurrei —, eu não sabia que você tava aí.

Ela olhou para mim à espera de uma explicação melhor.

— É que seu saco de dormir incha muito — acrescentei — às vezes eu não sei... então eu queria só...

Ela enfiou a cabeça embaixo do travesseiro.

Assim que as duas semanas se passaram, ela dormiu um dia inteiro e depois tomou um banho que parecia sem fim. Enquanto isso, Phillip mandou uma mensagem: *BANHO. NOS ENSABOAMOS MAS PAROU POR AÍ.* Em seguida: *JÁ TEM A RESPOSTA?* Ele ainda estava esperando minha decisão, claro que sim. Mas em vez de sentir alívio fiquei mais perturbada. Andei pela cozinha. As batidas ininterruptas de água no banho de Clee. Não seria difícil precisar a quantidade de galões de água por minuto, bastaria um balde. Quando ela enfim fechou o chuveiro, olhei no relógio — quarenta e cinco minutos. Nunca havíamos discutido a divisão das contas, mas talvez fosse a hora. Meio a meio, cada uma paga uma parte ou eu pago tudo e ela me deposita metade? Que barulho foi esse? Secador de cabelo. Ela estava escovando o cabelo. Saiu do banheiro com uma calça de ficar em casa e uma blusa de cetim, o cabelo parecia uma tripa aquecida e brilhante. Os pés besuntados com algum tipo de pomada mentolada antifúngica. Se ela fosse sair de casa, o "Um dia no parque" seria a melhor opção, e a mais rápida. E aí eu teria a casa todinha para mim. Coloquei a bolsa no ombro, caminhei pela sala e me sentei no "banco do parque". Ela olhou para a minha bolsa.

— Vai sair?

— Não... — respondi, hesitante, como quem sugere.

— Nem eu.

Foi uma noite longa. Ela arrumou a sala de estar, lavou a louça. Uma hora a flagrei em pé na frente da estante de livros, a cabeça quase na horizontal.

— Tem um favorito? — perguntou.

— Não.

Eu não sabia aonde ela queria chegar, mas fiquei muito tensa. Com a TV desligada não havia mais distância nem privacidade.

— Mas você já leu todos?
— Já.
— Hmmm.

Correu o dedo sobre as lombadas à espera de uma recomendação de livro. Ela estava com um grampo pendurado no cabelo escovado e liso. Fiquei olhando sem entender do que se tratava.

— Por acaso isso é...? — Apontei para o grampo. — Tem um strass? — Perguntei porque não fazia o estilo dela... parecia que estava ali por engano, como um graveto.

— Que que tem?
— Nada. Só queria te avisar.
— Você acha que eu não sei? Fui eu que coloquei.

Ela ajustou o grampo e sacou da estante um livro chamado *Mipam*.
— É um romance tibetano — alertei. — Escrito no século XIX.
— Interessante.

Ela se sentou com muito cuidado no sofá, parecia que sempre havia sido um sofá, nunca sua cama nem banco de parque ou carro. O livro estava aberto em cima de suas pernas e ela lia ou fingia ler. Depois de um tempo desisti e fui dormir.

Na manhã seguinte ela já estava na forma original: calça de moletom e regata.

— A Kate, minha amiga, vai vir me visitar — informou. — Vai dormir no quartinho dos fundos.

— Maravilha.

Maravilha que nada. Como íamos fazer qualquer coisa com a Kate aqui? O último enredo já fazia mais de duas semanas. Meu globus estava comportado, mas a tensão havia se espalhado por todo meu corpo, prestes a explodir. Se nós conseguíssemos encenar agora rapidinho, Kate ou qualquer pessoa seria bem-vinda.

— Ela tá chegando — disse Clee. — Saiu de Ojai faz uma hora.

Montei a cama no quartinho dos fundos. Deixei toalhas e balas de hortelã sem açúcar.

— Já já ela aparece — disse Clee.

Salpiquei bicarbonato no triturador de lixo.

— Ela tá estacionando — disse Clee.

Ela estava atrás de mim. Eu virei. Nos encaramos. Ela deu uma risadinha, balançando a cabeça, incrédula. *Como assim? O que precisamos fazer pra rolar?* Foi a mesma sensação do evento de arrecadação de fundos, a de que havia um hip-hop que todo mundo, exceto eu, conhecia.

— Ôla? — arrisquei.

Ela franziu a testa sem entender nada. A campainha tocou.

Kate era uma mocetona asiática de risada escandalosa que usava um cordão com pingente de crucifixo dourado entre os peitos. Sua caminhonete tinha um veículo estranho no engate. Assim que entrou pela porta, disse "Me dá um pouco dessa bunda" e deu um tapa na bunda de Clee. Então empinou a própria bunda para Clee dar um tapa.

— Esse é o nosso "toca aqui" — disse Kate, vindo na minha direção com um sorriso escancarado. Eu levantei a mão para avisar que preferia o cumprimento habitual. Ela me deu um Tupperware cheio de macarrão cozido.

— Você não precisa me dar comida, eu como isso aí.

Fiquei escondida no quarto até que elas saíram para dar uma olhada no negócio engatado na caminhonete de Kate. Remontei a mesa dobrável, liguei o computador e comecei a trabalhar. Um barulho horrível na entrada da garagem. Corri para a varanda crente que algo pegava fogo, mas Clee e Kate estavam tagarelando alto perto daquele veículo ensurdecedor, que estava ligado em ponto morto.

— É um quadriciclo, mas eu posso rodar em qualquer lugar — gritou Kate.

Ela estava fumando.

— Mas não tem a potência de um quadriciclo — gritou Clee.

— Pro tamanho dele, tem sim... tem até mais. E se for tunado fica mais potente ainda.

— Se for tunado só na parte de trás vai ficar igual você.

As duas gargalharam. Kate jogou a guimba do cigarro na entrada da minha garagem.

— Meu rabo é imenso.
— Um rabão.
— O Sean gosta. Ele diz que gosta porque se perde aqui.
— Achei que vocês não tavam saindo mais.
— Não tamo. Ele só aparece, mete no meu rabo e depois vai embora.

Olhei para os dois lados à espera de que os vizinhos estivessem gostando dessa conversa.

— Mas, na real, é tão grande que eu nem sinto ele. Mas então, meu pai tava certo?
— Total, sra. Beebe total. Ela não é tão horrível quanto a sra. Beebe, mas é ruinzinha.
— Ela tem cara mesmo, é igualzinha.

Ela era eu? Igualzinha a quem?

Desci a escadinha da varanda correndo, acenando, elas ficaram em silêncio. Clee deu um chute no pneuzão do veículo, deu um pinote para o banco e deu a partida num estrondo. Vimos quando ela parou no final do quarteirão; ela soltou um urro de alegria e gritou algo que não consegui ouvir.

— Quem é sra. Beebe?

Kate pôs a mão na boca e riu com uma delicadeza estranha. Certamente sua mãe era delicada.

— Você ouviu? Ah, merda, era só brincadeira! — Ela me olhou para ver se eu estava zangada. — A Clee é maneira. Ela adora se fingir de durona, mas vira um docinho quando pega intimidade. Eu chamo ela de Princesa Manteiga. — Ela gargalhou de nervoso e girou o anel que usava no dedo mindinho. — Acho que você conhece meu pai. Mark Kwon.

Mark Kwon, o divorciado beberrão que Suzanne havia me apresentado anos atrás. Então essa era a filha dele. Kate Kwon.

Princesa Manteiga voltou rugindo pelo quarteirão.

— Muito louco!

Ela deu algumas voltas em círculo e saltou. Kate deu um tapinha no banco do motorista.

— Sua vez, Cheryl.

— Muito bem. Não acho que minha carteira de motorista me habilita a...

Clee me conduziu ao inseto grotesco.

— Já andou de moto?

— Não.

— É mais fácil que andar de moto. Sobe aí.

Eu subi.

— Aqui é o acelerador, aqui é o freio. Manda ver.

Pisei o mínimo possível no acelerador. Kate e Clee observavam minha saída lentíssima do meio-fio, e aí, feito uma mulher montada numa tartaruga gigante, comecei a subir a rua gradualmente. Foi interessante estar numa posição tão alta sem qualquer segurança. Eu nunca havia transitado com tanta lentidão no quarteirão da minha casa. As casas dos vizinhos não eram mais familiares, estavam quase desbotadas. O puque-puque do motor soterrava a paisagem sonora habitual; eu estava confinada numa bolha de barulho. Um cachorro latiu, mas não ouvi; uma mãe jovem de viseira passava protetor solar nos rostos silenciosamente chorosos de suas bebês. Elas ficaram imóveis quando me viram passar tão devagar. Gêmeas. Nunca tinha visto essas bebês. Mas claro que já tinha sim.

Vai aonde? Perguntaram em uníssono.

Até a esquina, a princípio.

Vai voltar?

Não hoje, mas me esperem.

Elas estavam cabisbaixas. E, de algum modo, ambas eram Kubelko Bondy. Por que será que essa alma circundava minha vida há tanto tempo? Mantivera-se jovem ou também estava envelhecendo? Em algum momento desistiria de mim? Não foi a pergunta certa — obviamente seria eu quem desistiria. Kubelko não passava de um hábito, como decorar placas de carro. Um tique besta e nada mais. Pisei fundo no acelerador e o miniquadriciclo saltou para a frente, e seu rugido pôde ser ouvido do outro quarteirão. O barulho chacoalhou todos os meus pensamentos. Que jeito mágico de se locomover. Sempre achei que essas máquinas eram brinquedos de pessoas mal-educadas que não se importavam com o meio ambiente, mas talvez eu estivesse enganada. Talvez isso aqui seja uma espécie de meditação. Senti que estava vinculada a todas as coisas e o barulho do motor me deixou num nível de vigilância a que não estava acostumada. Eu continuava acordando e voltando a acordar de tudo, e continuava a acordar. Será que tudo que é caipira na verdade é místico? Mas e as armas? Olhei para trás. Clee e Kate estavam pequenininhas, mas consegui enxergá-las gesticulando como loucas para que eu voltasse. Enfiei o pé no acelerador. Num instante desembestei na direção delas e elas correram, gritando, saindo da minha frente.

Elas queriam fazer uma festa.

— Não é uma festa. Só uns amigos nossos da escola que agora moram por aqui — disse Kate. — Que estudavam na mesma sala que a gente, né?

Clee assentiu. Ela virava as páginas de uma revista bem devagar, mais uma vez comprometida a me ignorar.

— Eu não posso abrigar um evento que vá desvalorizar a casa — respondi. — Esse é o limite.

— A casa não vai ser desvalorizada — argumentou Kate.

— Vai ter música alta?

— Claro que não — garantiu ela. — Eu nem gosto de música.

— E bebidas?

— Zero, nenhuma.

— E depois vocês têm que limpar tudo.

— Eu adoro fazer limpeza, é tipo meu dom.

— Tá, tudo bem então fazer essa reuniãozinha com os colegas.

— Pensando melhor agora? Acho que algumas pessoas vão querer beber sim. Mas se você preferir eu posso dizer pra elas jogarem as garrafas em sacolas de papel.

Primeiro chegou um grupão de escandalosas. Depois um grupo de garotos, e Kate conectou o telefone dela no meu aparelho de som com o cabo que um dos garotos havia trazido. Tiraram minhas peças mexicanas de cima das caixas de som e eu achei ótimo. Meu telefone vibrou. *ELA SEGUROU MEU PAU DURO POR ALGUNS MINUTOS. MAS NÃO FEZ MAIS NADA.*

Aí o garoto do cabo aumentou o volume do som para o máximo e todo mundo precisou gritar para ter uma conversa.

Aí chegou um grupão de garotas e garotas.

Aí eu fui para o quartinho dos fundos e escrevi um bilhete sobre o barulho para os vizinhos e imprimi seis cópias. Assim que saí de casa me dei conta de que o quarteirão inteiro estava ouvindo aquela música e seis cópias era pouco. Quando voltei para imprimir mais, os garotos e garotas estavam fazendo uma brincadeira de esguichar bebida uns nos outros.

VOU CONFESSAR, QUERO GOZAR NA BOCA DELA.

E logo em seguida: *ME ARREPENDI DA ÚLTIMA MENSAGEM, FOI DE MAU GOSTO E DESRESPEITOSO COM A KIRSTEN. ESPERO QUE VOCÊ CONSIGA IGNORAR. AGUARDAMOS SUA DECISÃO. VAI NO SEU TEMPO!*

Chegaram uns homens. Nem aparentavam ser jovens; um deles devia ter a minha idade. Sorriu para mim. Parecia que traziam drogas. Com certeza haxixe ou maconha, talvez algo mais. Era impossível usar o banheiro — eu já estava na fila há mais de vinte minutos quando Kate deu um pinote e gritou "Galera, galera, atenção! Essa mulher aqui é a dona da casa! O nome dela é senhora Beebe! Chega pra lá, ela merece furar a fila!".

Ela estava muito bêbada. Eu disse *obrigada* e em vez de responder *De nada!*, ela gritou "É meu jeitinho, eu vou lá e faço!" e me entregou seu drinque.

— Tem álcool? — gritei.

— É ponche! — berrou no meu ouvido.

Tomei enquanto fazia xixi para ganhar tempo embora eu nem estivesse precisando de tempo no momento. Muito gosto de álcool. Todas as toalhas estavam no chão, que estava ensopado. *QUER VER UMA FOTO DELA?*, mandou Phillip. Apaguei essa mensagem.

Encostei na parede da sala de estar e fiquei observando Clee. Ela montou nas costas de um garoto e gritou "Cartão vermelho! Cartão vermelho!", com a mão para cima. Ela sabia que eu a estava observando. E agora dizia "Porra, garota, você precisa se depilar!" e Kate respondeu "Preciso nada, sou asiática!". Eu observei enquanto levantavam as pernas para vários garotos fazerem comparações. Pobre Kate, o fardo de ter uma aparência tão comum e ser a melhor amiga de alguém com a aparência de Clee. Uma pessoa cujos olhos, embora um bocado distantes do nariz, têm a forma exótica dos felinos; alguém cujo cabelo é tão modorrento e dourado que parecia mudar de forma a todo o tempo, como a água, e isso era perceptível até numa foto que achei na internet, em que ela estava numa praça de alimentação e fazia pose como se fosse de uma gangue. Uma pessoa que tinha uma boca macia demais para estar à vista de todos. Observei os rostos suados e ávidos dos dois garotos que Kate havia alistado no teste da perna. Ela gritava "Fecha os olhos pra você não saber de quem é a perna!". Os dois garotos passavam as mãos para cima e para baixo na perna e no pé fedorento de Clee e ela olhava bem nos meus olhos. Eu retribuía o olhar. Já fazia quase três semanas desde a nossa última simulação. O que ela estava querendo com isso? Meu telefone vibrou.

Apertei os olhos para enxergar a foto na tela. Kirsten era baixinha e tinha ombros largos, cabelo loiro encardido na altura do queixo que ou estavam ensebados de óleo de massagem capilar ou eram naturalmente muito grudentos. Usava óculos redondos à la John Lennon, calça de karatê e uma camiseta branca gigante com a foto de um crocodilo. O crocodilo usava um dreadlock verde, vermelho e preto e dizia "BRONHA, BRÔU". Ela tinha um sorrisão esperançoso, gengivas cheias de baba. Os olhinhos tentavam se escancarar e os braços estavam abertos como uma cantora duvidosa de ópera. Ou uma adolescente. Ela conseguia ser ainda menos atraente do que eu naquela idade.

Quando voltei a olhar para Clee ela já havia sumido. Saí para procurar e ela tampouco estava do lado de fora. É provável que estivesse dentro de algum carro fazendo qualquer coisa com alguém. Passei a mão na lateral da minha cabeça; um zumbido. Talvez eu estivesse morrendo ou bêbada. Fui até o meio da rua e depois até o fim do quarteirão. A pé era mais difícil reconhecer a casa onde avistei as bebês na janela. Só as silhuetas detrás de uma cortina amarela. Porque eram gêmeas, tudo que faziam se espelhava como mancha de tinta, uma borboleta simétrica, leite derramado, um crânio de vaca. Ainda dava para ouvir a batidinha da música ao fundo, mas até que estava tranquilo quando liguei.

Phillip atendeu prontamente.

— Cheryl?

— Decisão tomada — respondi, olhando para a cortina amarela. Ele deu uma risadinha angustiada.

— Acho que acabei pressionando você.

— Sem dúvida, mas cheguei a uma conclusão.

— Algumas mensagens foram muito inadequadas.

— Todas foram.

— Eu não sabia se você tinha visto tudo.

— Vi.

— Porque nem sempre você respondia. E eu falava pra Kirsten que você é muito ocupada.

— Não sou tão ocupada assim.

— Tá, tudo bem, mas você não entope sua vida de atividades tolas como todos nós.

— Não respondi porque não tinha uma resposta.

— Foi o que eu disse pra Kirsten. Você viu a última? Da foto?

— Vi.

Ele ficou em silêncio. A luz no quarto delas se apagou; a cortina amarela escureceu.

— Falo então qual é a decisão que tomei?

— Sim, por favor.

— Vai fundo.

Quando voltei, Clee estava em pé no sofá com quatro pessoas cantando uma música que não parecia ser em inglês. A parte favorita do grupo era *didididiá-iá-iá-za-za*. Phillip já estava transando com Kirsten, dava para sentir — do ponto de vista dele. Eu estava dentro dele, dentro dela. Toda vez que Clee cantava *didididiá-iá-iá-za-za*, ela empurrava a pélvis para frente no ritmo da música e seus peitos balançavam. Deus meu, olha essas tetas, ofegou Phillip. Quem sussurrou a palavra fui eu.

— Tetas.

Ele queria masturbar Kirsten por cima do jeans. *Didididiá-iá-iá--za-za*. E gozar na boca dela. Tomar banho junto com ela. *Didididiá--iá-iá-za-za*. Meu pau estava duro. A canção estava quase chegando no ápice, Clee e as outras garotas, as feias, pulavam cada vez mais rápido e os homens gritavam a plenos pulmões, e nem era a letra da música, uivavam porque é muito bom uivar.

Fui para o quarto, tranquei a porta, tirei o sutiã roxo dela com alças muito brilhantes e encostei minha cabeça calva nas tetas dela. Minha mão grande e peluda esfregou a virilha de sua calça jeans e meus dedos de unhas grossas e quadradas enfiei na buceta dela. Ela estava molhada, choramingando "Phillip", gemeu. "Mete." E aí, quase muda, com força, fiz amor com sua boca. Era esse tipo de novinha que ele merecia — uma safada, não uma garotinha com cara de rato.

Depois de tanto tempo cozinhando, me senti imediatamente aliviada e invencível. Quando gozei fiz uma bagunça tremenda, sêmen pra todo lado. No cabelo, nas tetas, no rosto dela, no meu edredom e no tapete. Um espirro de sêmen foi parar em cima da cômoda, respingou na minha escova de cabelo, na minha caixinha de brincos, na foto da minha mãe ainda jovem.

Elas não ajudaram na limpeza. Fingiram — por volta de meio-dia Kate catou umas garrafas de cerveja e perguntou onde ficava a lixeira, mas quando eu disse "Isso é reciclável", ela parecia sobrecarregada e se sentou. Clee se arrastava meio grogue pela casa, de cueca boxer e bustiê, o cabelo emaranhado. As duas estavam com muita ressaca.

A princípio achei que poderia ter sido algo inédito e muito relacionado ao ponche. Mas enquanto passava o aspirador de pó e o pano de chão, esfregava e limpava as paredes, tive que olhar várias vezes para baixo para me certificar de que não estava inchada nem minhas veias pulsando, afinal havia energia acumulada vibrando na minha virilha. Uma experiência nova para mim. Quando Clee abriu as pernas para que eu limpasse a mesinha de centro, tive que largar o esfregão e ir para o quarto. Pus a mão sobre a boca de Clee que gemia para que Kate não a ouvisse. Minha mão não, a mão de Phillip. Ele meteu com tanta força que suas orelhas peludas tremeram.

No fim da tarde Kate pediu uma pizza.

— Uma pizza de agradecimento — disse ela. — Obrigada.

Clee caiu dentro e eu mordisquei um pedacinho.

— Aliás, meu pai vai casar de novo — disse Kate, mastigando com a mão educada na frente da boca.

Sorri e assenti. Eu mal conseguia lembrar como ele era, mas não pegava bem dizer isso.

— Eu me diverti com ele, mas foi um encontro só.

— Você lembra como estava vestida? — perguntou Kate.

Clee lançou-lhe um olhar penetrante.

— Não — respondi rindo. — Já faz muito tempo.

Kate deu um gole no refrigerante e pigarreou.

— Meu pai disse... Ai!

Ela fez uma pausa para averiguar o local onde Clee havia chutado.

— Meu pai disse que você estava vestida que nem lésbica.

Eu sorri. Muito fácil imaginar Mark Kwon dando um show para explicar que eu não havia conseguido ser atraente para ele; ele fazia bem esse tipinho. Clee revirou os olhos como se esse papo fosse chato demais.

— Ele disse isso?

— Disse. O que você estava usando?

— Não lembro.

Mas agora com essas perguntas eu de repente me lembrei.

— Uma roupa meio parecida com essa que você tá usando agora?

Ela apontou para minha calça e a camiseta dentro da calça.

— Não, essa é minha roupa de faxina. Não sei, acho que era um vestido longo verde com vários botões na frente. Veludo canelado.

Eu ainda tinha esse vestido. Por alguma razão, Kate achou muito engraçado; ela riu e ficou olhando, pasma, para Clee até que Clee enfim sorriu também.

Kate se divertiu à beça. Kate não quis o Tupperware de volta. Kate ia mandar mensagens para Clee falando do Kevin e do Zack. Kate teve dificuldade para engatar o miniquadriciclo na caminhonete. Kate quis saber onde ficava o posto de gasolina mais próximo. Kate precisou usar o banheiro mais uma vez antes de sair. Kate se sentou no carro e ficou olhando o telefone. Kate enfim, finalmente, foi embora.

Clee fechou a porta e olhou bem nos meus olhos — estreitando-os. Por um instante achei que ela soubesse do que eu estava a fim. Então simplesmente me deu um tapa, como se toda a estadia de Kate fosse culpa minha e pudesse ter sido evitada. "Brigando Dentro do Carro" começava com (a simulação de) um tapa, então seguimos nesse enredo. "Vem aqui, benzinho", recitou ela, com severidade.

Voltávamos à ativa, mas era tarde demais — eu já estava brincando de outra coisa. Fiz mímica de joelhadas e cotoveladas, em rotação desajeitada em torno de uma ereção fantasma. Quando acabou, saí mancando para o quarto; fechei a porta; e dei um tapa na cara dela com minha mão imensa e peluda. Logo depois que gozei em sua boca, meu telefone tocou. Se fosse ele, eu ia perguntar o que havia feito com Kirsten para eu fazer com Clee. Era só mais uma aresta turbulenta de nossa jornada a dois; eu sentia o que ele sentia e era extraordinário e surpreendente.

Mas era do consultório do dr. Broyard, ligavam para confirmar minha consulta na próxima terça, 19 de junho. Me vi contando para ele que o globus não existia mais e em seguida tentando explicar a cura alcançada por meio de seu relacionamento com Ruth-Anne. Dava para ouvir a respiração dela.

— Quem fala, Ruth-Anne?
— Se quiser desmarcar, avise com quarenta e oito horas de antecedência.

É claro que era ela na linha.

— Podemos conversar agora? Eu te ligo? Estou vivendo coisas novas e complicadas.

Ela ficou em silêncio.

— Tá, eu espero até amanhã.

— Nos vemos na quinta, dezenove — disse ela.

CAPÍTULO 7

Descrevi como havia me enveredado na luxúria de Phillip, seus desejos avassaladores, seus orgasmos violentos que convulsionavam no meu corpo. Ruth-Anne não pareceu surpresa, como se eu estivesse atrasada para minha festa.

— Certo. Mas que tal nomearmos só como luxúria, desvinculando Phillip? Talvez seja a luxúria e fim.

— Olha, *minha* não é. Eu não costumo pensar nesse tipo de coisa sozinha, sem ele.

— Mas você não acha excitante quando ela ataca você?

— Tudo que ela faz comigo eu finjo que sou Phillip para corresponder.

— Tá. E como Cheryl Glickman se sente no meio disso tudo?

— Eu?

— É, como você se sente?

Eu, pensei. *Eu. Eu. Eu.* Nada de especial me veio à mente.

— Você tem se masturbado até atingir o orgasmo?

Sorri para o chão.

— Tenho?

— É uma pergunta para mim?

— *Tenho*. Sim. Mas, daquele jeito, só nos bastidores.

Ruth-Anne assentiu como se eu tivesse acabado de dizer algo muito perspicaz. Talvez tivesse dito. Fiquei pensando se eu era sua paciente favorita ou no mínimo a única que estava a sua altura.

— Posso fazer uma pergunta que tem a ver com isso?

— Claro — respondeu ela.

— Lembra quando você me ligou ontem, pra confirmar a consulta com o doutor Broyard?

Ela mudou de feição.

— Olha, eu não tenho certeza se vou continuar me consultando com ele... seria engraçado.

— Engraçado como?

— Engraçado não, desconfortável. Encontrar você no papel de recepcionista. E depois me consultar com ele. Porque eu já sei de tudo.

Ela ficou olhando para mim por um longo tempo e pensei que afinal eu devia ser a paciente de que menos gostava.

— Você que sabe — concluiu ela. — Mas acho que você já perdeu o prazo de quarenta e oito horas para desmarcar a consulta.

Clee achava que sua cueca boxer rosa tampava tudo, mas não era bem assim. Se estivesse sentada de pernas cruzadas, tipo em posição de ioga, eu conseguia ver a pontinha de seus pentelhos loiro-escuros e às vezes mais. Numa manhã qualquer avistei lábios genitais desavisados, rosados e à toa. Não era a concentração secreta de carne que eu andava imaginando. Com essa informação nova, Phillip teve que voltar atrás e refazer todas as transas a que tinha se dedicado. Ele queria muito ver o ânus dela, embora o chamasse por outro nome. Li e reli todas as mensagens dele, mas não encontrei a palavra que ele usava. Escolhi *fiofó*. *EU CONFESSO*, ele teria escrito, *QUERO ENFIAR MEU PAU DURAÇO NO FIOFÓ DELA*.

Quando falavam o nome dele no trabalho, em geral relativo à questão de arrecadação de fundos, eu sentia um arrepio de invisibilidade — não que eu *fosse* ele, mas era estranho ouvir seu nome assim tão sem compromisso.

— Phil Bettelheim fez uma doação mais modesta este ano — disse Jim —, mas ainda estamos em junho, talvez ele faça mais uma doação. Alguém chegou a orientá-lo sobre a iniciativa de assistência a grupos de alto risco?

Não havíamos conversado desde o dia que lhe dei minha bênção; e podia apostar que estava ocupado fazendo todas as coisas que eu fingia que ele fazia. Pensar nisso doeu, e até essa dor era excitante. Me senti tão próxima dele. Jamais poderia ser provado, mas suspeitei que nossas ereções estavam acontecendo ao mesmo tempo, quem sabe até ejaculávamos em uníssono, assim como às vezes os períodos menstruais entram em sincronia. Me perguntei em que altura do ciclo menstrual Clee estava.

— Cheryl — olhei para cima. Um rosto tão parecido e tão diferente do rosto dela. — Minha filha tá bem? Está se comportando direitinho?

— Súper — respondi, sem pensar. — Tudo certo.

Suzanne cruzou os braços, esperando mais detalhes. Ela sabia de tudo.

— Fala a verdade. Conheço bem a peça.

Ela olhou bem no fundo dos meus olhos.

— Ela assiste a televisão demais — sussurrei.

Suzanne suspirou.

— Puxou a mãe do Carl... tem nada na cabeça.

Ela deu um tapa na testa. E por um instante incômodo quase me senti a guardiã de Clee.

— Ela é uma pessoa mais instintiva — respondi.

Suzanne revirou os olhos.

— Mas olha, obrigada. Carl e eu estamos pensando em como podemos retribuir sua ajuda. Não... não pensei em dinheiro.

Sua insensatez de vaca não me incomodava mais. Ou havia perdido a importância — a personalidade dela era só o raminho decorativo de cheiro-verde sobre o lombo bronzeado e ardente. Clee quicava no pau duro do Phillip todos os dias, várias vezes por dia, e no começo dava a impressão de que ele nunca se cansaria de gozar em sua buceta alada, o gozo se esparramando nos pentelhos loiro-escuros. Mas agora, passados dez dias, eu tinha um problema. Ele queria muito, até mais, mas demorava tempo demais para gozar — às vezes trinta minutos. Às vezes nem gozava. Tentei variar para posições mais incomuns, novos ambientes. Uma das fantasias envolvia Ruth-Anne observando o ato sexual, ela admirava e aplaudia com sua aprovação clínica. Era tão improvável que deu certo, por um tempo. Mas qualquer coisinha atrapalhava o gozo de Phillip.

Os pés fedorentos de Clee. Antes, o menor dos meus problemas; agora, brochante. Às vezes Phillip colocava sacos plásticos nos pés dela e prendia o cheiro ali dentro com um elástico até seu pau ficar duro.

Goza na minha buceta, implorava ela. *Goza em mim! Goza em mim!*, implorava a buceta dela, os lábios já doloridos e moles.

Só quando você der um jeito nesses pés, latiu ele. *Conheço um cromoterapeuta especializado nisso, o melhor da cidade. Pode dizer que foi recomendação minha.*

Esperei o momento certo para falar sobre o assunto, me sentei no braço do sofá. Ela estava chupando macarrão instantâneo de uma xícara.

— É bom isso? — Ela parou de comer, franziu a testa, desconfiada. Não havíamos tido conversas imprevistas desde a partida de Kate. — Pra começo de conversa: paz, tá?

Ela franziu a testa mais uma vez e olhou para o V do sinal de paz nos meus dedos. Eu não fazia a menor ideia do que estava fazendo.

— Pois bem — prossegui. — Nós moramos juntas, às vezes... nos aproximamos fisicamente?

Minha entonação de pergunta foi natural; e não tinha o menor cabimento dizer isso, afinal eu metia a vara nela várias vezes por dia, o Phillip. Mas eu estava me referindo aos enredos das nossas lutas. Ela assentiu, largando a sopa de macarrão. Prestava uma atenção quase desconcertante no que eu dizia. Passei o dedo no Post-It no meu bolso de trás.

— Olha, eu não quero botar o carro na frente dos bois, nem quero te ofender.

Clee balançou a cabeça como quem diz *Que isso, jamais, não vou me ofender*.

— Mas posso abrir o jogo?

Ela riu de verdade, e sua boca abriu um sorriso, um sorriso verdadeiro. Uma imagem inédita para mim. Ela tinha uns dentões.

— Essa era a minha esperança — respondeu ela, agora apertando os lábios com força como se houvesse um oceano de outros sorrisos e mais risadas do outro lado e ela tentava contê-lo só por mais alguns segundos. Assentiu que eu continuasse, para que falasse enfim.

Minha mão estava esperando a deixa e notei, com um horror distanciado, ela trazer para frente o Post-It. Clee descolou o papel da palma da minha mão e leu o endereço do dr. Broyard e a data da minha consulta com olhos ternos e curiosos. Quinta-feira, 19 de junho, amanhã. Não havia mais nada a fazer a não ser seguir com o plano.

— Quero falar sobre seus pés... o cheiro deles...

Eu nunca tinha visto um rosto mudar completamente de feição assim. Desmoronado: tudo que lhe era característico virou ruína. Tomei a frente da situação.

— Meu amigo Phillip jurou que o doutor Broyard cura pé de atleta. Quando você chegar lá, diga à recepcionista que foi recomendação minha, estou repassando minha consulta para você — disse, e apontei para o papelzinho.

Seu rosto ficou vermelho, estava prestes a explodir. Os olhos cheios d'água. Então ela respirou bem fundo e de repente se acalmou. Mais do que calma, sem expressão.

A última coisa que eu esperava é que ela comparecesse à consulta. Mas na sexta-feira de manhã havia uma pedra do sol pendurada na fechadura do basculante do banheiro e uma garrafinha de vidro ao lado de sua escova de dentes. BRANCO. Branco chega a ser cor? A diferença era perceptível até pela parte de trás de sua cabeleira loira; ela estava completamente diferente. Impossível nomear essa diferença. Nem mais feliz nem mais triste nem menos fedorenta. Mais branca. Mais pálida. Comecei a contar as horas para minha sessão de terapia; Ruth-Anne havia visto Clee. Essa era a principal informação.

Me recostei no sofá de couro.

— E aí, o que achou da Clee?

— Ela parecia jovem.

Concordei para encorajá-la. O melhor era que tivesse dito, aos moldes da apreciação clínica, "bem torneada" ou "curvilínea". Mas com isso Ruth-Anne parecia ter encerrado sua avaliação.

— Você a imaginava assim?

— Mais ou menos, sim.

— Qualquer homem ficaria de pau duro só de olhar pra ela, né?

Eu queria ser corajosa o suficiente para usar uma das palavras de Phillip na frente de Ruth-Anne e fui. Estava dando certo; minha virilha ficou quente e eu a ponto de gozar. Assim que chegasse em casa ia me aproveitar da fantasia de ver Ruth-Anne nos assistindo.

De repente, Ruth-Anne se levantou.

— Não — esbravejou ela, batendo as mãos com violência. — Pode parar por aí.

Meu sangue congelou.

— Como assim, como assim?

Ela cruzou os braços, deu uma volta em torno de sua cadeira e se sentou novamente.

— Comigo *não*. Não faça isso comigo. Tudo bem fazer com o Phillip, com um zelador, com um bombeiro ou com um garçom. Mas comigo não.

Ela falava como se eu não entendesse inglês. Me senti uma gorila. Meus dedos foram direto para o olho; talvez ela tenha me feito chorar. Não, pior que não.

— Não quero fazer parte disso — falou, com um tom de voz mais suave; ela gesticulava para a janela. — Tem um mundo inteiro de pessoas com quem você pode fazer isso, mas comigo não. Estamos entendidas?

— Estamos — sussurrei. — Perdão.

Meu constrangimento eclipsou o que restava daquela manhã. Tentei imaginar que ela usava calcinhas fio-dental, mas só piorei as coisas, meus dedos desastrados começaram a enrugar enquanto Phillip metia fundo. Desistimos. Tentei trabalhar. Tomei um banho. Por causa dos cabelos compridos de Clee, o ralo começou a entupir e de repente o box se encheu como se fosse uma banheira e eu tive que me apressar para terminar o banho antes que inundasse. Clee chegou em casa e vestiu a cueca boxer que deixava à mostra seus lábios vaginais. Eu estava possessa e o banheiro, um pardieiro, e meu pau sempre e cada vez mais duro, mas eu não conseguia mais gozar.

Liguei para o encanador. Rápido, alertei. Tudo está entupido aqui. Era um latino gordinho sem queixo e seus olhos ficaram morosos ao avistarem a mulher tetuda deitada no sofá. Eu não podia esperar; gesticulei para o chuveiro enquanto corria para o meu quarto. "Bata quando terminar." Foi melhor do que Ruth-Anne; foi como a primeira vez com Phillip. O encanador arregalou os olhos com espanto quando ela entrou no banheiro sem camisa. Primeiro ele não teve certeza, não queria se meter em confusão. Mas ela implorou e o puxou pelo cós enorme de matrona de sua calça. No fim não foi tão educado quanto parecia ser. Não, senhor. Tinha uma quantidade considerável de raiva reprimida, possível consequência da injustiça racial e das questões de imigração, e resolveu boa parte dessas questões ali. Então consertou o ralo e, para testar o conserto, tomaram banho juntos. O conserto custou duzentos dólares. Mostrei para Clee o filtro de cabelos e como limpá-lo; ela me ignorou. Será que ainda estava brava por causa do lance do pé? Eu não tinha tempo para pensar sobre isso; de repente havia muito o que fazer.

O rapazote nerd magricela que vi no supermercado Whole Foods: Clee o seguiu até seu carro, implorou que ele a deixasse segurar seu pau duro por alguns minutos. Um pai de família indiano que educadamente me perguntava como chegar a tal lugar, com a esposa tímida a tiracolo: Clee esfregou a buceta por todo o corpo dele e o coagiu a ficar de pau duro, ele gemia de prazer quando a esposa apareceu. Nervosa a ponto de ficar muda, esperou em silêncio que ele gozasse nas tetas de Clee. Vovôs que não transavam há anos, vários adolescentes virgens chamados Colin, moradores de rua com hepatite. Também todos os homens que um dia conheci. Todos os meus professores do jardim de infância, ensino médio e faculdade, meu primeiro senhorio, todos os homens da minha família, meu dentista, meu pai e George Washington com tanta intensidade que sua peruca escorregou. Eu tentava encaixar Phillip aqui e ali, por exemplo o convidando a meter em Clee por trás enquanto eu beijava sua boca como um velho — mas o fiz por culpa, nada além disso. Talvez fôssemos dois mulherengos. Ou talvez Kirsten, sendo real, superava minhas hordas de homens imaginários. Na maioria das vezes, eu nem tinha tempo de me sentir culpada; era raro um momento em que eu não estivesse me masturbando. O carteiro entregou uma caixa e eu só pude abri-la depois que Clee abriu o zíper de seu uniforme fornecido pelo governo; eu o ajudei a enfiar seu pintinho dentro dela. Os pênis se tornavam cada vez mais abstratos e improváveis — eu não podia domá-los. Alguns ligeiramente pontudos, outros pontiagudos e esbeltos mas com uma cabeça de inhame, ou serrilhados como uma pinha carnuda. Levei a caixa para a cozinha e abri com a faquinha de manteiga. O que será, o que será? Assim que enfiei a mão pelas laterais percebi, horrorizada, do que se tratava. Os caramujos de Rick. Uma centena de caramujos com a bunda para o alto. Rastejavam sobre os cacos uns dos outros, tripas amarelas e gosmentas cobertas por conchas marrons. Dentro da caixa havia ainda uma incrustação densa de caramujos passeando uns por cima dos outros, centenas de antenas cegas procurando sinal, e o cheiro — a podridão. Meu telefone vibrou.

— Alô.

— Oi, Cheryl, é o Carl. Tô ligando da loja de celulares. Estou testando um telefone, ligação gratuita! Minha voz tá boa?

— Tô te ouvindo claramente.

— Ruído? Eco?

— Nada.

— Vou testar o viva-voz. Diz alguma coisa.

— Viva-voz, viva-voz — tinha um caramujo na minha mão; joguei de volta na caixa.

— Boa, funcionou. É um telefoninho supimpa.

— Posso desligar?

— Não acha que te liguei só pra testar o telefone, hein!

— Sem problema.

— Peraí, xô perguntar aqui pro vendedor se podemos conversar mais um pouquinho.

Ouvi Carl perguntar se havia limite de tempo para ligações gratuitas. Um homem respondeu num tom de voz agressivo "Pode falar o dia inteiro se quiser." Clee estava de quatro e minha mão já estava dentro da calça antes mesmo de saber o porquê. Ardeu; não sei o que os caramujos haviam deixado nos meus dedos, mas senti pinicar minhas partes íntimas. No entanto, uma voz agressiva não bastava — ela não conseguiria chupar uma voz. Carl estava assistindo de pé, mas eu não entendi nada. Clee andava de quatro pela loja, a boca aberta de peixe.

— Podemos conversar o dia inteiro! — disse Carl.

Clee andava em linha reta na direção do pai. *Não, não*, pensei. *Ele não*. Mas meus dedos já estavam frenéticos, quase lá.

— Tudo em cima? Clee está bem?

Clee agarrou a perna dele assim que ouviu seu nome. É claro que ele ficou chocado.

— Ela tá ótima — difícil fingir que estava com fôlego. — Tá amando o trabalho.

Chocado mas não insatisfeito. Havia algo de muito acertado nessa situação, impróprio é claro, mas acertado. Ele pôs a mão naquela nuca tão familiar e a puxou para baixo algumas vezes, ajudando a encontrar o ritmo certo.

— Sexta-feira estou na cidade, que tal sairmos os três para jantar?

Todas as pessoas na loja de celular estavam petrificadas; alguém sussurrou alguma cláusula de lei, mas o homem de voz agressiva alegou que a lei não tinha qualquer serventia afinal não havia nudez. Ele estava certo — o botão inferior da camisa social de Carl se abriu em volta do membro e enganchou nos lábios de Clee, então toda vez que ela afastava a cabeça essa cortininha ia junto. Pra frente e pra trás, pra frente e pra trás. De repente, Carl soltou um urro de guerreiro que indicava estar prestes a gozar. Ele queria ter esperado mais, mas o brio paternal falou mais alto.

— Acho ótimo — respondi com fervor.

— Vou pensar num lugar legal — disse ele. Então gozou, não dentro da boca da filha, e isso de fato seria contra a lei, mas dentro da própria camisa. A mão de Clee estava lá embaixo, discretamente ordenhando as últimas gotas. Uma onda de náusea e tristeza me engoliu.

Senti falta do membro do Phillip, tão familiar. Onde eu estava e onde ele estava? Os caramujos estavam por toda parte. Não só debaixo dos pés e colados nas paredes da cozinha, haviam tomado a casa inteira. E não eram do tipo vagaroso. Um deles fazia reprodução assexuada com um abajur. Vi quando dois deles sumiram para debaixo do sofá. Era o fim da linha ou meu problema aumentaria de tamanho? De fato, um problema. Eu tinha um problema.

Algo semelhante já aconteceu comigo uma vez. Quando eu tinha nove anos, um tio bondoso me enviou um cartão de aniversário. Não era um cartão apropriado para uma criança; um bando de pássaros mal-encarados trajando chapéu-panamá e com charutos nos bicos jogavam baralho. Estava escrito algo que não consigo lembrar, mas a frase da parte de dentro era tipo um vírus ou parasita autorreplicante à espera de um hospedeiro. Quando abri o cartão ele voou, carregando meu cérebro em suas garras implacáveis: "Diz-me com quem tu andas, e te direi quem és." Poderia ser dito de uma só vez, e repetido e repetido e repetido. *Dizmeconquentuandasetedireiquemés, Dizmeconquentuandasetedireiquemés.* Dez milhões de vezes por dia: na escola, em casa, no banho, eu não conseguia me esconder dessa frase. Sumia nos raros momentos de distração; a qualquer momento um pássaro ou um bando de pássaros ou um charuto ou cartas de baralho ressurgiam para mim. *Dizmeconquentuandasetedireiquemésdizmeconquentuandasetedireiquemés.* Passava horas pensando como eu teria uma vida plena e normal, se conseguiria me casar, ter filhos, um emprego com esse encosto. Um feitiço que regeu minha vida, intermitentemente, por um ano inteiro. Aí, alheio a tudo isso, esse mesmo tio enviou outro cartão no meu aniversário de dez anos. Esse tinha um quadro do Norman Rockwell, era uma menina cobrindo os olhos e lia-se: "Envelheceu mais um ano? Quero nem ver!" E na parte de dentro: "Você envelhece, eu acabei de envelhecer." Foi um tiro. Toda vez que um bando de pássaros mal-encarados aparecia na minha frente, eu cantava *Vocênvelheceuacabeidenvelhecer* e eles dispersavam na hora. O tio já morreu, mas guardo o cartão na cômoda. É infalível.

— Era infalível — concluí, severa, me endireitando no sofá. — Com esse feitiço não está funcionando.

Ruth-Anne, piedosa, assentiu. Meu comportamento inapropriado da sessão anterior estava sendo superado.

— Então precisamos de um antídoto — disse ela. — Algo disciplinador, como o cartão, contra esse feitiço em específico. Nada de *Vocênvelheceuacabeidenvelhecer*, é muito curto.

— Foi o que eu pensei, curto demais.

— Você precisa de algo que leve mais tempo.

Tentamos pensar num antídoto a longo prazo.

— Que músicas você conhece? "Noite feliz"? Sabe essa?

— Eu não sei cantar. Sou ruim de melodia — respondi.

— Não tem problema, você só precisa saber a letra. E "Pintinho amarelinho"?

Balbuciei "Pintinho amarelinho".

— Que tal?

— Olha... — Eu não queria fazer pouco-caso da ideia dela. — Não sei se quero cantar "Pintinho amarelinho" o dia todo.

— De forma alguma. Ficaria mais louca dos que com os boquetes. Me diz uma canção que você adora. Existe alguma que você adora?

Tinha uma sim. Uma garota da faculdade ouvia o tempo inteiro; eu sempre esperava que tocasse no rádio.

— Não sei se vou conseguir cantar.

— Mas você sabe a letra?

— Sei.

— Então fala. Canta.

Senti calor e frio. Estava tremendo. Pus a mão na testa e comecei o primeiro verso: "*Will you stay in our Lovers' Story?*"

Foi horrível.

— É do David Bowie.

Ruth-Anne me olhava como quem encoraja.

> *If you stay you won't be sorry*
> *'Cause weeeee believe in youuuuu*

Eu não parava de arquejar; o ar não circulava pela minha garganta como nas gargantas normais.

Soon you'll grow so take a chance
With a couple of Kooks
Hung up on romaaaancing

— Não lembro o resto da letra.
— Que tal?
— Eu sei que não estava no tom, mas acho que consegui captar um pouco da energia da canção.
— Eu estava falando da Clee.
— Ah.
— Você conseguiu se distrair.
— É, acho que sim.

Na manhã seguinte, acordei cedo, louca para fazer um teste com a música. Tomei um banho cauteloso. O feitiço manteve distância. Me vesti e acenei para Rick, ele estava desolado olhando para os caramujos.

— Bom dia! — saí com um canecão de chá.
— A situação está periclitante.
— É, eu sei. Comprei caramujo demais.
— Eu só consigo trabalhar com quatro. É o número de caramujos que dá pra supervisionar. Não tenho experiência para cuidar desse rebanho.
— E se você bolar um chamado? Pra juntar todos eles?
— Um chamado? Como assim?
— Usar um apito de caramujo, sei lá.

As palavras mal saíram da minha boca e Clee começou a chupar o apito de caramujo entre as pernas do Rick. Ele ficou chocado e blá--blá-blá.

— Rick, vou cantar uma música.
— Não vai dar certo, eles não têm ouvidos.
— *Will you stay in our Lovers' Story...*

Rick, com educação, baixou a cabeça. Morando na rua ele já tinha visto coisa pior.

— *If you stay you won't be sorry, 'cause weee belieeeve in you.*

Digamos que deu certo. Não bastava dizer *abracadabra* e fazer um coelho sumir, puf. Era preciso dizer *abracadabra* bilhões de vezes, anos a fio até o coelho morrer de velho, e continuar dizendo até que o coelho já tivesse passado por todo o processo de decomposição e estivesse enfim sendo absorvido pela terra, puf. Era preciso dedicação, e eu me sentia disposta quando acordei — mas minha determinação se deteriorou com o passar do dia. Entre cantar e masturbar a buceta quente dela pela calça jeans, eu sempre achava que o dia seguinte seria o ideal para começar a cantar.

Carl estava usando mocassins vistosos que estalavam na calçada como sapatos de sapateado. Houve um embaraço a respeito de quem deveria se sentar no banco da frente — eu porque sou mais velha, ou Clee porque é a filha dele. Me sentei no banco de trás. Silêncio ao longo do caminho.

O vinho não agradou o paladar de Carl; ele pediu outro rótulo.

— É por isso que eles deixam experimentar — disse ele. — Querem que a gente fique satisfeito.

Clee parecia entediada, mas eu a conhecia o suficiente para saber que era só impressão. Assim como eu, se perguntava o que estávamos fazendo ali. Mas os mamilos dela não pareciam entediados; antenados e atentos num tubinho verde colado no corpo. Era quase impossível cantarolar a música e ao mesmo tempo conversar educadamente.

Carl me mostrou seu novo celular e senti uma náusea. E se ele só estivesse aqui porque eu o havia intimado, acedendo a um desejo irresistível e inapropriado de ver sua filha? Mas ele nem olhava para ela. Deu um golão no vinho e me observou por cima da taça.

— Cheryl, faz quanto tempo que a gente se conhece?

— Vinte e três anos.

— É tempo, hein. Comprometimento total, muita confiança.

Quando ele disse *confiança* gesticulou para Clee; ela estava de olhos arregalados e roendo o canto da unha. Ele sabia de tudo. Kristof havia lhe contado sobre os vídeos antigos que peguei no depósito da empresa. Ele só precisou terminar de ligar os pontos. Hematomas. O traje de boxe que também havia desaparecido.

— Você já deve saber o que vou dizer agora.

Seu rosto austero. Meu peito arfava.

— Aliás, Suzanne também gostaria de estar aqui. É algo que partiu de nós dois. — Ele levantou a colher. — Cheryl, você nos daria a honra de entrar para o conselho?

Clee fechou os olhos para tentar se recuperar da notícia. Carl viu a vermelhidão tomar conta do meu rosto; felizmente não havia nenhuma legenda ou placa indicando minha erupção. Baixei a cabeça.

— Carl, Suzanne, Nakako, Jim e Phillip conseguem tocar o conselho sozinhos — introduzi —, eles são muito bons nisso, vou entrar para o conselho embora eu não seja de grande ajuda para tal porque não sou boa nisso de fazer parte do conselho.

Carl deu uma colherada em cada um dos meus ombros, algo que nunca aconteceria no escritório e que, provavelmente, jamais faríamos no Japão. Então ele levantou a taça.

— Um brinde à Cheryl.

Clee levantou a taça e talvez brindasse só ao alívio que sentíamos juntas naquele momento, e de repente senti uma quase ternura por ela. Não havia pensado muito nela nos últimos tempos, só em meter tubérculos e pólipos em sua vagina e boca. Como será que havia passado os últimos dias? O vinho era muito intenso; seus vapores se alastravam pela minha testa. Carl encheu minha taça.

— Phil Bettelheim está pulando fora. Então ficamos com essa vaga em aberto.

Minha expressão não mudou, tenho certeza.

— Sem ressentimentos. Ele fez uma doação robusta quando saiu.

Sorri para o meu guardanapo. É claro que o objetivo de fazer parte do conselho era estar perto de Phillip, mas tomar seu lugar também me pareceu interessante. Quase melhor. Pela primeira vez entendi o papel do charuto e a vontade de acender um charuto e me recostar na cadeira.

Clee e eu pedimos o bife mandarim; o meu foi servido na velocidade normal, mas o de Clee foi servido em câmera lenta. Olhei para a garganta comprida e avermelhada do garçom, ele engoliu em seco. Fazia um tempinho que eu não via esse tipo de coisa acontecer na vida real e de repente não me pareceu uma grande ideia imaginá-la segurando o pau duro desse homem por alguns minutos. Até porque Phillip estava embaixo da mesa, no começo de uma ereção. Disparei um olhar para o garçom alertando-o de que ela já estava comprometida; ele saiu correndo.

Três minutos depois voltou perguntando se estávamos satisfeitos com o serviço. Ele usou essa desculpa para lamber as tetas de Clee com seus olhos de cachorro.

— Esse garçom passou dos limites — opinei assim que ele saiu. A frase saiu num tom baixo e brusco, o tom de voz de Phillip. Mas foi sutil, Carl não notou. Clee inclinou a cabeça, piscando os olhos. Levantou a mão e chamou o garçom.

— Acho que minha cadeira está com defeito.
— Não é possível — disse ele, abalado.
— Pois é, acho que agarrou no meu vestido.

Ela se levantou para o garçom examinar a cadeira.

— Parece que não há problema, mas vou pegar outra cadeira.
— Sério? Vê se agarrou meu vestido?

O garçom parou e, cauteloso, se inclinou para examinar a bunda de Clee.

Ela se virou e deu um sorrisinho para ele, um cavanhaque safado logo se apresentou; a energia corporal dos dois se entrelaçou num aperto de mãos firmando o acordo de que transariam muito em breve.

— Keith, prazer — disse ele.
— Oi, Keith.

Pus minha taça sobre a mesa com força, Keith e Clee trocaram olhares de apreensão fingida. Ele achou que eu era mãe dela. Ele não tinha experiência de vida para saber que eu devia estar de pau duro e tremendo de prazer. Imagina a cara dele se eu jogasse Clee em cima da mesa, empurrasse seu vestido e arrombasse sua xota apertada com meu pau. Eu meteria com as duas mãos para o alto, mostrando para todas as pessoas do restaurante — chefes e subchefes, ajudantes de garçom e garçons —, mostrando que eu não era a mãe dela.

A cada etapa do jantar eles ficavam mais à vontade com o corpo um do outro. Ele recitou o cardápio de sobremesas enquanto fazia uma massagem nos ombros dela.

— Você conhece ele? — perguntou Carl, intrigado.

— O nome dele é Keith — respondeu ela.

Mas quando Keith acompanhou Clee até a porta e pediu seu telefone, ela respondeu:

— Por que você não me dá o seu?

Ela ficou muda na volta para a casa.

Na hora que fechei a porta de casa, ela agarrou meu cabelo e puxou minha cabeça para trás. Um suspiro idiota escapou da minha boca. Enredo nenhum; ela queria lutar à moda antiga. Precisei de um tempo para me organizar — para trocar de lugar com ela e virar o Phillip. Ele a empurrou na parede. É. Já fazia um tempo que estávamos indiferentes a tudo aquilo; eu precisava muito desse alívio. E ela merecia porque estava se comportando com mais leveza. Ela estapeou meus peitos, algo que nunca tinha feito antes nem fazia parte das encenações a que eu assistira. Precisei de muita concentração para imaginar a sensação de estapear os peitos dela. Talvez por isso minha expressão facial era agressiva ou máscula, vai saber. Vai saber o que ela sacou.

— O que você tá fazendo? — disse ela, dando um passo para trás.

— Nada.

Respirou fundo várias vezes.

— Você tá pensando merda.

— Tô não — respondi de pronto.

— Tava sim. Tava cagando pra mim. Cagando na minha cara.

Embora eu não estivesse, de modo geral, eu acho que estava. Acho que vinha cagando na cabeça dela sem parar no último mês. Ela esperava que eu dissesse alguma coisa — que me explicasse, me defendesse.

— Não estava... — eu não queria dizer a palavra — cagando.

— Cagando, mijando, gozando, sei lá, por toda a minha... — Ela gesticulou apontando seu rosto, cabelo, peito. — Você tava, né? Adivinhei?

— Desculpa — respondi.

Ela parecia se sentir completamente traída, tão traída quanto o personagem mais traído de Shakespeare.

— Justo *você*, achei que de todas as pessoas — sua voz virou um sussurro —, você era a única que ia ser legal comigo.

— Perdão.

— Sabe quantas vezes isso já aconteceu comigo? — Ela apontou para o rosto como se ele estivesse de fato coberto de alguma coisa.

Pensei em inúmeros números — setenta e três, quarenta e nove, cinquenta.

— Sempre — respondeu ela. — Isso sempre acontece.

Ela me deu as costas e, porque não tinha um quarto, foi para o banheiro e trancou a porta.

O mapa-múndi descolou da parede e caiu no chão com um estrondo. Colei o mapa de volta lentamente. Os sentimentos dela. Feridos por mim. Ela estava sentida e a culpa era minha. Olhei para a porta do banheiro, pus a mão na parede para me recompor.

Ruth-Anne me aconselhou a seguir firme. Que eu não me preocupasse se a música estava surtindo efeito ou não — que cantasse e fim. Eu vivia alguns dias castos e esperançosos, mas alguma força sempre me puxava para baixo. Uma vez sonhei que Clee estava tomando banho com Phillip, eles se ensaboavam, e quando acordei fingi que ainda estava dormindo enquanto gozava. Outra vez enfiei e tirei o pau duro de Phillip da boca de Clee só para provar que eu estava no comando e podia fazer isso rapidinho sem cair no feitiço de novo, mas ficou provado que eu não estava no comando de mim mesma, quem estava era o feitiço, e fazer esse tipo de coisa uma vez significava repeti-la por mais quinze nos dois dias que se seguiam, para logo em seguida me afundar num pântano de vergonha. E ela sabia — agora que podia de algum modo afirmar que eu havia gozado nela recentemente. No telefone com Kate contabilizou a quantidade de dinheiro que precisaria para alugar um lugar para morar; não era muito.

Às vezes a única coisa que eu conseguia fazer era balbuciar *Will you stay in our Lovers' Story?*, mas o efeito era maior quando eu dava tudo de mim, cantava a plenos pulmões, mentalmente ou dentro do carro no volume máximo. *If you stay you won't be sorry!* Quando ela não estava em casa, eu fazia alguns movimentos de tai chi que pareciam aprofundar o hábito de cantar na minha consciência. Estavam fazendo alguma obra nas linhas de esgoto em frente à minha casa; serravam a calçada e o que se ouvia era um guincho ensurdecedor, e a cada vez que o veículo amarelo dava ré, ele apitava, apitava, apitava, apitava. Era necessária uma concentração sobre-humana para cantar mentalmente e opor o ritmo da canção ao ritmo dos apitos. Passei três dias seguidos, de cinco a sete horas, cantando por cima dos apitos até que finalmente saí de casa. Aquela máquina amarela, vista de perto, era formidável; suas garras faziam de mim uma anã. E o homem que a dirigia, seu capitão, era tão formidável quanto a garra. Ele tomava Gatorade a goladas; a cabeça inclinada para trás e o suor escorrendo nas laterais de seu rosto imenso e carnudo. Esse era exatamente o tipo de homem em quem eu gostaria de ver Clee pagando um boquete.

— Com licença, você sabe quantas marchas a ré você vai dar hoje? Eu moro naquela casa ali. O apito é muito alto.

— Muitas — respondeu ele olhando para trás. — Hoje é marcha a ré o dia inteiro.

Uma brisa soprou e eu sabia o alívio que causaria a seu rosto suado, mas parou por aí. Eu não fazia a menor ideia de como ele sentia as coisas.

— Desculpa pelo barulho — finalizou ele.

— Que isso — respondi. — Agradeço seu trabalho.

Ele se endireitou sobre a máquina e eu esperei para avaliar se sua dignidade encabulada, tão auspiciosa, deixaria Clee balançada. Nada, nadinha — feitiço quebrado. Eu havia cantado a canção com força e frequência, não voltaria a cantá-la nunca mais. Voltei para casa e notei a laranjeira do vizinho pela primeira vez. Não parecia real. Respirei o cítrico, o mar, a poluição — conseguia sentir o cheiro de todas as coisas. Ver todas as coisas. Minha respiração ficou presa na garganta. Me agachei no meio-fio golpeada pela visão de uma mulher de meia-idade que não conseguia parar de se masturbar. Carros passavam, uns em alta velocidade, outros diminuindo a velocidade para observar e tentar entender o que acontecia.

CAPÍTULO 8

Ela não me atacou ao longo de todo o mês de julho. Nem me dirigiu a palavra. Nem sequer olhou na minha cara. *Eu* era a obscena, a *sua* maculadora, não ela. Como chegamos a esse ponto e como eu poderia limpar minha barra? Eu estava a um passo de me entregar a penitências assim que aparecesse a primeira oportunidade, mas nenhuma apareceu. No entanto as horas se arrastavam e a cada dia útil ela estava cada vez mais perto de se mudar da minha casa. Provavelmente a melhor coisa a ser feita, embora pensar nisso fosse devastador, até absurdo.

No último dia do mês, uma massa de calor baixou no meio da noite e acordou cada ser vivente e os colocou uns contra os outros. Fiquei olhando pela janela da cozinha, ouvindo a noite, uma noite sem lua. Um animal estava sendo destroçado no quintal, talvez um coiote atacando um gambá — mas não do jeito certo, sem habilidade. Minutos depois Clee deixou a sala e se aproximou alguns metros de mim. Ficamos ouvindo os gritinhos mudarem de tom à medida que o animal se aproximava da morte; o tom já beirava o registro humano e cada esforço continha uma vogal familiar. Se palavras começassem a se formar eu teria que ir até lá e arrebentá-las. Palavras, até as mais brutas reverteriam o contexto da caça. É claro que seriam acidentais — da mesma forma que um ser humano torturado também poderia emitir sons insignificantes a um porco — mas ainda assim eu teria que interferir. Nós duas esperávamos por uma palavra. Talvez *socorro*, talvez um nome, talvez *não, por favor*.

Mas a coisa morreu antes de qualquer palavra se formar, um silêncio abrupto.

— Eu não acredito em aborto — sussurrou Clee, tristonha, balançando a cabeça.

Maneira inusual de pensar sobre o tema, mas e daí: ela estava falando comigo.

— Por mim seria ilegal — acrescentou. — Você concorda?

Olhei de viés para os cantos escuros do quintal. Não, eu não concordo. Havia assinado petições para assegurar essa posição. Mas parecia que ela se referia ao que havíamos acabado de fazer, ou ao que não havíamos feito.

— Sem dúvida escolho a vida — respondi, não para dizer que era contra o aborto, só que era mais uma fã da vida.

Ela assentia sem parar, concordando totalmente. Voltamos para nossas camas com formalidade, como duas diplomatas que haviam assinado um tratado de importância histórica. Não fui perdoada, mas o clima da casa havia mudado. Amanhã eu pediria informações. *Você sabe onde fica a farmácia?* Notei que ela sorria de alívio, como se eu a tivesse chamado para dançar. Tudo estava perdoado.

O amanhã começou com um telefonema. Suzanne estava possessa.

— Não quero participar disso. Não tenho culpa de nada. Te acordei?

— Não.

Eram seis da manhã.

— Se ela escolhesse ter, eu ia ficar puta, mas me sentiria parte da coisa. De acordo com a mãe da Kate, o plano não é esse. Falsa estupidez. Ela tá fazendo pra pagar de cristã barata, igual a Kate, igual a todas elas.

Senti um formigamento no cérebro, aquela sensação de estar quase lembrando uma palavra para determinada coisa. Senti que estava prestes a entender o que ela estava falando.

— Eu te autorizo a expulsá-la de casa imediatamente... Na verdade, esse é o meu desejo. Ela precisa sentir o gostinho da realidade. Quem é o pai? Que vá morar com ele.

O pai. Papai Noel? Pai, pena, pousio, perspectiva? Um líquido escorria do meu ouvido? Olhei no espelho; líquido nenhum. Mas foi interessante observar meu rosto enquanto tudo isso acontecia. A performance grandiosa e teatral de uma pessoa atarantada: boca aberta, olhos arregalados, palidez. Em algum lugar do mundo um martelo imenso e delicado açoitava um sândalo gigante.

A palavra que faltava era *grávida*.

Clee estava grávida.

Havia muitos jeitos de engravidar? Não. Dá para engravidar de um bebedouro? Não. Meu ouvido estava tão atordoado que mal consegui escutar quando Suzanne perguntou se eu sabia quem era o pai; nem eu escutei a resposta que eu dei.

— Não — berrei.

— Kate também não sabe. A Clee tá aí?

Espiei pela porta. Clee estava sentada no saco de dormir. Seu rosto parecia acabado de tanto chorar ou talvez só de estar grávida.

— Tá, sim — sussurrei.

— Faz um favor pra mim, manda ela se virar sozinha. Eu mesma queria dizer, mas ela não atende o telefone. Quer saber do que mais? Mudei de ideia, não fala nada. Só não deixa ela sair de casa. Daqui a uma hora e meia eu tô aí.

Quebra de contrato. Essa cláusula não estava prevista, claro que não, e por que deveria? O que eu estava querendo? Que contrato? Não tínhamos contrato. Imprensei meu rosto na cama para me sufocar. Era o encanador? Claro que não podia ser o encanador; foi uma transa imaginária. Mas algo inimaginável havia acontecido, e não uma vez só, mas muitas vezes e com inúmeras pessoas. Essa é quem ela era. Tudo nos conformes. O problema não era meu. Ela podia ter a quantidade de transas inimagináveis que quisesse. Mas claro que ela tinha que dar o fora imediatamente; nosso contrato estava rescindido. Que contrato? Onde eles transaram? Na minha cama? Eu ia arremessar os sacos de lixo dela na rua. Vesti roupas de ginástica para ter mais agilidade.

O Volvo de Suzanne chegou em silêncio; ela deve ter desligado o motor no início do quarteirão. Tentei fazer um joinha pela janela, mas ela não me viu. Ela também estava usando roupas de ginástica e parecia ter gritado ao longo de todo caminho até aqui; agora estava pronta para a batalha. Ouvi uma batida forte na porta, ou as chaves de Suzanne ou um bico de metal. Girei os ombros para trás e saí do quarto, impassível.

Clee estava escondida atrás da cortina, espiando pela brecha. Olhou para o rosto possesso da mãe e olhou para mim, da minha roupa de ginástica para a roupa de ginástica da mãe. Com os braços cruzados sobre o estômago, deu um passo para trás e se encostou na parede, ao lado de seus sacos de lixo. O bico fez péc, péc. Péc, péc. Olhei para os pés descalços de Clee, um por cima do outro, fazendo proteção. Péc, péc, péc. Olhamos juntas para a porta. A porta tremia. Suzanne começou a esmurrar.

Abri a porta. Não a porta, a portinhola. Era o bastante para enquadrar todo meu rosto. Enfiei a cara ali e olhei para Suzanne.

— Ela ainda taí? — segredou, apontando para as janelas em tom de conspiração.

— Acho que ela não quer te ver — disse a porta.

Suzanne ficou imóvel, não entendeu nada. Empurrei meu corpo contra a porta de carvalho. *Se concentra, caralho.*

— Não tem ninguém em casa. É melhor você ir embora.

— Tá bom, Cheryl. Muito engraçado, muito teatral, chama a Clee.

Olhei para Clee. Ela balançou a cabeça em negativa e abriu um sorrisinho de agradecimento. Redobrei a aposta, tripliquei meus esforços.

— Ela não quer falar com você.

— Ela não tem escolha — retrucou Suzanne. E chacoalhou a maçaneta da porta desesperadamente.

— Trava dupla — respondi.

Ela socou a gradezinha de ferro que cobria meu rosto com o punho. A grade servia para isso. Ela examinou o punho, olhou para seu carro estacionado e para o de Clee logo à frente, seu antigo carro. Por alguns instantes, não passava de uma mãe cansada e preocupada, sem qualquer graça na expressão.

— Vai dar tudo certo — atestei. — Ela vai ficar bem. Eu te garanto.

Ela olhou de soslaio para mim; o retângulo estava começando a cortar meu rosto.

— Será que eu poderia pelo menos usar o banheiro? — perguntou ela, com frieza.

Fechei a portinhola.

— Ela precisa usar o banheiro.

Os olhos de Clee luziam.

— Deixa ela entrar — autorizou, com generosidade e cuidado.

Destranquei a porta, abri. Suzanne hesitou, encarando a filha com algum plano maluco e desesperado. Clee indicou o banheiro. Ouvimos o barulho do xixi, a descarga, a lavagem das mãos. Ela foi embora sem olhar para nós; ouvimos o ronco do motor do Volvo.

Clee deu um golão na Pepsi Diet abandonada e arremessou a garrafa na direção da lixeira da cozinha. Ela quicou no linóleo várias vezes. Compreensível. Eu estava temporariamente perdoada só por causa do calor do momento e nem era a sua intenção. Naquela confusão toda, acabei me esquecendo de arrumar a cama; fui para o quarto arrumá-la.

— Então — anunciou Clee, alto e bom som. Parei de arrumar. — Eu nem saco essas coisas de saúde, sabe? Mas você deve saber o que eu tenho que comer. As vitaminas que tenho que tomar, sei lá.

Virei a cabeça e olhei para ela pela fresta da porta do quarto. Ela estava se comportando como lunática e se eu respondesse provavelmente também me comportaria como lunática ao seu lado na lua. Com ela, longe de tudo mais que há. Parece um lugar tão distante, mas se estico a mão consigo tocá-lo.

— Olha — disse, com cuidado — para começar, você deveria tomar um multivitamínico pré-natal. Você está de quantos meses?

As palavras *de quantos meses* escorregaram como se estivessem à espreita na minha boca há muito tempo.

— Onze semanas. Não tenho certeza.

— Mas tem certeza de que quer o bebê.

— De jeito nenhum — respondeu ela, rindo. — Vou dar pra adoção. Tá doida? *Eu mãe?*

Eu também ri.

— Eu não queria ser indelicada, mas...

Ela fez a mímica de embalar um bebê nos braços; com um sorriso maníaco balançava o bebê freneticamente.

Na décima segunda semana, não passava de um tubo neural, uma espinha dorsal sem costas; na semana seguinte, a parte de cima do tubo virou uma cabeça com manchas escuras dos dois lados que virariam os olhos. Eu lia as etapas do desenvolvimento para ela em voz alta, diretamente do Grobaby.com.

— Entupida? Tudo culpa dos hormônios impertinentes da gravidez. Hora de investir em fibras.

Estava constipada, admitiu, desde o começo dessa semana. O site tinha a habilidade fantástica de prever o que ela sentiria em seguida, como se seu corpo estivesse pegando as deixas das atualizações semanais. Sabendo disso, eu sempre reiterava as partes que pareciam mais importantes. ("Mãos e pés no formato de pás brotarão essa semana. Mãos e pés: essa semana. Devem ter *o formato de pás*"). Quando pulei uma semana sem querer, as células deram origem aos polegares, que esperavam pelas futuras instruções. Ela tomava as vitaminas e comia minha comida, mas a ideia de fazer uma consulta pré-natal a deixava aflita.

— Mais pra frente eu vou — justificou ela, debruçada no saco de dormir.

Deixei estar. Falar com ela dessa forma lembrava um dos meus papéis — algo muito parecido com o vídeo "Mulher pede informação". "Mulher cuida de menina grávida."

— Não quero que nenhum médico encoste em mim — completou, horas depois. — Quero parir em casa.

— Mas você precisa ser examinada antes. E se tiver algum problema?

De certo modo, eu sempre sabia a coisa certa a ser dita, como se tivesse assistido à Dana num vídeo.

— Não vai ter problema nenhum.

— Espero que não. Porque às vezes o corpo nem chega a se formar... Você acha que tem um bebê aí dentro mas são só pedaços desconexos e aí na hora de empurrar o que sai é tipo uma canja de galinha.

Quando o dr. Binwali nos mostrou o feto no ultrassom, eu jurava que Clee ia chorar como o astronauta que viu a Terra do espaço, mas ela virou a cabeça.

— Não quero saber o sexo.

— Ah, sem problema, ainda é cedo para saber — atestou o médico. Mas os olhos de Clee encaravam o teto, evitavam até mesmo a visão de suas pernas abertas. Com *não* queria dizer *nunca*. Não queria saber de nada.

— Acho que a vovó está curiosa para ver o bumbunzinho — apontou ele, tocando a tela.

Nenhuma de nós corrigiu o médico. Estávamos no piloto automático; as boas pessoas do mundo rondavam mães e filhas abrindo portas e carregando suas sacolas, e nós permitíamos.

A forma do corpo de Clee deveria estar assemelhada à da fertilidade, mas seu queixo era o que mais me chamava a atenção, e o jeito corpulento de se movimentar. Tudo isso somado à barriga inchada originava uma imagem peculiar, quase aberrante. Quanto mais a gravidez avançava, menos ela se parecia com uma mulher. Quando estávamos em público, eu tentava reparar se as outras pessoas também estranhavam ou olhavam duas vezes para se certificar. Mas parece que eu era a única pessoa que tinha essa impressão.

— Décima sétima semana — li em voz alta. — Essa semana o bebê começa a criar gordura corporal (bem-vindo!) e as impressões digitais.

Eu não sabia se ela estava prestando atenção no que eu falava.

— Então essa semana coopere com a gordura corporal e as digitais — resumi.

Ela pegou um caramujo em cima da mesa de centro e me entregou. Eu o coloquei dentro do balde com tampa ao lado da porta de entrada; Rick os estava recolhendo.

— Seu bebê pesa cento e sessenta e sete gramas e tem aproximadamente o tamanho de uma cebola.

— Fala só "o bebê", não "seu bebê".

— O bebê tem aproximadamente o tamanho de uma cebola. Você quer que eu leia a seção "Dicas das leitoras"?

Ela ficou indiferente.

— "Dica das leitoras: não gaste muito dinheiro com roupas de gestante, pegue as camisas de botão do seu marido emprestadas!"

Ela olhou para a barriga. Parecia que uma barriga de cerveja despontava da regata.

— Tenho uma camisa que vai servir em você.

Clee me acompanhou até o armário. As roupas estavam todas limpas, mas todas reunidas tinham um cheiro intimamente oleoso que eu nunca havia notado. Ela começou a dedilhar os cabides. De repente puxou um vestido longo em veludo cotelê verde e o analisou.

— É o tal vestido de fancha — disse ela.

O vestido que eu usara no encontro com Mark Kwon, pai da Kate. Ela não demorou a encontrá-lo. Era um vestido de manga comprida com botõezinhos de cima a baixo, da gola alta até a base da saia lápis. Uns trinta ou quarenta botões.

— Acho que ainda serve em você.

— Duvido muito.

Uma mulher mais velha, de sangue azul e cabelos grisalhos, usando brincos de pérolas, ficaria elegante com esse vestido. Qualquer mulher mais nova ou mais pobre pareceria um soldado de algum país onde as mulheres empunham armas automáticas. Pesquei minha blusa masculina listrada. Ela foi para o banheiro experimentar mas quando saiu estava de regata.

— Não é meu estilo — declarou, me entregando a camisa.

— Você acha natural? — perguntei. — Estar grávida?

— Natural é — respondeu. — O sistema de saúde que torna antinatural.

Sua amiga Kelly havia dado à luz em casa, em uma banheira. Desia também. Um grupo inteiro de garotas em Ojai que havia colocado seus bebês para a adoção por meio de uma organização cristã chamada Philomena Family Services. E todas haviam parido em casa com o auxílio de parteiras.

— Mas aqui em Los Angeles os hospitais são muito bons, você não precisa passar por isso.

— Você não precisa me dizer o que eu não preciso fazer — retrucou ela, estreitando os olhos.

Por uma fração de segundo, achei que ela ia me jogar contra a parede. Que nada, claro que não. Era o fim de uma era.

Todas as pessoas da Open Palm sabiam e concordavam que era um grande gesto da minha parte continuar abrigando Clee.

— Ela já morava lá... como eu ia expulsar a garota de casa.

— Você entendeu o que eu quis dizer — apontou Jim. — Isso põe seu emprego em risco.

Meu emprego não estava em risco; Suzanne e Carl diariamente farejavam notícias de Clee por meio dos meus colegas de trabalho. Depois de cada consulta pré-natal eu fazia questão de explanar as novidades. O consenso era que eu sabia quem era o pai, mas eu não sabia. E parecia impossível entrar nesse assunto sem me lembrar do passado, das *nossas* encenações, da minha traição. O acordo tácito era esquecer o passado.

Na metade do segundo trimestre, vi Phillip. Ele estava estacionando sua Land Rover bem na hora que eu saía do escritório. Fiquei escondida atrás da porta e esperei uns vinte minutos enquanto ele terminava de falar no telefone. Provavelmente com Kirsten. Eu nem queria pensar nisso. As coisas andavam delicadamente equilibradas e deveriam permanecer assim. Quando enfim saí em direção ao meu carro, minhas pernas tremiam e eu pingava um suor fétido.

Toda noite ela cambaleava até o banheiro e batia a porta na entrada e na saída. Era uma tortura.

Numa das noites, enfim gritei da cama "Não bate!".

Ela ficou paralisada e pela fresta da porta do meu quarto a observei em pé sob a luz da lua, tocando seu barrigão, espantada, como se tivesse acabado de descobrir a gravidez.

— É o Keith? — gritei.

Ela nem tchum. Eu não sabia se ela estava acordada ou havia dormido em pé.

— Algum dos caras que vieram na festa? Foi na festa?

— Não — respondeu, quase sem voz. — Foi na casa dele.

Ele tinha uma casa para chamar de sua e foi lá que aconteceu e o acontecido se chama sexo. Tudo isso era e não era o que eu queria saber.

— Que pesadelo — disse ela, segurando a barriga.

— Pesadelo?

Eu estava desesperada para saber.

— Pesadelo? — gritei novamente, mas de nada adiantou, ela já estava quase dormindo. Deve ser um pesadelo uma pessoa crescendo dentro de você e uma vontade imensa de nunca ver a cara dessa pessoa.

De manhã tentei uma abordagem mais intransigente.

— Por segurança eu deveria saber quem é o pai. Imagina se alguma coisa acontece com você. A responsável sou eu.

Ela ficou surpresa, quase comovida.

— Eu não quero que ele saiba. Ele não é um cara legal — alertou, calmamente.

— Mas como é que você faz um filho com um cara que não é legal?

— Sei lá.

— Se não foi consensual, precisamos chamar a polícia.

— Foi consensual. Mas ele não é o tipo de cara que eu curto.

Como chegaram ao consenso? Votaram? Todas as pessoas a favor votando *sim*. Sim, sim, sim. Fui ao quartinho dos fundos e voltei com uma caneta, um pedaço de papel e um envelope.

— Prometo que não vou abrir.

Ela foi ao banheiro para escrever o nome. Voltou e escondeu o envelope entre dois livros da estante e, com todo cuidado do mundo, pôs o lacre de uma latinha de refrigerante na frente. Como se fosse impossível rearranjar a posição de um lacre de lata de refrigerante.

Agi rápido, marquei uma consulta de emergência na terapia antes que Clee pensasse melhor e desistisse de confiar em mim. Quando estava atrás do biombo do xixi, pedi que Ruth-Anne abrisse minha bolsa.

— Tem um envelope lacrado e um envelope vazio aberto — instruí. — Abre o envelope lacrado.

— Posso rasgar?

— É melhor abrir como se abre um envelope.

Um som desafinado de rasgo.

— Tá. Abri.

— Tem um papelzinho com um nome escrito?

— Tem, quer que eu leia?

— Não, não. É um nome de homem?

— É.

— Tá.

Fechei os olhos como se ele estivesse do outro lado do biombo.

— Escreve esse nome.

— Mas onde?

— Sei lá, num cartão de consulta.

— Tá. Pronto.

— Já?

Era um nome curto. Não um nome gringo, longo, diferente e com vários acentos e tremas que as pessoas precisam treinar para falar.

— Tá, agora coloca o papel no envelope aberto e lacra.

Ouvi um farfalhar atabalhoado de papéis e algumas batidas.

— O que está acontecendo?

— Nada. Deixei os envelopes caírem no chão. E bati a cabeça quando abaixei para pegá-los.

— Você tá bem?
— Só um pouco tonta.
— Envelope lacrado?
— Foi, agora sim.
— Ótimo, agora pode guardar o envelope na minha bolsa e o cartão com o nome você esconde num lugar seguro onde eu não possa achar.
Ela riu.
— Qual é a graça?
— Nada. Escondi num lugar perfeito.
— Tudo resolvido? Vou sair. Tá?
— Pode vir.
Ruth-Anne estava com os olhos arregalados e as mãos escondidas nas costas. O envelope estava todo picotado em cima do tapete. Quando alguma coisa é autenticada, sentimos dignidade, até mesmo quando o notário é um balconista de papelaria. Era bem isso que eu queria sentir.
— O que você está escondendo aí?
Ela mostrou as mãos, abertas e vazias. E começou a girar os olhos ao redor de todo o consultório, bizarramente.
— O que está acontecendo? Por que está fazendo isso com os olhos?
Passou a olhar normalmente. Apertou os lábios, levantou as sobrancelhas e deu de ombros.
— Por acaso o cartão está ali?
Continuou indiferente.
— Eu não quero saber onde está — respondi e me sentei no sofá.
— Isso deve ser antiético.
Achei que ela ia me pedir para ir embora. Mas ainda faltavam dez minutos para o fim da sessão. Ruth-Anne se sentou e começou a esfregar o queixo, segurava os cotovelos e assentia com muita convicção. Parecia representar o papel de uma terapeuta, zombando de mim, como uma criança que finge ser terapeuta.
— Eu não posso quebrar a promessa que fiz pra Clee — prossegui —, mas quero ter a opção de saber. Vai que acontece alguma

coisa? E se eu precisar levantar o histórico médico dele? Você aprova ou reprova meu gesto?

Uma coisa caiu da parede. Ruth-Anne arregalou os olhos mas fingiu que nada estava acontecendo e ignorou o ocorrido.

— Foi o cartão que caiu?

Ela assentiu com veemência. Havia escondido o cartão atrás de um de seus diplomas. Agora estava no chão. Desviei os olhos.

— Não precisava ter escondido como se fosse um ovo de Páscoa. Bastava ter guardado na gaveta.

Ela deu um pulo, mas não voltou para sua mesa, correu até a mesa da recepção e bateu a gaveta como se o cartão fosse um personagem trapaceiro, em fuga constante.

— Onde estávamos mesmo? — perguntou, sem fôlego e como quem não quer nada, voltando ao papel de terapeuta.

— Eu perguntei se você aprova ou reprova meu gesto.

— Ah, é o que eu sempre digo pra você — de repente voltara a ser ela mesma, íntegra e inteligente.

— Como assim?

— Você escolheu uma brincadeira de criança, então eu entrei na sua.

Me afundei no sofá e senti meus olhos arderem das lágrimas ressecadas. Por essas e outras ela era tão boa terapeuta, sempre encontrando um jeito de chegar no xis da questão.

— Vou deixar guardado aqui pelo tempo que você precisar. A vida é cheia de brincadeiras de criança, Cheryl. Não precisa fugir das suas brincadeirinhas, mas observe quando algo assim se manifestar: "Ah, lá vou eu brincar como uma criança. Por quê? Por que prefiro agir como uma garotinha?"

Eu esperava que ela não me fizesse responder essa pergunta.

— Você já pensou em nascer uma segunda vez? — perguntou.

— Como assim, nascer de novo?

— Sim, renascimento. Eu e doutor Broyard concordamos que pode ser uma boa ideia.

— Doutor Broyard? Você falou de mim pra ele?

Assentiu.

— E o sigilo médico?

— Não se aplica entre médicos. Por acaso um pneumologista sonegaria informações a um neurologista?

— Ah, tá.

Eu não tinha reparado que meu caso era sério.

— Nós temos qualificação — ela apontou para um certificado na parede — para trabalhar em equipe.

Olhei para o certificado. MESTRE EM RENASCIMENTO TRANSCENDENTAL II.

— Você acha realmente necessário?

— Necessário? Não. O necessário é se alimentar para sobreviver. Você era feliz no útero?

— Não sei.

— Depois da primeira sessão conosco você *vai* descobrir. Vai lembrar de quando era uma célula que em seguida se tornou uma blástula que se contraía e se expandia com toda força.

Ela fez uma careta ao contrair a parte superior do corpo e soltou um arrepio atormentado, depois gemeu na expansão.

— Há um motim dentro de você. É um fardo para uma garotinha.

Eu me imaginei deitada no chão com o topo da cabeça colado na virilha de Ruth-Anne.

— E por que o doutor Broyard tem que estar presente?

— Boa pergunta. O bebê pode ter consciência do período anterior à fecundação, o espermatozoide e o óvulo como dois animais ainda separados. Então preferimos começar por aí.

— Pela fecundação?

— Claro que é só um ritual que simboliza a fecundação. Doutor Broyard faz o papel do espermatozoide e eu faço o papel do óvulo. A sala de espera — ela apontou para a sala de espera — é o útero e para nascer você entra por aquela porta.

Olhei para a porta.

— Ele veio passar este fim de semana na cidade com a esposa. Que tal domingo às três?

— Combinado.
Ela olhou para o relógio; fim da sessão.
— É melhor eu...? — apontei para os pedaços de papel no chão.
— Obrigada.
Ela checava as mensagens no celular enquanto eu, ajoelhada, juntava os pedaços do envelope. Levei os pedaços junto comigo para não sujar sua lata de lixo.

Depois de devolver o envelope para a estante entre os dois livros e reposicionar o anel da lata de refrigerante, entrei mais uma vez no Grobaby.com. Não encontrei nada sobre a expansão e contração da blástula. Roendo as unhas, fiquei olhando para uma ilustração de feto. O site não funcionava como um manual de instruções. Se a coisa que crescia dentro de Clee dependia do meu relato, haveria grandes lacunas em seu desenvolvimento. Antevi um embrião preguiçoso, mandando mensagem de texto enquanto mastiga chiclete, contribuindo sem entusiasmo para a formação de seus órgãos vitais.

Embriogênese chegou no dia seguinte; esbanjei um frete expresso. Suas 928 páginas não estavam divididas em semanas, então parecia mais seguro começar a ler do começo. Esperei Clee terminar de comer sua couve com tempeh. Ela se acomodou no sofá e eu pigarreei antes de começar.

— "Milhões de espermatozoides trafegam por uma grande corrente ascendente para o interior do útero visando as trompas de Falópio..."
Clee levantou a cabeça.
— Uau. Acho que não quero ouvir isso.
— Isso já aconteceu, só estou recapitulando.
— Mas eu preciso ouvir?
Ela pegou o celular e os fones de ouvido.
— A música pode confundir... o bebê tem que ouvir minha voz.
— Estou aqui, não estou?
Ela ficou mexendo no telefone, encontrou uma música com uma batida alta e acenou para que eu prosseguisse.
— "O espermatozoide bem-sucedido" — fiz um rapapé para a barrigão dela — "se funde com o óvulo e, com a fusão de seu núcleo com

o núcleo do óvulo, dá origem a um novo núcleo. A partir dessa fusão de membranas e núcleos, os gametas formam uma só célula, o zigoto."

Enxerguei o zigoto claramente — brilhante e bulbiforme, preenchido pela eletricidade memorável de um dia ter sido dois, mas logo condenado à solidão eterna de ser um só. A tristeza que não tem cura. Clee estava de olhos fechados e sua testa suava; não fazia muito tempo que ela havia sido dois animais, o espermatozoide de Carl e o óvulo de Suzanne. E agora algo semelhante se passava dentro dela, uma nova criatura tristonha se compunha da melhor forma que conseguia.

Na manhã seguinte fui empática ao cumprimentar meus chefes; presume-se que algo feito de você perpetue ao menos um laço amigável. Carl e Suzanne não tinham notícias de Clee há meses. Sentaram-se a léguas de mim, mãos cruzadas sobre a mesa, um gesto de civilidade. Jim sorriu para me dar coragem; era minha primeira reunião como parte do conselho. Sarah tomava notas ao lado, na minha antiga cadeira. Fizeram um rito formal de boas-vindas para mim e confirmaram a saída de Phillip.

— Ele não está muito bem de saúde — explicou Jim. — Voto para que seja enviada uma cesta de queijos para ele.

O mais provável é que estivesse envergonhado demais para dar as caras — e com razão. Dezesseis! Uma namoradinha da dezesseis anos! Quando Suzanne argumentou contra os benefícios de aposentadoria de Kristof e do restante da equipe do depósito, eu me vi saltando da cadeira e socando o ar com o punho como se fosse uma pessoa superinterada de sindicatos. Estar no lugar de Phillip era muito encorajador. Quando a votação estava favorável à minha posição, Suzanne murmurou "Touché." Ela escrutinava meu cabelo e minhas roupas como se eu fosse uma funcionária nova. Me dirigi a Sarah como *srta.* Sarah — como se fosse uma empregada. Suzanne achou graça e pediu que a srta. Sarah trouxesse mais café.

— Pode ficar sentada, Sarah — disse Jim. — Essas duas estão fazendo troça.

A camaradagem tomou conta de mim. Ao longo de todos esses anos tudo que eu queria era ter um amigo, mas Suzanne não precisava disso. Uma rival, no entanto, chamava sua atenção. Quando a reunião terminou, nós duas fomos para a copa dos funcionários e fizemos chá em silêncio. Esperei que ela puxasse assunto. Dei um gole no chá. Ela deu um gole no chá. Instantes depois entendi que a conversa não passaria *disso*; a conversa já tinha acontecido. Ela estava me dando a benção para cuidar de sua cria, e eu aceitava o dever com humildade. Quando Nakako chegou, Suzanne saiu. Manteríamos distância por uma questão de honra.

Ruth-Anne já havia avisado que era proibido estacionar na garagem; o manobrista não trabalhava nos finais de semana. Estacionei na rua. Uma senhora limpava o elevador quando entrei. Ela passava Windex velozmente quando a porta se fechou, então passou a limpar os botões, e apertou andar por andar enquanto polia, mas por educação deu preferência aos andares acima do meu.

A porta estava fechada; cheguei cedo demais. Desliguei o telefone para não ser interrompida durante o renascimento. Esperei sentada no corredor. Quase quinze minutos de atraso. Aparentemente não agiam com tanto profissionalismo nessa atividade paralela — parecia algo mais casual. Idiota fui eu de chegar bem na hora marcada. Depois me lembrei de que a consulta era às três, não às duas da tarde; cheguei quarenta minutos mais cedo. Fui vaguear. Ninguém trabalhava nos finais de semana; o prédio estava deserto. O consultório de Ruth-Anne ficava no final de um longo corredor que se ligava a outro longo corredor por um longo corredor. Um H. Uma descoberta útil — eu nunca havia prestado atenção na planta baixa do prédio. *Como posso aproveitar esse tempo com sabedoria?* Me perguntei. *Das coisas que preciso fazer, o que posso fazer agora?* Voltei correndo para a porta do consultório e dei meia-volta e corri ao longo de cada um dos corredores — um treino espetacular e a distância não era curta. Se eu repetisse o circuito do H trinta ou quarenta vezes provavelmente equivaleria a um quilômetro e meio, duzentas calorias. Depois do sétimo H, eu já estava ensopada e respirando com dificuldade. Quando passei correndo pela porta do elevador ouvi um apito. Acelerei para entrar no corredor do meio assim que as portas se abrissem.

— Mas o manobrista não trabalha nos finais de semana — dizia Ruth-Anne. — Nunca trabalhou.

Passei correndo pela porta do consultório dela e entrei mais uma vez no corredor do meio. Precisava de um momento para recobrar o fôlego e limpar o rosto.

— Essa não — disse ela.

— Que foi?

— Minha chave ficou no outro chaveiro. Acabei de comprar um novo e aí...

— Não acredito, Ruth-Anne.

— Será que volto pra buscar?

Seu tom de voz estava estranhamente alto, como se um rato falasse de cima de um cavalo.

— Quando você voltar a sessão já acabou.

— Vai adiantando enquanto isso.

— Aqui no corredor? Liga pra ela e cancela.

Ela demorou para encontrar meu número no celular.

— Caixa postal. Deve estar estacionando. Tenho certeza que daqui a pouco ela chega.

Eu não estava conseguindo controlar minha respiração e meu nariz não parava de apitar. Deveria ter ido mais para o fundo do corredor, mas qualquer movimento agora seria arriscado demais.

Dr. Broyard suspirou.

— Isso nunca dá certo — reclamou ele. Parecia que estava desembrulhando uma bala. Agora o ruído de alguma coisa estalando dentro de sua boca. — Por um motivo ou por outro nunca dá certo.

— O renascimento?

— Não... essas coisas que você inventa pra me ver quando estou com a minha família.

Ruth-Anne ficou em silêncio. Ambos ficaram em silêncio por muito tempo; ele começou a mastigar a bala.

— Ela está mesmo vindo pra cá ou seu plano era esse, que a gente ficasse aqui no corredor... e aí? Trepar? É isso que você quer? Ou só quer me chupar? Montar na minha perna como uma cadela?

Um som agudo e confuso parecia emanar de alguns orifícios, então virou uma massa sonora de suspiros babados e convulsivos. Ruth-Anne estava chorando.

— Ela vem sim, eu prometo. É uma consulta de verdade, pode acreditar.

Ele mordia a bala com raiva.

Pus o cabelo atrás das orelhas e alisei as sobrancelhas — um momento constrangedor para todas as partes, mas ao menos ele ia ver que ela não era uma mentirosa. Respirei fundo e dei um passo largo para entrar no corredor.

— Você disse aquilo... — ela chorava tanto que mal conseguia falar. — Você disse aquilo tudo porque queria que eu... — a parte final se completou com um chiado agudo — te chupasse?

Comecei a dar passos para trás, passos rápidos e silenciosos. Ninguém me viu.

— Não, Ruth-Anne. O motivo não foi esse — ele suspirou mais uma vez, e mais alto.

— É que — disse ela — talvez eu tope fazer isso.

Consegui ouvi-la ensaiando um sorriso tímido em meio à lama de rímel com nariz entupido.

No começo ela nem gostava dele. Achava-o arrogante e sempre propenso a ignorar o que não lhe era conveniente. O médico ficou surpreso, espantado, quando ela apontou essas características. Só por isso quis transar com ela, para colocá-la em seu devido lugar. Mas ele era casado e não queria se arriscar à toa. Ela nem fazia seu tipo — um pouco velha demais, ombros um pouco másculos, cara de cavalo. Ela sabia de tudo isso; era como se ele tivesse chegado a dizer "Você é um pouco velha demais, ombros um pouco másculos, cara de cavalo." Os insultos despertaram seu interesse e o fato de que ele era casado também. Nenhum pensamento a deixava tão inspirada quanto imaginar a sra. Broyard atarantada com os preparativos do jantar ou com a consistência do cocô dos filhos do casal. Enfim conseguiu dobrá-lo. Uma noite, depois de uma sessão de renascimento, ele chorou as pitangas confessando que ele e a esposa estavam em crise. Foi nessa noite que ela sugeriu o acordo; e o descreveu como se fosse um tipo de terapia. Ele disse que confiava nela e nos primeiros meses essa confiança se tornou a base da dinâmica deles. Ela passou a ser sua nova recepcionista, mas a verdade é que ele estava trabalhando para ela, que era sua guia em tudo que fazia. Era gostoso, e ele até gostava um pouco dela. Ela ficou satisfeita e em paz. Aos poucos, ele ficou confiante e a brincadeira esquentou. Para ele era um exercício aeróbico e estimulante; nos dias bons admirava o corpo atlético e a largura dos ombros dela. Uma mulher menos musculosa não aguentaria tanto rala-e-rola, mas ela era muito resistente.

Até que um dia ela passou a ficar mais interessada do que ele, e aí a coisa mudou de figura. Não havia meios de derrubar uma mulher que já estava no chão. Eles continuaram transando por um tempo, como um ritual, então o sexo deu lugar a tapinhas na bunda. E por fim nunca mais, há anos.

— Aonde você vai? — fungou ela.

Ele vinha na minha direção. Estendeu o braço para segurar o canto do H e aproveitou para alongar os ombros, a mão em repouso a poucos centímetros da minha testa. Encarei a mão e ela recuou. Ele respirou fundo e voltou na direção de Ruth-Anne.

— Deixa eu te pagar um salário normal. Minha secretária de Amsterdã ganha três vezes mais que você.

— Mas ela é secretária de verdade.

— Você também é.

Como uma pessoa que levou um tapa na cara, ela não disse nada.

— Qual a diferença entre você e uma secretária de verdade? Vai, me diz. Anos se passaram, Ruth-Anne. Anos.

O contrato, pensei. *Releia os termos do contrato.*

Ela ficou em silêncio.

— Se você não aceita que eu te pague um salário normal, então vou contratar uma secretária que aceite.

Ruth-Anne pigarreou.

— Tá bom, contrata outra secretária.

Agora voltara a se parecer consigo mesma, astuta e tranquila.

— É o que eu vou fazer. Obrigado por tudo. Acho que é o melhor pra nós dois — concluiu ele.

— Vamos embora?

— Pode ir, eu vou esperar um pouco mais.

Dr. Broyard riu de exaustão. Ele ainda estava crente de que eu não apareceria.

— Tem certeza?

Ela não tinha certeza alguma, qualquer pessoa notaria. Estava dando a ele a última chance de optar por ela, de ficar, ficar para sempre e abraçar todos os encalacros dela para juntos dividirem um mundo novo de amor e libertinagem.

— Tenho certeza.

Consegui ouvir o sorrisinho que acompanhou essas palavras. Dizia: última chance. Jamais haverá outra.

— Tá certo, talvez eu não te veja antes de Helge e eu voltarmos pra casa. Te ligo quando chegar em Amsterdã, pode ser?

Talvez ela tenha assentido. Ele se encaminhou para o elevador. Apertou o botão e nós duas ouvimos, eu e minha terapeuta, e esperamos o desfecho da cena — a cena em que ele já havia ido embora, mas permaneceria conosco de alguma forma. Ouvimos o elevador subindo, as portas se abrindo e se fechando, e a longa descida que se tornou cada vez mais distante, mas ainda assim não parecia ter fim. Ela escorregou pela parede até cair no chão, aos prantos. Alguma máquina no prédio foi desligada, a calefação ou o ar-condicionado; ficou ainda mais silencioso. Fiz de tudo para não a ouvir sufocar e fungar. Depois de um tempo assoou o nariz, alto e com força, catou a bolsa e foi embora.

Que sensação maravilhosa estar no meu carro, aquecida, e voltar para casa e para Clee. Liguei o telefone; uma mensagem nova.

— Oi, Cheryl, é Ruth-Anne, são três e quarenta de sábado. Você perdeu sua consulta de renascimento das três. E como não cancelou com 24 horas de antecedência, vai ter que pagar o valor integral. Transfere pra mim, por favor. Te vejo na próxima terça, no horário de sempre. Se cuida.

Não havia mais nada a fazer. Liguei de volta e marquei uma consulta emergencial. Precisava contar para ela tudo que eu tinha feito, confessar que me via às voltas com a ideia que passei a fazer dela desde então. Que ela agora me parecia desesperada e patética. Obsessiva.

— Ótimo, ótimo — ela diria. — Prossiga.

Mas acontece que esse era justamente o ponto, presenciar essa batalha entre a mãe e o pai primevos.

— Mas eu ouvi tudo escondida! — eu berraria.

— Mas era essencial que você desempenhasse o papel da espiã, da criança travessa — argumentaria ela, contente que pela primeira vez, em vinte anos de consultório, sua paciente havia feito uma mudança de padrão, o termo psiquiátrico era esse, *mudança de padrão*. Significava que tudo poderia ser dito na forma como era visto e sentido, cada questão respondida, clareza total entre médica e paciente dando espaço a uma nova amizade, inaugurada pelo gesto da terapeuta de me reembolsar todos os honorários pagos numa tacada só. Dr. Broyard sairia dessa usando uma máscara que tinha a forma grosseira de seu próprio rosto e a revelação final seria que toda aquela conversa no corredor não passava de uma farsa: era *isso* o renascimento. — Você presenciou a concepção reversa e saiu viva. Isso é muito poderoso.

— Mas como você sabia que eu ia chegar mais cedo? — eu perguntaria, incrédula, desconfiada.

— Olha o relógio — diria dr. Broyard. Meu relógio estava uma hora atrasado. Dr. Broyard tiraria sua máscara e eu veria um rosto muito parecido com o seu, então Ruth-Anne fingiria que seu rosto é uma máscara e, como a pele estava um pouco flácida, daria a breve impressão de que poderia ser arrancada. Mas felizmente ela não conseguiu arrancá-la. Nós três riríamos disso e depois riríamos do fato de que rir é tão bom. Rir é massagem pulmonar, um de nós diria.

Agora eu sentia que não precisava mais comparecer à consulta emergencial, mas compareci. Estava curiosa para confirmar se ela ia mesmo me reembolsar todas as consultas numa tacada só; improvável, mas se eu realmente houvesse mudado de padrão, nada mais justo. Se é que essa mudança de padrão era uma coisa real, porque no tempo que fiquei sentada naquele sofá de couro lembro que não era. Contei que cheguei cedo e ouvi toda a conversa deles.

Ruth-Anne arregalou os olhos.

— Mas por que você não se manifestou?

— Sei lá. Não faço ideia. Mas você acha que era importante que eu fizesse o papel da criança — já notei que ela discordava — travessa? Da espiã?

— Eu não entendo por que você fez isso — surpreendeu-se ela, agora com as mãos no rosto. — É um tremendo desrespeito.

E se fizesse parte da farsa? Dei um sorrisinho.

— Para todos os efeitos, eu acho que você fez a coisa certa — comentei. — De pedir demissão.

Ruth-Anne se levantou, ficou um tempão fazendo um rabo de cavalo e disse que nosso trabalho estava dado por encerrado.

— Fomos juntas até onde deu. Você quebrou o sigilo médico.

— Mas isso não é pra proteger o paciente?

— Cheryl, é uma via de mão dupla.

Fiquei esperando o que ia acontecer.

— Portanto, adeus. Hoje você paga metade porque foi meia sessão. Vinte dólares.

Parecia que ela estava falando sério; saquei meu talão de cheques.

— Você não tem dinheiro vivo?

— Acho que não — olhei na carteira, só notas de um dólar.

— Tem quanto aí?

— Seis dólares.

— Tá ótimo.

Dei a ela todo o dinheiro que eu tinha na carteira, inclusive as duas metades de uma nota de um dólar que eu pretendia colar com durex há alguns anos.

— Essa pode ficar pra você — disse ela.

Enquanto saía do estacionamento senti que ela me observava de sua janela no décimo segundo andar. Eu estava maravilhada com o processo terapêutico. Ser abandonada desse jeito estava acrescentando tantas coisas na minha vida. Essa havia sido nossa melhor consulta até então.

CAPÍTULO 9

Todas as mulheres que faziam curso de gestante com a Clee estavam na faixa dos vinte ou trinta anos, exceto a professora, Nancy, que era da minha idade. Toda vez que Nancy comentava a postura dos profissionais da obstetrícia há vinte anos, época em que *ela* deu à luz *seus* filhos, ela olhava para mim; era impossível não sacudir a cabeça em concordância, como se estivesse me lembrando. Às vezes eu até fazia coro à risadinha de pesar de Nancy, e todos aqueles jovens casais sorriam para mim com reverência, uma mulher que havia passado por poucas e boas e agora estava dando apoio à sua acabrunhada, porém estonteante, filha solteirona. Recebemos folhetos que diferiam por cores para consultar durante o parto caso esquecêssemos de contar as contrações ou o que mentalizar para o relaxamento. Aprendemos a ejetar um bebê para fora da barriga (é como fazer xixi), o que beber durante o trabalho de parto (isotônicos e mel) e o que comer depois do parto (a própria placenta). Clee parecia anotar cada detalhe furiosamente, mas quem olhasse de perto seu caderno via que ela estava desenhando ondinhas entediadas.

No terceiro trimestre os sistemas musculoesquelético e hematopoiético ficaram prontos e Clee parou de se locomover. Largou seu corpo imenso no sofá e por lá ficou, querendo tudo na mão. Princesa Manteiga.

— Não esquece o que Nancy falou no curso — alertei.
— O quê?
— Que é muito importante manter uma vida ativa. Tenho certeza que os futuros pais do bebê não gostariam que você ficasse na frente da TV a cada segundo do dia.
— Mas esse é o programa favorito deles — argumentou, aumentando o volume do *America's Funniest Home Videos*. — É bom que o bebê já fica acostumado.
— Deles quem?
— Dos pais do bebê. Amy e Gary.
Ela riu de um cachorro que andava com uma lata presa no focinho.
— Vocês se conheceram?
— Quê? Não. Eles moram em Utah, sei lá. Acabei de ver uma foto deles no site.
O site se chamava ParentProfiles.com; uma mulher da Philomena Family Services havia mandado o link meses atrás.
— Mas por que Amy e Gary? — perguntei enquanto percorria páginas e páginas de casais limpinhos e desesperados. — Por que não Jim e Gretchen? Ou Doug e Denice?
— Eu gostei dos favoritos deles.
Cliquei nos favoritos deles. A comida favorita de Amy era pizza e nachos, a de Gary, café e sorvete. Ambos gostavam de cachorros, reforma de carros antigos e do programa *America's Funniest Home Videos*. Gary gostava de futebol americano universitário e de basquete. A tradição de feriado favorita de Amy era assar aqueles biscoitos casinhas de gengibre.
— De qual favorito você gostou mais?
Ela olhou por cima do meu ombro.
— Não tinha um lance com patos? Desce mais — disse, apertando os olhos. — Acho que foi de outra pessoa então. Casinhas de gengibre, adoro.
— Esse foi um fator decisivo?
— Não, mas olha aquele celeiro — disse, tocando a imagem do cabeçalho da página.

— É uma foto de banco de imagem, aparece em todas as páginas.
— Não, não, é o celeiro deles — teimou, tentando clicar no celeiro. — Não importa, eles são os escolhidos.
— Você mandou um e-mail pra eles?
— A Carrie da Philomena Services mandou. Nem preciso conhecê-los pessoalmente, nunca.

Estava feito, de fato, todos os formulários preenchidos.
— Você chegou a ir a algum escritório para assinar os papéis?
— Carrie me mandou por e-mail, fiz tudo online.

Um caramujo estava escalando a estante. Pus no balde do Rick.
— Você disse quem é o pai?
— Disse que não sabia. Não existe uma lei que me obrigue a dizer quem é.

Cliquei mais uma vez no casal Amy & Gary. Pareciam legais, mas Gary não tanto. Parecia que usava óculos escuros mas não estava de óculos escuros. Um cabeça fria. Cliquei em "Nossa mensagem para você": "Sabemos que você está vivendo um momento dificílimo da sua vida. Mas o amor e a compaixão que está demonstrando por esse bebê são incomensuráveis." Olhei para Clee.
— Você acha que está vivendo um momento dificílimo?

Clee olhou por toda parte, tentando descobrir.
— Acho que tá tudo certo comigo — assentiu inúmeras vezes para si mesma — É isso aí, tá tudo certo.

Franzi a testa, orgulhosa.
— São os hormônios.

Eu estava tirando de letra. Era uma boa mãe. Queria contar para Ruth-Anne — muito angustiante que ela não soubesse mais de nada. Mas talvez soubesse. Talvez eu ainda estivesse sob a vigilância dela. Pus o cabelo atrás das orelhas e sorri para o computador.
— Entra no Grobaby.com — disse Clee.

Comecei a folhear o *Embriogênese*.
— Precisamos dedicar mais tempo ao sistema musculoesquelético. Não podemos passar batidas por isso.

Mas ela ia dar à luz em três semanas. Mesmo não tendo orientação, daqui em diante seu corpo daria conta do que tinha que dar. Cliquei no Grobaby.com.

— "Falar, conversar ou cantarolar para o bebê é um jeito divertido de estreitar a relação durante a gravidez. Então aquece esse gogó que seu destino é a Broadway!"

— E se eu não quiser estreitar a relação com o bebê? — perguntou ela, encarando a TV.

Limpando a garganta, ensaiei cantarolar.

— Tudo bem se eu tentar?

Ela pegou o controle remoto, mudou de canal e levantou a blusa. Uma barriga de fato imensa. Uma linha escura e perturbadora descia de seu umbigo. Coloquei a boca bem perto para sentir a radiância daquele calor, Clee se encolheu.

Cantarolei alto e cantarolei baixo. Cantarolei notas longas e as sustentei como uma pessoa sábia que vem de outro país e possui um dom ancestral. Depois de um tempo, meu canto ancião parecia ter se partido e se harmonizado consigo mesmo, e cheguei a pensar que estava reproduzindo aquele belíssimo canto gutural do povo de Tuva.

Ela não tirava os olhos da TV, mas seus lábios estavam apertados e parecia que tentava chegar no meu tom. Também estava assustada, e o motivo era óbvio. Ela tinha vinte e um anos e a qualquer momento daria à luz, aqui nesta casa, provavelmente no sofá. Tentei fazer um canto mais tranquilo. Tudo vai dar certo, cantarolei, não se preocupe. A barriga de Clee deu um tranco na minha boca — um chute; subimos o tom num uníssono surpresa. Me perguntei se haveria uma situação embaraçosa quando esse momento tivesse que chegar ao fim, mas o canto foi virando um zumbido cada vez mais distante, foi se retirando a seu bel-prazer, como um trem.

Aprendemos no curso de gestantes que o rosto ficava inchado quando a hora se aproximava. Ou que, tomada por um instinto feroz de proteção do ninho, ela poderia começar a esfregar as paredes. Essa parte era difícil de imaginar — como ela descobriria onde guardo o esfregão?

Acordou ao amanhecer certa de que um gato havia feito xixi dentro de casa.

— Cheira aqui — disse, cheirando as prateleiras.

Senti cheiro de nada. Ela saiu pela casa seguindo os rastros do invasor invisível.

— Deve ter entrado, mijado e dado no pé.

Escancarou a cortina do chuveiro.

— Então vamos tentar encontrar o buraco por onde ele entrou.

Passamos a aurora procurando o tal buraco, até que de repente ela se arremessou no sofá, arfando. Pôs as mãos sobre a barriga e olhou para mim, aterrorizada. Uma contração.

— Acho que não tem gato nenhum — afirmei.

— Não mesmo — concordou, como se eu estivesse atrasada na conclusão.

Liguei imediatamente para a parteira, descrevi o xixi do gato, o buraco e as contrações. Todas essas informações eram de grande valia, não para um médico, mas para nossa sábia parteira sim, e ela tinha quinze anos de experiência.

— Você acha que está na hora de vir pra cá? — tentei ocultar meu desespero. — Ou ainda é cedo?

— Estou em Idaho — respondeu. — Mas não se preocupe, estou voltando agora mesmo. Vou dirigir na maior velocidade possível.

— Dirigir?

— Vim buscar o carro de uma amiga para levar de volta para Los Angeles.

Antes de fazer um julgamento precipitado, tentei me colocar no lugar dela. Qual era a alternativa? Voltar sem trazer o carro? Que tipo de amiga era ela? O tipo de amiga que é parteira.

— Tô achando melhor irmos para o hospital.

Ela riu.

— Relaxa, todo mundo sempre acha que o bebê está prestes a nascer. Esse bebê não vai arredar o pé daí pelas próximas doze horas.

A boa notícia é que você pode me ligar quantas vezes quiser, estou na estrada e muito disponível por telefone.

Falei para Clee não se preocupar, o bebê não ia arredar o pé pelas próximas doze horas.

— Eu não vou aguentar, é muito tempo — queixou-se, gemendo. Ela raspava as unhas no sofá. — Vamos ligar pra Carris do Philomena pra ela avisar pros pais do bebê.

Um ruído estranho e quase imperceptível emanou de seu peito, os olhos se arregalaram.

— E se a gente ligar pros seus pais? — sugeri.

— Tá de sacanagem, né?

As contrações agora pareciam menos espaçadas e mais longas do que deveriam, mas eu não tinha certeza se estávamos fazendo a contagem certa. E não havia qualquer regra de cronometrá-las desde a primeira contração; o folheto azul sugeria encontrar os amigos, ir ao cinema ou sair para dançar. Seria a primeira vez que faríamos programas como esse, mas repassei a sugestão para Clee.

— O que te apetece mais?

Ela sacudiu a cabeça e soltou um gemido apavorante. Peguei o folheto rosa. Tentamos um dos exercícios de imaginação da aula — cada contração era uma montanha.

— Imagina a montanha, você andou metade do caminho, agora chegou ao cume, agora vai descer pelo outro lado porque é mais fácil, já está acabando a descida.

— Não consigo guardar essas imagens — sussurrou. — Eu não penso por imagens.

Tentei dar mais realismo e descrevi o glorioso pico escarpado.

— Pensa no desenho da nota de um dólar, na montanha.

Peguei a bolsa, saquei a nota. Não havia montanha na nota de um dólar, era uma pirâmide.

— Se concentra, você está aqui na base dessa montanha — prossegui, segurando a nota imunda bem na frente do rosto dela.

— Tá.

Ela vidrou os olhos na piramidezinha.

— Acho que agora vai.

Usei um grampo de cabelo para tracejar seu progresso pela encosta mais íngreme.

— Tá muito rápido — reagiu ela.

A pirâmide era tão pequena que no começo foi difícil subir tão devagar. Mas logo conseguimos, e a cada vez era de um jeito; então ela pegava a nota e empurrava para mim e recomeçávamos a subida até chegar no olho flutuante. Essa era uma ferramenta que o governo fornecia para mulheres em trabalho de parto; podia ser usada várias vezes, mas só dava para comprar uma contração por vez.

Às sete da manhã, Rick entrou na casa usando sua chave. Estávamos na metade da subida da pirâmide, então o ignorei. Ele usou o banheiro e ficou nos observando da porta. Quando Clee já estava descendo pela outra encosta, ela me pediu para mandá-lo embora.

— Vou ficar no quintal — informou ele, tentando sair de fininho.

— Eu não quero que ele ouça — ganiu Clee. — Ou que me veja pelas janelas.

Rick, envergonhado, se pirulitou. Meu telefone tocou.

— Sou eu — disse a parteira. — Como estão as coisas por aí?

— Tudo certo, estamos fazendo o exercício de imaginação.

— Ótimo, perfeito. O da flor desabrochando?

— Não, o da montanha.

— Aqui tem umas montanhas maravilhosas. Você já esteve em Idaho?

— Você ainda não saiu de Idaho?

— É tão lindo, mas não é óbvio, sabe?

Parecia que ela estava tentando abrir um pacote de batata frita com os dentes.

— Eu tive um namorado que morava por aqui. Mas acho rural demais. Por onde será que ele anda?

Ela estava entediada. Ligou porque estava entediada.

Clee empurrou o dólar para mim e desliguei o telefone. A subida tornava-se mais lenta e mais difícil.

— Não consigo mais — frisou ela.

— Calma, falta pouco pro olho. Consegue ler o que está escrito em cima? *Annuit Coeptis*.

— O que significa?

— "Ele aprova nossas empreitadas." Deus, no caso.

Ela aspirou o ar furiosamente.

— É sério, pra mim não dá mais.

Seu rosto inchou e ganhou uma feição alucinada. O cabelo loiro, com o suor, estava escurecido e grudado na cara. Atabalhoada, tirou o short; desviei e olhar e vi Rick entrar no quarto na ponta dos pés. O que ele ainda estava fazendo aqui? Larguei o folheto rosa e peguei o branco.

— Agora é a transição — avisei. A professora deu uma aula sobre isso, a transição era um bom sinal.

— Como assim?

Parecia que ela não havia estado na mesma aula que eu.

— É a pior coisa que vai sentir.

— Pior da vida inteira?

— Olha, talvez não a pior de todas. Não sabemos como você vai morrer, pode ser pior.

Eu estava me desviando do que interessava. Pus o rosto bem na frente do dela.

— Vai, você consegue — encorajei. Ela olhava para mim como se eu tivesse muita segurança no que fazia. Ela se apegava a cada palavra minha.

— Tá — disse, de repente apertando meus antebraços com as mãos. — Tá rolando.

O dólar havia sido abandonado, estava gasto. Ela passava a duração de cada contração olhando profundamente nos meus olhos, sem piscar, sem desviar o olhar, agarrada aos meus braços como se eles fossem barras de aço. Meus músculos não estavam dando conta, mas esse era um problema para depois.

— Essa mulher já não tinha que estar aqui? — resmungou Clee.

Disse a ela que a parteira estava a caminho, e não era mentira. Eu queria muito fazer um intervalo para explicar a situação, para discutirmos calmamente as opções, e então voltaríamos ao trabalho de parto.

— Ela está trazendo o carro de uma amiga de Idaho para a Califórnia. Não vai conseguir chegar a tempo. Precisamos ir pro hospital.

— Sério? É verdade?

Assenti.

Ela começou a chorar; então, mais uma contração.

— Eles vão abrir minha barriga. Eu não quero isso.

Ela começou a fazer xixi. O xixi ainda escorria pelas coxas quando ela baixou a cabeça e vomitou. Estava em erupção e se desintegrando. Tentei limpar, mas ela começou a roçar nas paredes.

— Se a gente não for agora o bebê vai morrer?

— Não, não, claro que não.

Me agradeceu; a única coisa que ela não queria fazer era ir para o hospital. Se eu tivesse que passar por todas aquelas etapas mais uma vez eu diria *Provavelmente. Pode sobreviver, mas talvez não*. Mais que isso, a teria arrastado até o consultório do dr. Binwali no momento em que a parteira disse *Idaho*. Agora não tinha mais volta; o hospital parecia a parada que havíamos perdido na estrada horas atrás. Clee soltou um berro.

— Será que começo a empurrar?

— Acha que dá?

— Vai ter que dar.

— Vai, só um pouquinho. Vou ligar pra parteira.

Mas ela não me soltou até terminar o primeiro empurrão. A parteira dirigia com o rádio num volume bem alto — parecia música country.

— O que eu preciso fazer pra ela parir? — gritei.

— Avançou? É melhor ir pro hospital.

— Ela tá fazendo força. O bebê vai nascer aqui. Será que fervo uma água? O que eu tenho que fazer?

A parteira desligou o rádio.

— Puta que pariu. Tá, vamo lá: no mínimo três toalhas limpas, azeite de oliva, uma tigela com água quente, uma tesoura afiada e limpa, e um barbante limpíssimo.

Eu corria pela casa catando as coisas. Rick estava na cozinha despejando água numa caneca.

— Me dá essa água! — berrei.

Ele se abaixou e calmamente desamarrou o cadarço do tênis.

— Já tem água quente no quarto — disse, e jogou o cadarço do tênis dentro da caneca. — Você não deve ter barbante, isso aqui vai servir.

Ele arregaçou as mangas de sua roupa suja e lavou as mãos na pia da cozinha como se fosse um perito.

No outro cômodo, Clee berrava.

— Tem certeza que vai dar certo?

Ele assentiu com modéstia.

— Pode deixar.

Escrutinei a expressão de seu rosto. Não estava calmo nem desesperado; ele tinha olhos claros, uma testa de falcão excessivamente bronzeada pela vida na rua. Um bom cirurgião que acabou arruinado — negligência médica, em seguida a desgraça, nem uma casa tinha para morar. Não constatei essa possibilidade, fui para o quarto atrás dele. Com cuidado, ele pôs a caneca sobre a cômoda, ao lado da tigela com água quente. A tesoura e o azeite já estavam lá, e uma pilha de toalhas. O chão estava forrado com sacos de lixo preto. Sorri de alívio momentâneo.

— Você tem experiência.

Ele franziu a testa e abriu o verbo, deu uma resposta que a essa altura já parecia longamente mais apavorante e complexa do que *Sim*. Clee gritava, andava de quatro pelo quarto.

Ela gritava para dizer que a coroa da cabeça estava dando as caras. Um bebê real. Ela queria dizer que ele estava sendo coroado, mas não estava.

Expliquei que estávamos nas mãos de Rick, mas que ele havia lavado as mãos. Eu torcia para que ela não notasse o enxame de dúvidas que sobrevoavam o quarto. Mas ela já estava em outra.

— Posso empurrar? Preciso tirar isso de mim.

Meu coração pulou. *Isso*. Era o bebê, eu já havia me esquecido dele. Até então ela estava só parindo — contrações, barulhos, líquidos. Mas havia alguém ali dentro.

Demos água, isotônico e mel. Eu já não me lembrava dessa dieta, mas, com o auxílio de Rick, era mais fácil repassar todas as instruções.

Ele me pediu para lavar as mãos antes que começasse mais uma contração. Tarde demais. Ela se agachou e, com um grito sobrenatural, abriu as pernas e vimos despontar a coroa de uma cabeça perfeita. Clee se inclinou para tocá-la.

— Não tem rosto — constatou ela.

Rick pegou minhas mãos e espirrou antisséptico nelas. Sacudiu suas mãos no ar para demonstrar que eu deveria fazer o mesmo. Então fizemos um gesto de "bate aqui". De repente Clee se recostou e parecia ter adormecido. Levantei as sobrancelhas para indagar Rick e ele fez um movimento suave com as mãos para indicar que isso era normal. Ele pôs seu rosto na frente do dela e num tom de voz baixo e desconhecido disse "Só mais um empurrão e o bebê sai inteiro." Clee abriu os olhos e assentiu em obediência, como se partilhassem uma história remota.

— Inspira bem fundo — disse Rick. Clee inspirou bem fundo. — Agora expira fazendo barulho e empurra. Mais forte.

Saiu num jorro de fluidos e Rick o segurou. Um menino. Parecia estar morto, mas eu sabia pelos vídeos a que assistimos no curso de gestantes que isso era normal. No entanto, era um silêncio aterrador. Também um fedor. Rick pôs o bebê de lado, e ele tossiu. Depois gritou. Não como uma pessoa que está emitindo o primeiro som de sua vida, mas como um corvo ancião — meio cansado, meio resignado. Mais silêncio. Rick deitou o bebê no chão e cortou o cordão umbilical fazendo um movimento experiente com minha tesoura de unha. Amarrou o cadarço higienizado no toquinho que restou na barriga. Clee tentou ficar de pé mas se acocorou, tremelicante. Um bololô de moelas escorreu entre suas pernas. A placenta. Ela se deitou na cama.

— Leva ele.

Ele tinha o peso de uma pluma. Suas pernas estavam cobertas de lodo verde, tipo sopa de ervilha, e seus olhos se reviravam para cima como um velho bêbado tentando se equilibrar. Um velho bêbado e pálido de pernas e braços flácidos.

— Ele é branco, né? — comentei.

Olhei para a pele de Clee, ainda bronzeada.

— Você não é branca assim. O pai é branco?

Tentei pensar em todos os homens muito brancos que orbitavam Clee. O bebê era tão claro que beirava o azul. Quem eu conheço que é azul? Quem, quem, quem eu conheço que é azul? Mas essa pergunta não passava de um delírio, um nariz de palhaço no centro do pensamento que eu estava elucubrando.

— Liga pra emergência — afirmei.

Clee levantou a cabeça meio adormecida, e Rick congelou.

O telefone estava perto de seu joelho; tirou o telefone do gancho lentamente.

— Sopa de ervilha. Aprendemos isso no curso. Significa que alguma coisa está errada. Liga pra emergência.

Agora o bebê estava azul-escuro, quase roxo. *Segundos*, eu pensava, *é uma questão de segundos*. De repente ouvimos um som de asas molhadas se abrindo — era o corpo de Clee se descolando dos sacos de lixo. Ela ficou de pé. Sua mãozona arrancou o telefone da mão de Rick. Ela digitou e deu o endereço, sabia o CEP, sabia a rua transversal, o atendente estava dando instruções, e ela começou a retransmitir cada uma delas calmamente — "enrole o bebê numa toalha", "cubra a parte superior da cabeça", e eu fui executando cada tarefa com uma fluidez inusitada, como se trabalhássemos nessa encenação há anos, simulando salvar a vida de um bebê, e agora era nossa chance de realizá-lo. Rick observava de canto, desgrenhado e murcho; voltara a ser o jardineiro sem-teto.

A equipe da ambulância gritava e arremessava equipamentos como se fosse um batalhão de choque. Clee estava enrolada num cobertor bege. Uma mulher mais velha e sarada examinava o bebê. Talvez contabilizando quantos segundos haviam se passado desde que ele morreu. Ela não ia parar de contar nunca, ia contar para sempre para descobrir se ele estava morto.

Rick me entregou um Tupperware antes que eu entrasse na ambulância.

— Está limpo — berrou. — Eu lavei.

Espaguete, pensei. *Em caso de fome temos o espaguete da Kate.*

CAPÍTULO 10

Enfiaram uma coisa imensa em sua gargantinha. Um fio implantado na carne viva de seu umbigo. Ele estava coberto de adesivos brancos. Uma teia de cabos e tubos havia sido tecida entre ele e inúmeras máquinas barulhentas. Quase não sobrou bebê para acomodar todas as coisas que precisavam entrar e sair dele.

— Você acha que eles sabem? — sussurrou Clee da cadeira de rodas.

Estávamos de mãos dadas por entre as dobras de nossos aventais brancos de hospital — um cerebrinho duro se formava no entrelaço de nossos dedos brancos. Espiei as enfermeiras. Todo mundo sabia que esse bebê ia para adoção.

— Não importa. O importante é que *ele* não saiba.

— O bebê?

— O bebê.

Não se poderia pensar em coisa pior do que esse bebê lutando para sobreviver sem saber que estava completamente sozinho no mundo. Ele não tinha ninguém, não ainda — de acordo com a lei, poderíamos sair pela porta e nunca mais voltar. Estávamos ali como duas criminosas atônitas que se esqueceram de fugir da cena do crime.

Meu cérebro e os pensamentos que lhe pertenciam se tornaram um ruído distante. A única coisa em jogo era que, a cada poucos segundos, Clee e eu fechávamos o punho como quem diz *sobreviva,*

sobreviva, sobreviva. Uma bolsa de sangue chegou; vinha de San Diego. Eu já estive no zoológico de lá. Imaginei que a doadora era uma zebra musculosa. Seria bom que fosse assim — os humanos sempre estão definhando por desgosto ou pneumonia, o sangue animal seria muito mais resistente, *sobreviva, sobreviva, sobreviva.* Um saradão de uniforme fez um sinal para nós.

— O bebê está estável, mas a situação é crítica. Se começar a perder a saturação, vocês vão precisar sair daqui.

Ele ensinou Clee a colocar as mãos pelos buracos da incubadora de plástico. A palma da mão do bebê milagrosamente aninhou o dedo de Clee. É só um reflexo, disse o homem. *Sobreviva, sobreviva, sobreviva.*

Clee murmurava um canto ininterrupto que eu mal conseguia ouvir; a princípio parecia uma oração, mas logo me dei conta de que era "aaah, bebezinho, ah, bebezinho" continuamente. Ela só parou de cantar quando o médico-chefe se aproximou, um indiano alto. Um rosto seríssimo. Há pessoas que sempre estão seríssimas, tem a ver com a criação. Mas, enquanto ele dava suas explicações, ficou claro que ele não era uma dessas pessoas. A palavra *mecônio* se repetiu muitas vezes; lembrei o que significava por causa do curso: excremento. O bebê havia *aspirado* mecônio, acarretando a *SAM*. Ou *SAF*, não sei. Ele falava devagar, mas não o suficiente. *Óxido nítrico. Ventilação pulmonar.* Assentíamos sem pensar. Atrizes balançando a cabeça na TV, péssimas atrizes que não conseguem fazer qualquer coisa parecer real. Ele terminou com as palavras *monitorado de perto.* Esquecemos de perguntar se o bebê ia sobreviver.

Uma enfermeira jovem, dentuça e de óculos sugeriu que Clee se deitasse numa das salas da ala Parto e Trabalho de Parto. Clee disse que não precisava e a enfermeira disse "É que você tá sangrando muito." A parte de trás de seu avental estava encharcada de sangue. Ela se jogou para trás na cadeira de rodas, de repente estava péssima. Os olhos muito fundos. *De lá eles ligam pra gente aqui,* disse a enfermeira, *caso algo aconteça.* Nos entreolhamos, assombradas. Se não saíssemos dali, não receberíamos um telefonema horrível.

— Vou ficar — afirmei, e Clee saiu empurrada porta afora.

Eu temia olhar para ele. Havia dez ou quinze bebês e cada um deles engatado a uma máquina que irrompia em bipes regularmente; os bipes se sobrepunham dando origem a um caos ondulante. Do outro lado da UTI Neonatal, uma equipe de médicos e enfermeiras circundava uma coisa pequena e imóvel. Seus pais estavam separados para que todo mundo soubesse que um dos dois era culpado e que nunca, jamais, em tempo algum seria perdoado. Rezavam com raiva. A mãe olhou para mim, desviei o olhar.

Sem ter a mão de Clee para segurar, meus pensamentos corriam assustadoramente soltos. Eu podia pensar em qualquer coisa. Por exemplo: *O que estou fazendo aqui?* Ou: *Vai acabar em tragédia.* Ou: *E se eu não conseguir lidar com tudo isso e perder a cabeça?* Comecei a chorar lágrimas muito grossas e molhadas.

É. Eu estava chorando.

Ficou fácil chorar, facinho. Limpei o nariz nas mãos, contaminando tudo. Voltei ao saguão e lavei a mão de novo; a água quente me deu saudade de casa. Então me pediram para preencher uma ficha. Em *Grau de parentesco com o bebê* escrevi *avó* porque todo mundo já me via assim.

Me forcei a encarar o corpinho acinzentado. Ele estava de olhos fechados. Não sabia onde estava. Nem saberia deduzir, mesmo com os bipes e os passos apressados sobre o assoalho, que estava num hospital. Sequer sabia o que era um hospital. Cada coisa era inédita e não fazia sentido algum. Parecia um filme de terror, mas ele não poderia fazer essa comparação porque nada sabia sobre filme de terror. Ou sobre terror, horror, medo. Nem sabia pensar *Eu estou com medo* — desconhecia o *eu*. Fechei os olhos e comecei a cantarolar. Era mais fácil fazer isso em casa, quando ele ainda estava na barriga dela. Agora, aquela época parecia um programa idiota de televisão, nós três flutuando num transe, crentes que estaríamos sempre em segurança. Aqui era a vida real. Cantarolei por tanto tempo que comecei a ficar tonta. Quando abri os olhos, ele estava olhando para mim. Piscou os olhos devagar, exausto.

E de um jeito muito familiar.

Kubelko Bondy.

Alisei meu avental e pus o cabelo atrás da orelha.

Que vergonha ter que admitir que até agora eu não desconfiava que era você — revelei a ele. Ele me lançou o mesmo olhar caloroso e íntimo que vem lançando desde que tenho nove anos — mas, como sempre exausto, o guerreiro que topou todas para voltar para casa, apesar de quase morto. Era insuportável vê-lo agora intocado, exceto por agulhas e tubos. Abri as portinhas ovais e segurei sua mão e seu pé. Se ele morresse, morreria para sempre; eu nunca mais encontraria outro Kubelko Bondy.

Então comecei: *Ei, o que se faz por aqui é isso, existir num devido tempo. Isso é viver; você está fazendo a mesma coisa que as outras pessoas.* Para mim, ele ainda estava se decidindo. Estava sentindo a situação, mas ainda não tinha chegado a nenhuma conclusão. Havia saído de um lugar escuro e quente e caído neste mundo claríssimo, seco e barulhento.

Tente não basear sua decisão por esse quarto, ele não representa o mundo. Em outro lugar, o sol aquece uma folha de seringueira, as nuvens inventam suas formas e se remodelam a todo instante, uma teia de aranha se partiu mas ainda resiste. E, caso ele não gostasse do tema natureza, complementei: *E vivemos uma época bárbara em termos de tecnologia. Provavelmente você vai ter um robô e vai achar normal.*

Parecia que eu tentava afastar alguém de um precipício.

Mas é claro que não existe a escolha "certa". Se você escolher a morte eu não vou ficar brava. Eu mesma já quis escolher a morte tantas vezes.

Seus olhões negros se abriram para cima, na direção do convite das lâmpadas fluorescentes.

Quer saber? Esquece tudo que acabei de falar. Você já faz parte da experiência terrena. Vai comer, vai rir de coisas idiotas, vai ficar acordado a noite inteira só para ver como é, vai se apaixonar e sofrer, vai ter filhos, vai ter dúvidas e se arrepender e ansiar e guardar segredos. Vai envelhecer e ficar decrépito, e então vai morrer, exausto da vida. Deixa pra morrer nessa hora. Agora não.

Ele fechou os olhos; estava cansado de mim. Era difícil diminuir a velocidade do meu pensamento. A enfermeira asiática de óculos saiu para almoçar e foi substituída por uma enfermeira com cara de porco e cabelo curto. Ela olhou para mim e sugeriu que eu descansasse um pouco.

— Come alguma coisa, dá uma volta no quarteirão. Ele não vai sair daqui.

— Não vai mesmo?

Reiterou que não. Eu não queria forçar a barra perguntando se, em termos mais amplos, significava que ele ia viver, ou se ficaria vivo até eu voltar. E, se eu ficasse, ele ainda viveria?

Estou saindo, mas volto já. Era difícil deixá-lo ali.

Deixei.

O alívio amenizou minha culpa: foi muito bom sair daquela sala horrorosa e ensurdecedora. Segui as placas para a ala Parto e Trabalho de Parto, estava atordoada por aqueles corredores calmos em que tanta coisa acontecia. Houve uma confusão na recepção da Enfermagem.

— Qual é mesmo o nome dela?

— Clee Stengl.

— Hmmm. Hm, hm, hm, hm, hmmmm. — A enfermeira gordinha clicava em frente à tela do computador. — Tem certeza que ela está neste hospital?

— Eles que pediram pra ela descer pra cá, estava na UTI Neonatal — fiz um gesto na parte de trás da minha calça para indicar que era devido a um sangramento. Me lembrei dos olhos fundos de Clee e de repente tive um pressentimento de que ela corria perigo, que naquele exato momento lutava para sobreviver. Uma enfermeira mais velha lia uma revista e observava tudo de longe. Inclinei meu corpo em cima do balcão.

— Você tá procurando... direito? — Eu quis dizer que talvez ela estivesse na cirurgia de emergência, ou na UTI, mas não queria dizer essas palavras. — Stengl. Será que você não colocou uma vogal entre o "g" e o "l"? Não tem vogal, origem sueca. Ela é loiríssima. — E só para garantir acrescentei: — Sou a mãe dela.

A enfermeira velha largou a revista.

— Paciente admitida — disse baixinho para outra enfermeira que estava atrás dela. — Dois zero nove, acho. Parto em casa.

A porta do 209 estava entreaberta. Estava numa cama hospitalar elétrica, usando um avental. Uma borracha saindo de seu braço a ligava a uma bolsa com líquido dentro. Estava dormindo, ou adormecendo, seus olhos tremiam.

— Ai, que bom — disse ela ao me ver. — É você.

Me sentei ao seu lado, sentindo-me estranhamente dócil e nervosa. Tinha duas tranças no cabelo — eu nunca havia visto esse penteado. Lembrava o Willie Nelson ou um indígena norte-americano.

— Acho que ele está bem. A enfermeira disse que eu podia ir embora.

— Me disseram a mesma coisa.

— Pois é.

Parecia que ela estava neste quarto há eras e sabia de tudo o que se passava no hospital; já eu andarilhava como uma mendiga.

— O que tem nessa bolsa?

— É soro, eu tava desidratada. Doutor Binwali veio me ver, disse que vou ficar bem.

— Ele disse isso?

— Disse.

Fiquei olhando para o teto. Agora que chorar era fácil, me derramei.

— Nossa, eu achei que — dei uma risadinha — você estava à beira da morte.

— Por que eu estaria à beira da morte?

— Sei lá. Que bom que não estava.

Não era o tipo de conversa que costumávamos ter, mas havíamos acabado de estar juntas numa ambulância, ouvindo a sirene pelo lado de dentro. E foi aí que ela segurou minha mão pela primeira vez.

Uma enfermeira apareceu.

— Me chamou?

— Poderia me trazer mais água? — pediu Clee.

A enfermeira saiu do quarto levando a jarra, senti um cheiro metálico no ar.

Senti que não era a hora de dizer qualquer coisa, ela voltaria em breve. Voltou com a jarra cheia, o cheiro acobreado se intensificou. Esperei a enfermeira sair e levar o cheiro com ela.

— Pega uma coisinha pra mim? — perguntou Clee. — Queria aquele Tupperware.

O macarrão de Kate. Estava em cima de uma cadeira plástica.

Clee tirou a tampa do Tupperware e abaixou a cabeça, enfiou a boca na vasilha. Fez um formato de pá com a mão e começou a empurrar a comida para dentro da boca. Não era o macarrão. Claro que não — a visita de Kate já fazia alguns meses. Me levantei e fui para a janela, não queria olhar para ela. Ainda conseguia vê-la pelo reflexo, mas não o grude que ela comia. O que acontece quando uma pessoa se consome? Então se recostou na cama, mastigava, mastigava, mastigava. Havia colocado muita comida na boca e agora precisava administrá-la. O vidro tinha uma tonalidade ou camada âmbar que tornava antiquada a imagem de Clee. Hipnotizante a dessemelhança dessa mulher para Clee. Fechou o vasilhame cuidadosamente, ouvi o clique, limpou as mãos num guardanapo, tomou um copo d'água e recostou a cabeça na cama inclinada. As tranças estavam caídas sobre o peito e transpirava uma tristeza apática, como uma foto do Dust Bowl. Podia-se dizer que sua vida inteira seria complicada, cada segundinho.

— Se ele sobreviver — considerou ela —, vai ser problemático?

— Não sei.

— Amy e Gary não vão querer ficar com ele — presumiu. — O que acontece com bebês assim se não forem adotados?

Ela estava olhando para mim, pelo vidro. Minha tonalidade também era o sépia triste.

Passei o fim de tarde com Kubelko Bondy, olhando para seus dedinhos enroscados no meu polegar. Eu sabia que era um reflexo — ele também enroscaria os dedos numa cenoura — mas ninguém nunca havia segurado meus dedos por tanto tempo. Ele agarrou o ar quando me afastei delicadamente. *De manhã eu volto.* Até então era verdade.

Dormi numa cama dobrável de metal entre a cama de Clee e a janela. Um bebê chorou a noite inteira sem parar e de repente ficou quieto. Um carrinho chacoalhou pelo corredor e ouvi alguém dizer "Quem?" e alguém responder "Eileen." Um alarme tocou e foi desligado e tocou mais uma vez e não voltou a tocar. Dormi alguns minutos e acordei num *eu* antigo, tranquila e tola, então a realidade voltou como uma carcaça flutuante. Deixá-lo para trás seria como matar uma pessoa e escapar impune. Passaria o resto da vida atormentada. De que serviria essa vida? Era o fim.

Ele ficou lá em cima, sozinho. Talvez nem estivesse vivo. Eu só queria chorar. Onde estava a avó verdadeira, o pastor, o cacique, Deus, Ruth-Anne? Ninguém. Só nós ali.

Não dava para dormir naquela cama. Sentei e pus os pés no chão; o colchão tinha um formato de V.

— Tá indo embora? — sussurrou Clee. — Não vai, por favor.

— Vou ficar aqui.

Ela levantou o encosto da cama. O barulho do motor era muito alto.

— Tenho tido uns pensamentos horríveis — desabafou ela.

— Eu sei, eu também.

Não era uma situação em que algo reconfortante pudesse ser dito, algo como *Tudo vai ficar bem*. Nada acabaria bem, o problema era esse. Me levantei para segurar sua mão; talvez pudéssemos fechar o punho novamente, *sobreviva*. Ela me agarrou pelo braço.

— É sério, não me abandona.

Ela estava com os olhos arregalados, batia os dentes. Estava em pânico. Tirei o cobertor da minha cama e cobri seus ombros, aumentei o termostato sem saber se estava ligado. Enchi a jarra na torneira de água quente do banheiro e fiz compressas com a toalha branca de hospital.

Clee pensou em ligar para os pais.

— Acho uma ótima ideia.

— Será?

— A filha deles teve um filho. Eles querem notícias.

— Eles não são esse tipo de gente.

— É a biologia, ninguém resiste.

— Você acha?

Assenti com certeza.

Ela ligou. Eu estava saindo do quarto na ponta dos pés, mas ela apontou categórica para a cadeira.

— Oi, mãe, sou eu.

A voz de Suzanne tinha uma cadência abrupta; não consegui entender as palavras.

— Tô no hospital. Acabei de parir.
— Não sei, não sabemos ainda. Ele tá na UTI Neonatal.
— Não deu tempo, foi uma loucura.
— Então, não deu tempo. Não avisei ninguém.
— Não, a Cheryl tá aqui.
— Sei lá, foi tudo muito rápido. Ela veio comigo de ambulância.

Suzanne começou a falar alto; fui para a janela para não ouvir a conversa.

— Mãe...
— Mãe...
— Mãe...

Clee desistiu de tentar e ficou segurando o telefone longe da orelha; os gritos se distorciam com violência e crepitavam no ar. Ela segurava o telefone daquela forma para ser engraçada e rude? Não. Ela estava hiperventilando. Com uma das mãos segurava a barriga; sentia um enrijecimento na região. Me inclinei na direção do telefone — ouvi a provocação sarcástica "...parece que não sou mais sua mãe, fui substituída...". Tive vontade de socar Suzanne, estrangulá-la, arrastá-la pelo chão e bater sua cabeça no chão várias vezes. Sua (pof) filha (pof) está na merda (pof). Seja legal com ela.

Fiz sinal para Clee desligar e ele olhou para mim sem entender nada, sobressaltada.

— Desliga — sussurrei. — Desliga agora.

Sua mão me obedeceu; silêncio.

Pedi desculpas por ter encorajado a ligação. Ela disse que nunca havia desligado na cara da mãe.

— Jura?
— É.

Ficamos em silêncio. Ela se serviu de mais água e tomou o copo inteiro.

— Quer mais? — perguntei, me levantando para pegar a jarra. — Quer que eu chame a enfermeira?

— Será que vai ser a mesma de antes?
— Ela tinha um cheiro estranho, né?

— Um cheiro meio metálico — disse Clee, séria.

Ri.

— Tinha mesmo — respondi. — Até senti dor nos dentes!

Essa frase também soou engraçada. Eu me agarrei à grade da cama, morrendo de rir. Me senti meio histérica. A gargalhada de Clee foi de reprimenda; escancarou a boca. Aquela risada, eu já tinha visto uma vez. Ela olhava para os meus lábios; eu os limpei ao terminar de gargalhar. Acabou a graça. Ela ainda olhava para minha boca; deixei a mão sobre a boca. Sorrateira, ela tirou meus dedos e me deu um beijo suave. Se afastou, engoliu em seco, e me beijou mais uma vez. Estávamos nos beijando. Durante um tempo beijei estranhando esse tipo de beijo. Beijei seus lábios macios e grossos inúmeras vezes e pensei que muitas famílias também se beijavam na boca, os franceses, os jovens, camponeses, romanos... Mas logo a hipótese caiu por terra; ela esfregava minhas costas, alisava meu cabelo, segurava meu rosto. Eu não parava de acariciar suas tranças, parecia que as acariciaria por milhares de anos sem nunca me cansar. Dez ou quinze minutos depois, o beijo começou a terminar. Então uma série de beijos finais, beijos de despedida, beijos que parecem o ato de tampar uma caixa — mas a tampa saltava e precisava ser colocada. *Este* foi o beijo final — não, *este* é o beijo final. É este, sem dúvida. Agora, é só um beijo, um beijo de boa-noite.

Ela apagou a luz da luminária. Me afastei e me deitei na minha cama. Ela abaixou a cama elétrica; o barulho do motor tomou o quarto. Então silêncio.

Nunca em minha vida estive tão acordada. O que isso queria dizer? O que isso queria dizer? Eu não beijava uma pessoa há anos. Nunca havia beijado uma pessoa com lábios de seda. Será que gostei? Achei um pouco enjoativo. Queria repetir. Mas provavelmente não voltaria a acontecer. Vivíamos uma crise. Esse é o tipo de coisa que acontece do nada, em meio a uma crise, na calada da noite. O que isso queria dizer? Corei pensando na voracidade do meu comportamento no beijo. Como se estivesse morrendo de vontade. Quando na verdade era a última coisa que passava pela minha cabeça. Levantei o dedo indicador — a última coisa que passava pela minha cabeça! —, mas o júri foi inescrutável. O que aconteceria de manhã? Kubelko Bondy. Era difícil acreditar que ele estava prestes a morrer, ele tinha um papel importantíssimo nessa história. *Suave* não era a palavra certa para o beijo. *Sedoso? Serpenteado?* Uma palavra nova, eu tinha que inventar uma palavra nova — quais letras eu usaria? S, claro. Talvez um O. Era assim que se inventava palavras? Como eu apresentaria a palavra nova? Quem deveria ser informado sobre essa invenção?

De manhã ela não estava na cama. Calcei o sapato às pressas e peguei o elevador para a UTI Neonatal. Os corredores de linóleo eram infinitos e fluorescentes, e o episódio do beijo já era coisa do passado, só mais um dos tantos acontecimentos dramáticos de ontem. Hoje era o segundo dia da vida do bebê, assim eu acreditava. Lavei as mãos e pus o avental. Clee estava apoiada no vidro, cantando seu hino "ah, bebezinho". Não estava mais de trança. Sem me ver, deu um passo para trás, então me aproximei.

Parecia que tinha um tubo maior na garganta, como se tivesse murchado durante a noite. Havia acabado de abrir seus olhos negros quando o médico indiano alto apareceu atrás de nós.

— Bom dia — cumprimentou ele, apertando nossas mãos. — Me acompanhem, por favor.

Estava com uma expressão soturna e eu pensei que era chegada a hora de nos informarem que o bebê não sobreviveria. Talvez já estivesse morto e aquelas máquinas nos davam a ilusão de que estava vivo. Clee me lançou um olhar aflito.

— Melhor Clee ficar aqui com o bebê, né? — perguntei. — Ele acabou de acordar.

Segui o médico. Eu ansiava por um advogado e meu direito a uma ligação telefônica. Mas esses eram os direitos de pessoas que foram presas. Não conseguimos nada. Qualquer coisa que ele me dissesse seria a nova realidade e teríamos que aceitá-la. O médico me levou até uma mulher magra que segurava uma pasta.

— Essa é a avó do bebê Stengl — disse ele, me apresentando.

— Me chamo Carrie Spivack — disse ela, aproximando-se.

— Carrie é da Philomena Family Services.

E o médico simplesmente se virou para sair. Agarrei-o pelo jaleco.

— Será que não é melhor a gente esperar pra ver se...

Ele olhou para o bolso de seu jaleco; minha mão estava lá dentro. Tirei.

— Pra ver se?

— Se o bebê sobrevive?

— Ah, ele vai sobreviver. Ele é forte. Só precisa aprender a usar os pulmões.

Carrie, da Philomena Family Services, estendeu a mão mais uma vez. Eu a abracei como quem se agarra a um frágil bambu. *Ele vai sobreviver.*

Ela se afastou dos meus braços; não era uma boa cristã.

— Estou aqui para falar com sua filha... é aquela ali?

— Não.

— Não?

— Não é um bom momento.

— Entendo perfeitamente.

— Entende perfeitamente?

— É uma despedida — disse Carrie.

— E é plausível que demore um pouco.

— Tem razão. Existe um arco até o momento da adoção.

— Um arco?

— Começo, meio e fim. O fim é sempre o mesmo.

— Não sei do que está falando.

— É que ela está no começo. No começo, ninguém sabe. Mas ela está no caminho certo.

— Quanto tempo demora?

— Em geral é rápido. Eu gosto de dar bastante espaço e deixar que os hormônios façam seus trabalhos.

— Mas rápido quanto...

— Três dias. Em três dias ela volta ao normal.

Carrie disse que voltaria no dia seguinte, que não era para eu me preocupar. Amy e Gary estavam a caminho do hospital.

— Eles tão vindo pra cá?

— Ela não precisa encontrar com eles. Esse é o meu cartão, avise que ela não está sozinha.
— Ela *não* está sozinha.
— Ótimo.

Clee apoiava a testa na incubadora. Mais uma vez estava de olhos fechados.
— Quem era aquela?
— O médico disse que ele vai sobreviver. Que ele é forte.
Ela endireitou a coluna.
— Forte?
Seu queixo tremia. Ela abriu uma das portinhas circulares e pôs a boca na abertura do braço.
— Você ouviu isso, bebezinho? — sussurrou ela.
Os bracinhos magros e manchados estavam caídos sobre o peito.
— Você é forte.
Dei uma olhadela para o outro lado da sala — três dias contando com hoje? Ou ontem foi o primeiro dia e hoje era o segundo? Carrie considerava que havíamos nos beijado e beijado e beijado na noite passada? Estremeci de vergonha.
Uma enfermeira passou correndo.
— Com licença — disse ela, ocupada demais.
Observei, do outro lado da sala, os pais que passariam toda a eternidade culpando um ao outro. Eles faziam sentido nesse ambiente, esses pais, as enfermeiras, os médicos e Clee. Nenhum deles reconheceu a intrusa, mas logo reconheceriam. Eu havia sido arrebatada para esse drama e me envolvido totalmente por acaso.
Hora de ir para casa.
Ele ia sobreviver, Carrie Spivack voltaria, daqui a três dias ou de ontem ou de hoje, Clee teria alta sem o bebê. Eu precisava arrumar as coisas, deixar a casa limpa. Já me vejo tirando os sapatos e os deixando na sapateira da entrada. Engraçado que minutos atrás eu achava que esse medo descabido, esse limbo, duraria para sempre. Tentei

rir para ver se era engraçado mesmo, ha, ha. Pus a mão na garganta, sentia um aperto violento. Globus hystericus. Eu jurava que havia me livrado dele, mas evidente que não. As coisas nunca mudam de fato.

Me curvei sobre o outro lado do leito da incubadora. Os dedinhos dele pareciam plantas subaquáticas. Como eu o reconheceria se mais tarde nossos caminhos se cruzassem? Essas mãos de algas já teriam desaparecido dentro de mãos humanas normais. Eu nem poderia reconhecê-lo pelo nome, afinal ele não tinha nome.

Por pouco!, disse para ele. Não havia um jeito bom de agir, então eu estava sendo indiferente, deixando meu coração dilacerado. *Tamo quase lá. Até a próxima!*

Kubelko Bondy olhou para mim, incrédulo, sem palavras.

Dei as costas e saí da UTI Neonatal antes que Clee olhasse para mim. Desci o elevador e cheguei ao saguão. Atravessei o saguão e cheguei à rua. Um sol de lascar. As pessoas estavam pensando em comer um sanduíche e se sentindo injustiçadas. Onde parei o carro? No estacionamento. Procurei meu carro por todos os andares, fileira por fileira. Ambulância. Cheguei ao hospital de ambulância. Tinha que chamar um táxi. Estava sem telefone. Estava no quarto de Clee. Maravilha. É voltar e pegar. Entrar e sair. Peguei o elevador para o sétimo andar. Nada havia mudado, a enfermeira com cara de porco ainda tinha cara de porco. Que confortável estar neste mundo cheio de preocupações vultosas e reais. Lá estava o casal culpado — estavam de mãos dadas, sorrindo com ternura. Eu era um fantasma, espionava minha vida antiga sem fazer parte dela. Quarto 209. Clee voltaria da UTI Neonatal a qualquer momento. Meu telefone, é pegar e vazar.

Ela estava sentada na beirada da cama, chorando. Algo terrível havia acontecido nesse curto tempo em que estive fora. Ela olhou para mim e emitiu um som raivoso e esquisito.

— Onde você estava? Procurei em todos os lugares.

Nada de terrível havia acontecido.

— Eu só estava tentando fazer uma ligação — me justifiquei e dei um tapinha no bolso para indicar o telefone. Que aliás estava no bolso esse tempo todo. Voltei por outro motivo.

A reclamação dela terminou num suspiro coagulado, logo depois do primeiro beijo. Iniciamos uma série de beijos impacientes e fora do eixo, como se tivéssemos pressa demais para beijar do jeito certo; então nossas bocas pareciam pontas de dedos que tateavam cegamente as cavidades e saliências da nossa biologia. Ela parou, recuou e olhou para mim. Sua boca estava aberta e seus olhos vagavam em pensamentos. Ela analisava meu rosto como se quisesse apreendê-lo, encontrar beleza — ou talvez para descobrir como havíamos chegado aqui, por que isso estava acontecendo.

— Deita aqui — convidou ela, levantando o lençol branco engomado.

— Não tem espaço pra mim — respondi, me sentando na beirada da cama.

— Vem.

Tirei o sapato e ela, com muita lentidão e a duras penas, se esgueirou para um dos lados da cama de solteiro. A largura de nossas bundas juntas mal cabia entre as grades da cama.

Recomeçamos, dessa vez lentamente. Com profundidade. Ela apertava seu peito, solto dentro do avental do hospital, contra o meu; enfiou a língua dentro de mim com movimentos fortes e maduros e eu segurei seu rosto, a pele macia cor de mel. Era tudo muito diferente das coisas que eu havia imaginado fazer com ela. Phillip, o encanador e tantos outros homens haviam ignorado o principal. O principal era beijar. De repente ela ficou gelada, tremendo.

— Você está sentindo dor?

— Tô, sim — respondeu, um pouco brusca. Impressionante a mudança de comportamento dela.

— Será que você precisa de mais soro? — perguntei, olhando para a bolsa com soro. — Quer que eu chame a enfermeira?

Ela riu, agora rouca.

— Só preciso pensar em outra coisa por um minuto — pediu, exalando o ar longa e controladamente. — Acho que não estou preparada pra esses sentimentos.

— Que sentimentos? — perguntei.

— Sexuais.

— Ah.

Às onze fui buscar o almoço no refeitório do subsolo; ela tomou o minestrone, comeu os biscoitos, o bolo amarelo e tomou o suco de laranja; então precisou tirar um cochilo. Mas antes beijou meu pescoço enquanto alisava meus cabelos curtos. Parecia um sonho, nele a pessoa mais improvável está a fim de você — uma estrela de cinema ou o marido de alguém. Como pode? Mas a atração é mútua, indiscutível; essa é a resposta. E, assim como ganhar uma surpresa na lua ou ganhar uma surpresa no campo de batalha, o espanto era algo bastante condizente. O ar no quarto 209 era fétido, originava uma flor exótica em vez de algo com a naturalidade que Carrie Spivack havia descrito. Ou talvez ela tenha querido dizer que as coisas ficam muito sexualizadas logo depois que o bebê nasce, no tal terceiro dia; ou quem sabe essa etapa era parte do arco. O terceiro dia é amanhã.

Esperei ela acordar e porque não acordou fui à UTI Neonatal sozinha. Um casal tirava seus aventais enquanto eu vestia o meu. Conversavam sobre carros usados.

— Você não pode comprar um carro sem antes dar uma gastada nos pneus — argumentou ele, enrolando o avental e jogando-o dentro do lixo da reciclagem por engano.

— Você compraria se confiasse que tudo é obra de Deus, ele nunca dá um fardo que não aguentamos carregar.

— Tenho certeza que Deus não quer que você compre uma lata--velha caindo aos pedaços.

— Agora é tarde — afirmou ela, empunhando a alça da bolsa.

Ela parecia mais velha do que na foto de perfil no ParentProfiles.com, os dois pareciam mais velhos. Eles tinham o cheiro da casa deles em Utah, aquele fedor de carpete velho com cigarro. A vida dele teria esse cheiro, ele teria esse cheiro.

— Será? — perguntou Gary. — Pela lei, não dá pra devolver?

Ele estava assustado. Não queria ficar com o carro que haviam comprado.

— Não dá mais — concluiu ela. Então olhou para ele como quem diz *A gente precisa mesmo falar sobre isso na frente dessa mulher?*

Eram pessoas deprimentes, piores do que a média. Comecei a ajeitar as mangas do meu avental. Deveria me apresentar ou assassiná-los? Matar sem dor, algo que bastasse para eliminar suas existências. Amy acenou para mim educadamente enquanto saíam. Acenei de volta, para a porta que se fechava. O médico havia dito que o bebê sobreviveria e só. Não disse se ele seria capaz de correr, comer ou conversar. Viver significa apenas não morrer, e não necessariamente inclui lucros e dividendos.

Os olhos de Kubelko Bondy estavam arregalados, à espera. *Tudo em você é perfeito*, eu disse a ele.

Você voltou, respondeu. Abaixei a cabeça e tentei fazer uma promessa para tirar todo o controle daquela situação das minhas mãos.

Adoro seus ombrinhos, disse a ele. *Vou amá-los para sempre.*

Clee dormiu até o meio-dia e aí fomos juntas à incubadora. Ela me abraçou dentro do elevador e continuou me abraçando enquanto caminhávamos pelo corredor. Nossos quadris batiam num ritmo sincopado e árduo. Passamos pelo casal que trocava culpas e eles acenaram sem pestanejar. Pensei que essas seriam as primeiras pessoas para as quais eu "sairia do armário". Foram muito receptivos. Algumas enfermeiras pareciam muito assustadas com nossa intimidade. Talvez porque achassem que eu era mãe de Clee. Ou talvez porque estavam lidando com dois casais de pais e nós não éramos um casal real. Clee me deu um beijo na porta da incubadora. E assim, em silêncio, nos assumimos para o bebê.

Carrie Spivack também havia passado por aqui; o cartão da Philomena Family Services dela estava pendurado no crachá que diz Bebê Stengl. Puxei o cartão como um mágico e o guardei no bolso.

— A gente não pode mais chamá-lo de "bebê" — sussurrei.

— Tá. Que nome você pensou?

Fiquei comovida com a possibilidade de poder nomeá-lo. Imaginei que tentava explicar o nome Kubelko Bondy.

— Você que tem que escolher, a mãe é você.

Ela riu, ou entendi como uma risada — e terminou a risada ofegante, engolindo-a. Notamos que havia uma marca vermelha no bracinho do bebê. Acenei para a enfermeira de cabelo descolorido.

— Oi, rapazinho — grasnou ela, verificando o monitor. — Hoje é um grande dia.

Ela tinha um cheiro de perfume, talvez para disfarçar o cheiro de cigarro. A marca: uma queimadura de cigarro. Fiquei fula da vida. Mas, como gerente profissional que eu era, sabia como lidar com aquilo; antevi ela caindo no choro logo depois que eu dissesse o que estava prestes a dizer.

— Hoje mais tarde ele sai da ventilação — prosseguiu. — Esperamos que ele consiga respirar bem.

Clee e eu nos entreolhamos apavoradas. Respirar. Era a coisa que mais esperávamos que ele conseguisse fazer.

— Você vai estar presente quando ele sair da ventilação? — perguntei, nervosa. *Tomara que não.*

— Sim, vamos colocá-lo no CPAP (pressão positiva contínua nas vias aéreas) e ver como se adapta. — Ela piscou. Não foi uma piscadela gentil, a piscadela dizia *todas as outras enfermeiras e funcionários da Open Palm falaram de você* — piscadela — nossa vingança vem aí. Olhei para seu crachá. CARLA. Não dava mais tempo de comprar um vale-presente para Carla nem um liquidificador portátil de um litro da marca Ninja. Talvez chocolate ou café.

Ela olhou para a queimadura de cigarro no braço dele e ouvi um clique.

— Às vezes fica uma marquinha quando eles saem do soro. Se fosse eu a enfermeira responsável no dia — piscadela — isso não teria acontecido.

A piscadela era um cacoete. Não havia crueldade ou conspiração, era um hábito. Mas é claro que não era permitido fumar na Unidade de Terapia Intensiva Neonatal. Observei enquanto ela arrumava os fios ao redor do corpo para não o incomodar. Dedos ágeis, como se já tivesse feito isso novecentas vezes.

Clee perguntou a que horas ele seria removido da ventilação.

— Está marcado para as quatro. Depois você pode fazer uma visitinha, ele vai estar sedado, mas muito mais confortável.

— Obrigada, Carla — respondi. — Agradecemos tudo que você está fazendo por ele.

Achei que não valeu, soou falso e obtuso.

— De nada — disse, abrindo um sorrisão; ela não havia achado obtuso.

— Muito obrigada mesmo — repeti, com veemência —, agradecemos muito tudo o que você está fazendo por ele.

Às quatro e meia ligamos para o andar de cima, para a UTI Neonatal.

— Está sendo mais demorado que o esperado — avisou a recepcionista. — O médico está lá dentro com ele. Ligamos de volta quando terminar.

— O médico indiano alto?

— Isso, o doutor Kulkarni.

— Ele é bom, né?

— É o melhor.

Desliguei.

— Quem está cuidando dele é o médico indiano alto e disseram que é o melhor do hospital.

— O doutor Kulkarni?

Pedi para Clee ditar os nomes de todo o corpo médico e de enfermagem para eu anotar um por um. O enfermeiro baixinho e parrudo era o Francisco, a asiática dentuça e de óculos se chamava Cathy, a cara de porco era a Tammy.

— Como você sabe?

— Eles usam crachá.

Escureceu no quarto e não acendemos a luz. Só acendíamos a luz quando chegavam boas notícias e, caso nunca chegasse, ficaríamos no escuro para sempre.

Mais quinze minutos se passaram. E aí mais cinco. Saltei da cama dobrável e acendi as lâmpadas fluorescentes.

— Vamos dar um nome pra ele — eu decidi.

Clee piscou com a luz.

— Que nome você pensou?

Ela levantou o dedo e tomou um gole de água. *Ela tinha esquecido de pensar num nome. Estava inventando um agora mesmo.* O velho desgosto que eu sentia por ela renasceu aí.

— Pensei em dois nomes — anunciou ela, limpando a garganta. — O primeiro não vai ter muito a ver com ele agora, mas no futuro vai combinar.

Senti vergonha pelo desgosto. A vergonha tinha cara de amor.

— Tá.

— Vou dizer, hein — disse, hesitante.

— Fala logo.

— Gordinho.

Fiquei impassível, esperando a confirmação do nome.

— É que — de repente seus olhos se encheram de lágrimas, a voz embargou — ele *vai* ser gordo um dia.

Abracei Clee.

— É um nome muito legal. Gordinho.

— Gordinho — sussurrou, lacrimejando.

— Acho que nunca conheci alguém chamado Gordinho — aprovei, esfregando suas costas. — Qual foi o outro nome que você pensou? — Perguntei como quem não quer nada, sabendo que esse nome, independentemente de qual fosse, seria seu nome verdadeiro.

Ela respirou fundo e soltou o ar.

— Jack.

Às cinco e meia ligaram para dizer que haviam desligado a ventilação e que ele respirava bem no CPAP. Corremos para o andar de cima.

Ele parecia outra pessoa sem aquele tubo imenso na boca. Só um bebê, um bebezinho lindo com um pino de plástico nas narinas.

— Oi, Jack — sussurrou Clee.

Seu nome agora é Jack, expliquei. Mas Kubelko Bondy é o nome da sua alma para todo sempre. Respirei fundo e me forcei a acrescentar: *Também vai ter um terceiro nome, o que Amy e Gary escolherem pra você. Talvez Travis, ou Braden. Ainda não sabemos.*

Ficamos em pé uma de cada lado do leito da incubadora e cada uma pôs a mão por um buraco. Ele apertou o dedo de Clee com a mão direita e o meu com a esquerda. Achou que esses dedos pertenciam a uma só pessoa, uma pessoa que tinha uma mão velha e uma mão jovem. Ficamos assim por vinte e cinco ou trinta minutos. Senti dor nas costas e minha mão ficou dormente. De vez em quando Clee e eu nos entreolhávamos por cima da incubadora e meu estômago dava uns pinotes para trás. Um capelão entrou e começou a abençoar os bebês. Olhei ao redor para saber se era permitido. E a história do Estado laico? Ninguém estava incomodado. Por último ele parou em frente a Jack e, antes que eu pudesse sacudir minha cabeça em negação, Clee assentiu. Suas orações serpentearam entre nós três; meu rosto formigou e minha cabeça girou. Me senti santa, quase casada.

Enquanto voltávamos de braço dado para o quarto 209, percebi que a mulher atabalhoada caminhando no corredor era Carrie Spivack. Diminuí o passo, esperando que ela fosse para a esquerda ou para a direita. Mas é claro que não tomou outro rumo, estava indo para o nosso quarto. Era o terceiro dia. Logo à frente havia um extintor de incêndio e uma janela. Escolhi a janela. Era arriscado falar, então só gesticulava, fazendo movimentos expansivos para a vista. Clee ficou olhando para o estacionamento. O casal que culpava um ao outro veio em nossa direção; eles pararam ao nosso lado, confusos e sorridentes, para ver o que tanto olhávamos. Nós quatro olhando pela janela. Um homem de meia-idade ajudava uma senhora a sair da cadeira de rodas e a se sentar no banco da frente de uma caminhonete.

— É a gente no futuro — previu a esposa do casal culpado. — Eu e meu Jay Jay.

O marido apertou seu ombro. Supus que Jay Jay fosse o nome do bebê deles.

As pernas da senhora estavam entrevadas, então o filho levantava seu corpo da cadeira de rodas para o banco do passageiro com um movimento longo e desajeitado. As mãos da mãe entrelaçadas em seu pescoço, segurando-o como se não houvesse amanhã. Amy, do casal Amy e Gary, também seguraria no pescoço de Jack um dia. Agora ele não tinha forças para isso, mas um dia seria um homem forte de meia-idade, talvez musculoso ou parrudo. Ele faria a transferência da mãe com muito mais habilidade do que este homem, dizendo *Foi, minha véia, agora é botar o cinto e partir*. Fiquei dominada pelo ciúme; desviei o olhar.

Carrie Spivack endireitou a postura quando nos aproximamos, ajustou o sorriso e abriu a porta para nós como uma mordoma. Clee entrou no quarto crente que era só mais uma enfermeira chegando para verificar sua pressão arterial.

— Será que você pode nos dar um momentinho — perguntou Carrie Spivack para mim.

Havia descoberto que eu não era a avó. Eu era ninguém. Clee sacudiu os ombros atrás dela, abriu um meio sorriso. O meio sorriso que os tripulantes do *Titanic* abriram para seus entes queridos no píer no começo da partida. Boa viagem, Kitty! Boa viagem, Estelle!

Boiei pelo corredor até chegar ao elevador.

— Vai descer?

Era um casal de jovens latinos com um bebê recém-nascido. Balões azuis tremulando na alça da cadeira de rodas.

— Vou, sim.

O casal estava vibrante; o momento mais incrível da vida deles. Estavam prestes a apresentar seu bebê para o mundo, o mundo real. O cabelo preto do bebê estava meio molhado e ele era mais gordo que Jack. Quando as portas do elevador se abriram, o jovem pai olhou para mim e retribuí o gesto como quem diz *É isso aí, a vida acontecendo, vai fundo*. Assim o fizeram.

Fiquei zanzando no saguão. Repassei toda a agenda telefônica do celular; eu não tinha para quem ligar. Apaguei mecanicamente todas as minhas mensagens salvas, exceto as que havia deixado para mim mesma no ano anterior. Aqueles dez NÃOS, no volume máximo, soavam como lamentos, uma mulher inconsolável uivando na rua, NÃO NÃO NÃO NÃO NÃO NÃO NÃO NÃO NÃO NÃO.

Não havia alma viva na lanchonete, só a mulher do caixa. Pedi água quente; foi servida com uma fatia de limão e um guardanapo.

Tomei de golinho em golinho, deixando minha boca queimar em todos os goles. Três paredes brancas e uma quarta pintada em tons de rosa e laranja. Demorei a perceber que o mural era um pôr do sol na Toscana ou na Rodésia. A porta de entrada da lanchonete ficava na praia; à esquerda do sol havia um porta-guardanapos vazio e de queixo caído, boquiaberto. Eu não conseguia imaginar o que estava se passando lá em cima. Inimaginável. Na parte de baixo da parede, haviam pintado um gradil, e o espectador podia se ver no terraço de uma villa ou talvez de um palazzo. Aquela maresia entupiu meu nariz; ondas imensas quebravam nas pedras logo abaixo, uma seguida da outra. Caí no choro. Gaivotas se aventuravam perto do teto. Ao longe uma pessoa caminhava pela praia. Ele ou ela trajavam um vestido branco esvoaçante. Cabelos dourados e sorrisos mediterrâneos satisfeitos. Ela acenou. Limpei o rosto com as costas das mãos. Ela se sentou na cadeira ao lado da minha.

— Te procurei no saguão — disse ela.

— Zanzei um pouco por lá — respondi, assoando o nariz no guardanapo de papel.

Ela olhou ao redor da lanchonete.

— Deserta, né?

— Pois é.

Ela enfiou o dedo na minha fatia do limão e lambeu o dedo.

— Eu não sabia que aquele lugar era tão cristão.

— Que lugar?

— O tal Philomena Mané das Couves. Se Amy e Gary não quisessem o bebê, ele iria pra outra família cristã sebosa.

Algo estranho começou a acontecer dentro do mural. O sol começou a se pôr muito, muito devagar.

— Mas a mulher foi legal comigo, não tentou me enfiar nada goela abaixo. Eu disse só que minha situação havia mudado.

Ela pegou minha mão.

Ou talvez aquele sol sempre esteve nascendo; talvez fosse um mural de nascer do sol, não de pôr do sol. *Ah, meu garoto, meu querido Kubelko Bondy.*

— Você acha que estou equivocada? — perguntou Clee, se sentando. — Sobre esse lance entre nós?

— Não, você tá certa — sussurrei.

— Foi o que pensei.

Ela encostou na cadeira e estendeu as pernas no formato bem aberto de V.

— Mas, comunicação, né... Eu tenho fé na comunicação.

Eu disse que também tinha e ela disse que achava Jack um carinha bem legal e que, embora não tivesse planejado ser mãe, foi mais fácil do que se tivesse sacado que o bebê era um boçal, mas cem por cento de certeza de que Jack não era.

— Mas, olha — acrescentou ela —, achei que você ia ficar mais animada.

Respondi que estava muito animada. De cara pensei em oito ou nove perguntas para fazer sobre a nossa relação e a minha relação com o bebê, mas não queria voltar atrás nem a assustar. Ela enfiou o polegar na palma da minha mão e disse:

— Preciso inventar um apelido pra você.

— Que tal Cher? — sugeri.

— *Cher?* Não, parece nome de velho. Xô pensar.

Ela começou a apertar os nós dos dedos na cabeça para estimular o pensamento e disse:

— Tá. Já sei. Bu.

— Bu?

— Bu.

— Tipo um fantasma?

— Não, tipo Bu, tipo você é minha Bu.

— Tá. Gostei. Bu.

— Bu.

— Bu.

CAPÍTULO 11

Quando as enfermeiras souberam que Clee ia ficar com o Bebê Stengl, deram-lhe uma bomba de tirar leite e orientaram que tirasse a cada duas horas.

— Se não sair nada, continue bombeando — avisou Cathy.
Carla concordou.
— É, e não fica olhando para as mamadeiras, tenta relaxar. Vai rolar. Estamos à espera de cada gota, e assim que ele sair da intravenosa vamos alimentá-lo.

Clee ria de nervoso, o braço estendido segurando a bomba.
— Sei lá. É, vamos ver. Não tá rolando — concluiu, devolvendo a bomba para Cathy. — Não levo jeito.

Naquela noite, uma senhora barriguda chamada Mary entrou empurrando uma máquina bombeadora no nosso quarto.
— Sou consultora de lactação deste hospital e do Cedars-Sinai. Tiro leite até de mosca.

Expliquei que Clee não pretendia amamentar; Mary retrucou com um discurso breve sobre a importância do leite materno para a diminuição dos riscos de diabetes, câncer, problemas pulmonares e alergias. Clee desabotoou a camisa, envergonhada, de cabeça baixa. Peitos grandes e rosados. Nunca tinha visto seus peitos. Mary apertou inúmeros cones contra os mamilos com uma eficiência brusca.

— Ah lá, acertei o tamanho. Você tem um peitão.

Ainda de cabeça baixa, Clee permaneceu imóvel, o rosto todo coberto pelos cabelos.

Mary aparafusou as mamadeiras nos cones e ligou a máquina anciã. *Chuup-chu, chuup-chu, chuup-chu.* Os mamilos de Clee entravam e saíam ritmados.

— Igual como fazemos com as vacas. Já foi numa fazenda? Não tem diferença. Agora segura esses daqui.

Clee segurou os copinhos contra o peito.

— Saiu alguma coisa? — perguntou Mary, olhando para as mamadeiras. — Saiu nada. Olha, continua assim. Rodadas de dez minutos a cada duas horas.

Assim que Mary foi embora eu desliguei a máquina.

— Que coisa horrível, lamento por isso.

Clee ligou a máquina sem olhar para mim.

Chuup-chu, chuup-chu, chuup-chu.

Os mamilos ficavam bizarramente alongados a cada sucção.

— Preciso de espaço pra fazer isso — disse ela.

Rapidamente fui para o outro lado do quarto.

— Não gosto que olhem pro meu peito. Fico incomodada.

— Desculpa — respondi. — Queria poder te ajudar.

Chuup-chu, chuup-chu, chuup-chu.

— Como assim?

— Não seria incômodo pra mim.

Chuup-chu.

— Tá achando que não vou produzir leite?

— Não foi isso o que eu quis dizer.

— Uma vaca consegue, mas eu não?

Chuup-chu, chuup-chu.

— Claro que você consegue! A vaca também! As duas, claro!

Naquela noite não saiu leite. Ela programou o despertador do celular para duas da manhã, quatro da manhã, seis da manhã. Nada. Às oito Mary apareceu para verificar.

— E aí? Nada? Continua tentando. Pensa no bebê que vai dar certo. Qual é o nome dele?

— Jack.

— Mentaliza o Jack.

Clee se acorrentou àquela máquina. Não queria chegar na UTI Neonatal sem leite; eu desci e contei ao Jack que sua mamãe estava se esforçando muito para produzir uma refeição deliciosa para ele. Quando voltei ela ainda estava bombeando. Mamadeiras vazias.

— Ele já sabe que você está dando tudo de si.

— Você disse que sou a mamãe dele?

— Mãezinha? Mãe? Como você quer ser chamada?

Chuup-chu, chuup-chu.

Seus olhos fervilhavam de frustração.

— Puta merda — xingou, socando a bomba, e deixando cair uma caneca e um garfo da mesinha, fazendo um estardalhaço.

Chuup-chu, chuup-chu.

O dia amanhecia e ela acariciava minha orelha. Eu estava sonhando que a bomba estava ligada, mas não estava, tudo no mais perfeito silêncio do amanhecer e ela acariciava minha orelha. Traçava delicadamente cada linha com os dedos. A aurora esgueirava-se para dentro do quarto. Sorri para ela. Ela sorriu e apontou para a mesa de cabeceira. Leite. Duas mamadeiras, cada uma com cerca de um dedo de leite amarelado.

Clee recebeu alta na manhã seguinte. Mas claro que Jack, não. Dr. Kulkarni disse que ele só teria alta quando conseguisse tomar sessenta mililitros de leite e digeri-los normalmente.

— Acredito que daqui a duas semanas — proferiu. — Talvez menos, ou mais. Ele precisa aprender a mamar sozinho; sugar e engolir.

Ele fez que ia se afastar de nós. Clee já estava pronta para ir embora. Eu o agarrei pela manga do jaleco.

— Pois não — disse o médico.

Hesitei; demorei um pouco para concatenar todos os aspectos da pergunta que gostaria de fazer. Eu tentava entender se minha vida, a vida em que eu tinha um filho e uma namorada jovem e bela, existiria fora do hospital. Ou será que essa vida só fazia sentido ali? Será que eu era o mel que jurava ser o ursinho, sem me dar conta que o ursinho é só o formato da garrafa de mel?

— Já sei o que você está pensando — demonstrou dr. Kulkarni.
— Jura?
Assentiu.
— É cedo para dar essa resposta, mas o importante é que ele está se recuperando muito bem.

Dissemos ao Jack que voltaríamos na manhã seguinte e fomos embora mas voltamos porque eu havia esquecido de dizer que o amava — *te amo, batatinha* — e fomos embora mais uma vez, as pernas bambeando porta afora do hospital em direção à luz do sol. Ficamos de mãos dadas no banco de trás do táxi. Nenhuma novidade na vizinhança. Minha vizinha de porta estava empurrando seus galões de lixo e viu quando entramos mancando em casa. Clee começou a tirar os sapatos.

— Não precisa.
— Eu quero tirar.
— Esta casa agora também é sua.
— Já me acostumei a tirar o sapato.

Ninguém havia estado aqui desde aquele dia. Sangue ressecado pelo quarto inteiro. Caramujos reunidos no teto da cozinha. Toalhas jogadas em cantos imprevisíveis. As tigelas de Rick com água quente esperavam em cima da cômoda, geladas. Dei uma arrumada enquanto Clee tirava leite, tirei o saco de dormir da sala e guardei no armário de roupa de cama.

Antes de se deitar na minha cama pela primeira vez, sussurrou um pedido de desculpas por causa do cheiro de seus pés.

— A cromoterapia não funcionou.
— Pra mim também não.
— Você sabia que a esposa do doutor Broyard é aquela pintora famosa Helge Thomasson?
— Ele te contou isso?
— Não, fiquei sabendo na sala de espera.

— A recepcionista te contou?

— Não, uma paciente.

Fomos para debaixo das cobertas e ficamos de mãos dadas. Trair uma dona de casa é compreensível, algo que se faz em busca de estímulo intelectual, mas que vergonha o dr. Broyard não ter segurado a onda de ser marido de Helge Thomasson. Eu nunca tinha ouvido falar dela, mas certamente era uma mulher formidável. Clee pôs a mão na minha barriga e depois tirou.

— O doutor Binwali disse que só posso transar daqui a dois meses.

Sorri como sorriam as tias nervosas de nossos amigos. Esse assunto nunca havia sido discutido. Há mulheres que só se beijam, esfregam as costas uma da outra e fim. Fiquei pensando se a agressividade costumeira de Clee voltaria a dar as caras. Talvez o sexo também fosse uma simulação. Poderíamos começar no "banco do parque" — ela apalpa meu peito. Mas em vez de tentar me defender, eu deixaria que ela me estuprasse. Será que vamos precisar comprar um pau de borracha? Eu tinha visto uma loja que vendia esses artigos num shopping da Sunset, ficava ao lado de um pet shop.

— É que os músculos... — disse ela. — Eu não vou conseguir contrair os músculos.

Um orgasmo. É isso que ela teria só daqui a dois meses.

— Mas eu posso, assim, por você... Se você quiser.

— Não, não — respondi de pronto. — Sem pressa. Até que as duas.

Eu gostava de falar frases assim, sem verbo. Talvez os verbos fossem para sempre dispensáveis para nós.

— Tá bom — disse ela, apertando a minha mão. — Espero que eu consiga esperar tanto — complementou.

— Concordo, esperar cansa.

Acordei sobressaltada como a passageira de um avião — por um instante me dei conta da altura em que estava e senti um pânico terrível da queda. Eram três da manhã. Havíamos acabado de deixar o bebê no hospital. Era tão pequeno. Tão sozinho na UTI Neonatal, deitado naquela caixa de plástico. Ah, Kubelko. Um uivo me contorcia por dentro; uma dor quase desumana. Ou talvez fosse minha primeira sensação humana. Será que visto uma roupa e vou para o hospital agora? Fiquei ponderando. Vi seus cabelos loiros espalhados pelo travesseiro que eu costumava usar entre as pernas. Tudo isso acabaria em breve. Não passava de um sonho maluco. Me forcei a voltar a inconsciência.

O rádio e o sol a pino.

— Qual é seu estilo de música favorito? — perguntou Clee, tentando desviar da estática entre as estações de rádio.

Esfreguei os olhos. Nunca havia usado meu rádio-relógio para outra coisa que não acordar.

— Isso aqui tem a sua cara — constatou, parando numa rádio de música country, me encarando. — Não?

Procurou um pouco mais, observando minhas reações. Inúmeros estilos de música variavam, das mais estridentes às mais deprimentes.

— Hum, tá quase.

— Isso?

— Eu gosto de música clássica.

Ela aumentou o volume, se deitou do meu lado e me abraçou. Eu não tinha um estilo de música favorito. Alguma hora eu teria que fazer essa revelação.

— Essa pode ser a nossa música — sussurrou ela. Ela não via a hora de ter logo uma namorada.

Ouvimos a música até o fim só para descobrir o nome; insuportavelmente longa. Enfim um britânico esnobe abriu a boca. Era um canto gregoriano do século VII chamado "Deum verum".

— Não precisa ser essa a nossa música.

— Já era.

Visitávamos Jack de manhã e de tarde, todos os dias. Toda vez que chegávamos na UTI Neonatal e entrávamos com nossos aventais e mãos higienizadas eu temia as notícias, mas a cada dia ele ficava mais forte. Clee achava que não havia mais risco e parecia que ela tinha razão; todas as enfermeiras diziam que ele era o branquelo mais durão que já haviam conhecido. Transformamos o quartinho dos fundos num quarto de bebê, compramos macacões e fraldas e um lenço umedecido e um trocador e uma capa para o trocador e uma bandeja fofinha chamada "dorminhoco" e um kit de primeiros socorros e uma banheira em formato de baleia e xampu para bebês e toalhinhas para bebê e toalhas normais e cueiros e paninhos de arrotar e brinquedos que emitem sons e livros de pano e uma babá eletrônica e uma bolsa de fraldas e um balde de fraldas e uma bomba tira-leite caríssima que já vinha com uma maleta para transportá-la. Em no mínimo uma semana Jack conseguiria mamar no peito, mas já mamava o leite dela como um bezerro por meio de uma sonda.

— Essa bomba tem um motor muito mais potente — constatou Clee, admirada. — É o mesmo motor de batedeiras elétricas e liquidificadores usados por padeiros profissionais. É igualzinho.

Ela usava a alça da maleta atravessada no peito como se fosse um carteiro de bicicleta.

Sair com ela para fazer compras era um prazer recém-descoberto, assim como passear de carro com ela, ir a um restaurante ou simplesmente caminhar do carro até o restaurante. Cada vez que o cenário mudava nós mudávamos junto com ele, renovadas. Batíamos perna no shopping Glendale Galleria abraçadas, cabeça erguida. Eu adorava observar os homens paquerando ela e mudando completamente de expressão quando eu segurava sua mão. Ganhei! Eu, uma mulher velha demais para se dar bem e que nunca na vida havia se dado bem, e com essa idade é que não se daria. Qualquer pessoa que objete a satisfação que se pode sentir com uma namorada não tão inteligente e que tem metade da sua idade nunca teve uma namorada. De fora a fora é bom. É semelhante a usar uma roupa bonita e comer uma comida deliciosa ao mesmo tempo, em todos os momentos. Phillip é que sabia das coisas — e tentou me avisar, mas não dei atenção. Eu dava tudo para saber se ele sabia que eu estava namorando a Clee.

Além de jovem, ela era cortês: segurava portas, carregava sacolas — não pagava porque não tinha dinheiro, mas apontava o que achava que me caía bem. Me levou a uma loja de lingeries para que eu pudesse comprar umas "cortinas", nome que inventou. As coisas que escolhia eram cheias de babados, bem mulherzinha, inapropriadas para uma pessoa da minha idade com o corpo que eu tenho. Pelos pubianos grisalhos espetaram a calcinha rosa transparente que ela não quis ver — mas me pediu para sair da loja com essa calcinha.

— Botou a cortina?

— Botei.

Ela jogou o braço no meu ombro.

Quando Tammy, a enfermeira com cara de porco, perguntou se já havíamos usado o Método Canguru ficamos coradas. Nunca havíamos ficado nuas uma na frente da outra.

— Esse contato pele com pele ajuda a regular a frequência cardíaca e a respiração do bebê, e é essencial no vínculo mãe-bebê.

— Pois é — sussurrei. — Mas ainda nem pegamos ele no colo.

— Quem quer ir primeiro?

— Cheryl vai — apressou-se Clee. — Preciso muito ir ao banheiro.

Tammy lançou uma olhadela para mim. Ela achava que eu era mãe de Clee até que nos viu beijando no elevador. Tirei a blusa e o sutiã e os pendurei nas costas de uma cadeira. Tammy se debateu um pouco com os fios e tubos que prendiam Jack e o levantou da caixa com muito cuidado. Ele fez uma careta e se contorceu como uma lagarta. Ela pôs Jack entre os meus peitos e ajustou seus membros para que nossas peles se colassem o máximo possível; por fim nos cobriu com um cobertor rosa e saiu.

Olhei para trás. Clee estava no banheiro. O peito de Jack inflava e se comprimia; suas engenhocas eram silenciosas. Ele deu uma fungada e abriu seus olhões pretos na direção do meu rosto.

Olá, disse ele.

Olá, respondi.

Esperávamos por esse momento desde que eu tinha nove anos. Me inclinei um pouco para trás, tentando relaxar, e com uma mão segurei suas pernas e o bumbum. Me senti como se fosse a estátua de alguém glorioso. *Cá estamos nós. Cá estamos nós enfim.* Foi difícil estar presente ali, a emoção do momento saltitava como uma mancha solar. Do outro lado da sala, Jay Jay estava aninhado no peito de sua mãe na mesma posição e coberto pelo mesmo cobertor rosa. Trocamos sorrisos.

— Qual é o nome dele? — sussurrou ela.

— Jack — sussurrei de volta.

— Sério?

— Sim.

— É o nome *dele* também — disse, apontando para Jay Jay.

— Não brinca!

— Juro.

— Que coincidência.

— Não se mexa — disse Clee; ela tirou uma foto com o telefone e beijou minha orelha.

— Adivinha qual é o nome desse bebê? — perguntei.

— Eu sei, é Jack. Me inspirei nele.

— E você achou legal dar o mesmo nome pro nosso bebê?

Clee parecia irritada.

— A gente nem conhece eles... nunca mais vamos nos ver. Achei um nome bonito.

A mãe do outro Jack parecia lisonjeada e ofendida. Clee, destemida, deu uns tapinhas na moleira do nosso Jack. Ela sabia que estávamos na realidade? Ou achava que tudo era temporário? Talvez o escopo do amor seja este: não pensar.

CAPÍTULO 12

Agora ela se comportava mais como uma visita; dobrava roupas e as empilhava com cuidado sobre a minha cômoda, mas inadvertidamente derrubando todos os meus cremes e bijuterias. Assim que voltamos da temporada no hospital, tentávamos fazer as refeições na mesa da cozinha e conversar, mas eu sabia que não era a praia dela, então jantávamos no sofá assistindo à TV. Às vezes eu até topava umas comidas de micro-ondas; todas tinham um dulçor mascavo, até as mais salgadas. Eu lavava as peças da bomba de leite e a ajudava a etiquetar as mamadeiras por data; ela tirava fotos de nós duas e depois fazia montagens amorosas com um aplicativo chamado Heartify. Éramos duas crianças brincando de casadas — era uma delícia escovar os dentes lado a lado, fingindo costume. Talvez ela pensasse que eu já havia passado por tudo isso antes, afinal eu demonstrava um talento tardio para a convivência — mas essas ideias me surgiam do nada. No primeiro final de semana comprei um quadro-negro e o pendurei ao lado do meu calendário, acima do telefone.

— Para anotar os recados. O giz vou deixar aqui nesse pratinho. Gizes de todas as cores, inclusive o branco.

— As pessoas só ligam pro meu celular — disse ela —, mas eu posso anotar seus recados lá. Se você quiser que eu atenda, claro. Em geral deixo tudo cair no correio de voz.

— Mas você pode usar este quadro para escrever outras coisas. Dizeres que encorajam, ou aos domingos podemos escrever um dizer para a semana que começa.

Escrevi NÃO DESISTA com giz azul e depois apaguei.

— Foi só um exemplo. Vamos alternando.

— Eu nem conheço tantos dizeres — disse ela.

— Também podemos registrar marcos, caso queira monitorar algo.

Ela olhou para mim, então pegou o giz roxo e fez uma marquinha no canto superior esquerdo do quadro.

— É isso aí — comentei, guardando o giz no pratinho.

— Quer saber o que significa?

— O que significa?

— É toda vez que eu penso: *te amo*.

Arrumei todos os gizes, formando uma fileira, antes de olhar para cima. Ela não estava sorrindo, estava séria e contente. Pode-se dizer que esse era o tipo de coisa que ela planejava dizer a uma mulher há muito tempo.

— Viu como espremi bem no cantinho? — perguntou ela, com os lábios na minha orelha. — É pra sobrar bastante espaço pras marquinhas que virão no futuro.

Tammy disse que era chegada a hora de amamentar.

— Venha dar de mamá às quatro. Primeiro filho, né? Pode deixar que a enfermeira de plantão vai te ajudar a pegar o jeito.

Olhei para Clee. Ela olhava para o teto.

Às quatro lá estava uma enfermeira nova, de cabelo curto, Sue. Ela olhou para a prancheta.

— Então quer dizer que a mãe — ela olhava para mim e para Clee — vai amamentar pela primeira vez?

— Não exatamente — comunicou Clee, resoluta. — Decidi continuar usando a bomba.

— Ah — exclamou Sue. Ela olhou ao redor tentando chamar a atenção de outra enfermeira.

— Lin é seu nome de casada? — perguntou Clee, tocando o crachá da enfermeira com uma cara maliciosa.

Sue Lin sorriu para a prancheta e mexeu tanto a caneta que ela caiu no chão.

— Não, quer dizer, é, mas eu já me... acho que uma mamadeira só vai bastar.

Observei Clee se encaminhando toda emproada para a incubadora.

— Mas é importante que ela amamente, né? — perguntei. — Para fortalecer o vínculo.

Sue ficou envergonhada.

— Ah, sim, claro. Da próxima, é melhor que ela amamente, sim.

Mas ela não topava amamentar, se esquivava todas as vezes. Aprendi a segurar a mamadeirinha como um lápis, e a estimular os lábios do bebê para que ele abrisse a boca, e aí engatilhar o mamilo no céu de sua boca.

É o leite da Clee, esse leite não é meu.

Sempre bom dar crédito a quem merece. Ele chupava e engolia me olhando sem piscar.

A foto que Clee escolheu para divulgar o nascimento foi uma das que havia tirado de mim segurando o bebê. Ela fazia massagem nos meus ombros enquanto eu fazia o flyer no computador.

— A escrita pode ser um pouco mais divertida? — perguntou ela.

— Você quer outra fonte?

— Talvez.

Entrei na brincadeira e utilizei uma fonte gordinha de história em quadrinhos.

— Agora, sim — aprovou ela.

E ela tinha razão. A fonte das histórias em quadrinhos era amorosa e viva, e não era o amor e a vida que estávamos celebrando?

JACK STENGL-GLICKMAN
23/03/2013
2.500 GRAMAS

Enviamos o flyer para todos os amigos de Clee, para seus pais, para Jim e todos os funcionários da Open Palm; para todos os nossos parentes e para todas as pessoas de que lembramos, exceto Rick, porque ele não tinha telefone. É quase certo que Rick achava que eu e Clee vivíamos, desde sempre, uma relação lésbica. Para todas as outras pessoas foi um choque, mas em geral responderam conforme se deve responder: *parabéns*. Houve pessoas que nunca responderam, como Suzanne e Carl. Quando Clee estava dormindo, mandei um e-mail para Phillip com o flyer em anexo. Estava certa de que a essa altura ele já sabia que eu estava namorando uma novinha. Fiquei olhando para o nome dele na tela. Mas, é claro, há jovens e jovens. Dezesseis é jovem demais. Um desplante. Peguei meu telefone para procurar a foto da garota usando a camiseta do jacaré rastafári. Quem era essa garota afinal? Que mané Kirsten. Havia era Kirsten nenhuma, de repente a ficha caiu. Nenhuma garota de dezesseis anos se interessaria por um homem de quase setenta. Ri e me engasguei com minha risada. Aquelas mensagens eram de brincadeira! Uma brincadeirinha combinada entre dois adultos. Mas que atrevido ele era, paquerava apelando. Removi o flyer do nascimento e em seguida copiei e colei de novo. Qual era o melhor jeito? O que eu deveria dizer? Será que é melhor ligar? Ou mandar mensagem? Ou convidar para uma visita?

Olhei para minhas mãos; elas se engalfinhavam num abraço como se fossem duas madrinhas de casamento atordoadas.

Mas que ideia de jerico!

Deletei o e-mail, fechei o computador e apaguei a luz. Clee estava esparramada na cama como se fosse a imagem parada de uma pessoa em queda livre; me aconcheguei perto dela.

Mais para o fim da semana fomos juntas à Open Palm. Clee passou o telefone para quem quisesse ver fotos de Jack, e Nakako e Sarah e Aya não só viram as fotos mas comentaram que ela estava magra. Eu havia perdido várias semanas de trabalho. Jim disse para não me preocupar, eu tinha direito a seis semanas de licença-maternidade mais algumas horas extras acumuladas — mas ele mal conseguia olhar nos meus olhos.

— Quer ver o banner do Kick It? — perguntou, desenrolando o banner no chão; eu chamei Clee para ver.

— Que acha, amorzinho?

— Ah, Bu, não entendo nada dessas coisas — respondeu ela, alisando minhas costas. Dei uma olhadela discreta para sentir as reações das pessoas.

Michelle estava corada de vergonha. Jim continuava olhando para o chão. Todo o resto trabalhava.

— Melhor ainda, amorzinho, seus olhos não estão viciados.

Jim me puxou de canto.

— Eu não tenho problema nenhum com isso. Tô feliz por vocês.

— Obrigada.

— Mas eu não mando em nada aqui, né.

— Como assim?

— Carl e Suzanne tão aí... tão lá no depósito com o Kristof.

— No depósito?

— Tão só esperando vocês irem embora.

Saí do escritório e caminhei até o depósito. Estavam espiando dos janelões, mas rapidamente disfarçaram enquanto eu me aproximava. Pedi que Kristof nos desse uns dez minutinhos.

— Kristof, é melhor você ficar — ordenou Suzanne. — Parado aí.

Kristof congelou no meio de nós três, o pé bambeando do passo interrompido.

Levantei meu telefone e disse:

— O neto de vocês é lindo. Querem dar uma olhada?

— Você sabe o que é uma *persona non grata*? — perguntou Carl.

— Sei.

— Vem do latim, quer dizer "pessoa sem gratidão".

Kristof ensaiou dizer algo mas se conteve. Talvez soubesse latim.

— Por causa da Clee não vamos demitir você, mas saiba que não é bem-vinda aqui. Também não faz mais parte do conselho.

Kristof olhou para mim à espera de uma reação. Guardei meu telefone. Não foi difícil ver a situação do ponto de vista deles; haviam confiado em mim e olha onde chegamos.

— Ela que decidiu criar o Jack — revelei.

Kristof olhou para Suzanne e Carl.

— Não tem nada a ver com o bebê. Diz respeito à relação inapropriada que você estabeleceu com nossa filha.

Kristof olhou para mim.

Jack. O nome do neto de vocês é Jack.

— Vocês não sabem nada sobre nossa relação.

— Conseguimos imaginar muito bem.

— Não fizemos sexo.

— Claro.

Kristof tampouco acreditava nessa informação.

— O médico diz que ela só pode transar daqui a oito semanas.

— Oito semanas contando desde que dia? — perguntou Kristof.

— Do dia que ela deu à luz.

Suzanne e Carl trocaram um olhar de alívio.

— Portanto, dia 18 de maio — prossegui. — Vocês podem marcar no calendário de vocês. Esse é o dia em que vamos ter relações sexuais.

Percebi que provavelmente estava usando a expressão incorreta, mas fui adiante.

— E em todos os dias depois desse. Várias vezes por dia, em inúmeras posições, por toda parte, até aqui, talvez.

Kristof deixou escapulir um gritinho seco de excitação, então se calou. Tarde demais. Suzanne o demitiu no ato — seu rosto tremia de arrependimento; lamentava todas as coisas que ela não havia impedido enquanto ainda estavam para acontecer.

Estabelecemos uma rotina. Dormíamos até tarde, depois fazíamos uma visitinha de duas horas a Jack, depois resolvíamos umas coisinhas e saíamos para almoçar; voltávamos para casa e tirávamos um cochilo, fazíamos uma visita a Jack, mas de uma hora, chegávamos em casa às oito, assistíamos à TV até meia-noite ou uma da manhã e íamos nos deitar. Dormíamos muito porque encontramos uma posição magnífica — Clee me abraçava por trás e nossos corpos se entrelaçavam como dois S.

— Não é todo mundo que consegue fazer isso — comentei, apertando os braços dela.

— Todo mundo consegue fazer isso.

— Mas não com esse encaixe perfeito.

— Se você juntar duas pessoas aleatórias elas conseguem.

Às vezes eu ficava olhando seu rosto adormecido, a carne viva e pulsante, e me impressionava com a precariedade que é amar um ser vivo. Até por falta d'água ela poderia morrer. Sequer era mais seguro do que se apaixonar por uma planta.

Duas semanas depois, parecia que sempre havíamos vivido desse jeito. Ainda trocávamos muitos beijos, em geral em rodadas de selinhos. Uma variante dos nossos primeiros beijos tão profundos. Mas os curtos eram de certa forma mais íntimos porque só nós duas sabíamos o que significavam.

— É melhor a gente não pressionar para trazer o bebê pra casa — disse Clee, e me deu um selinho.

— Com certeza, não — respondi, retribuindo o selinho. Então outro selinho. E mais um. Ela afastou a cabeça.

— Você me pressionou muito hoje de manhã.

— Jura? O que eu disse?

— Disse "Não podemos esperar." Mas podemos esperar, sim. Inclusive para sempre, se for melhor pra ele.

— *Para sempre* eu discordo. Não tem espaço pra um velho na UTI Neonatal.

— Se for melhor pra ele, tem sim. Quando disserem que ele já pode vir pra casa, nós vamos falar assim "Vocês têm cem por cento de certeza disso?"

Mas seriam outros quinhentos; não era uma negociação. Jack fez uma ressonância e o resultado foi normal. No dia seguinte tomou 57 mililitros de leite, expeliu fezes saudáveis e disseram que ele estava apto para ter alta. Muitos formulários para preencher; deram várias injeções nele. Enquanto assinava os papéis da alta médica, dr. Kulkarni disse que o Bebezão Stengl havia se recuperado totalmente.

— Não é preciso muita coisa para ser um bebê. Daqui a um ano vocês vão ver.

Clee e eu trocamos olhares.

— Mas ele se recuperou totalmente — respondi, mantendo um tom de voz calmo.

— Sim, mas é o que acontece com qualquer criança, ninguém consegue prever o que vai acontecer até que acontece.

— Tá, entendi. Mas, além disso, devemos ficar de olho em alguma coisa específica no futuro?

— Ah, o futuro, claro. — O rosto do médico ficou sombrio. — Você quer saber se o seu filho vai ter câncer? Se vai ser atropelado por um carro? Ou vai ser bipolar? Ou autista? Ou ter problemas com drogas? Não sei dizer, não sou vidente. Bem-vindas à maternidade — elucidou, dando meia-volta e se retirando.

Clee e eu ficamos boquiabertas. Carla e Tammy, experientes, se entreolharam.

— Não se preocupem — disse Tammy. — Se tiver alguma coisa errada, vocês vão saber. A mãe sempre sabe.

— Mas prestem atenção nos estágios principais — ponderou Carla. — A primeira coisa é sorrir. Até o dia — ela fez uma conta nos dedos — quatro de julho, ele tem que sorrir. Não o sorriso de um bebê que está com gases, um sorriso de verdade.

Ela abriu a boca e simulou um sorriso bobo e infantil, então pôs fim à encenação. Tammy entregou para Clee e para mim duas bonecas com a mandíbula solta e nos conduziu para uma sala de espera com TV. Ficamos ali sentadas, atordoadas, segurando nossas bonecas.

— Reanimação cardiorrespiratória em bebês e crianças — sussurrou a enfermeira, apertando o play do controle remoto. — Vocês só podem ir embora quando o vídeo terminar.

Ela saiu na ponta dos pés, fechando a porta discretamente.

Lado a lado, assistíamos à cena de uma mãe percebendo que sua filha não está conseguindo respirar. "Maria?", disse, sacudindo a bebê. *"MARIA!"*, a mãe estava consternada. Ligou para a emergência e, porque não sabia fazer o RCP, ficou esperando na linha, desesperada, enquanto sua bebê provavelmente morria.

Atabalhoadas, fizemos respiração boca a boca nas nossas bonecas, pressionando seus peitos em pontos tantas vezes utilizados antes. Clee e eu nunca havíamos feito uma simulação com tamanho fervor. Olhei de lado para Clee, me perguntando se ela estava se recordando dos vídeos de instrução a que havíamos assistido há tanto tempo. Isso aqui, de certo modo, também era defesa pessoal. Então, a pobre da Maria se engasgava com uma uva.

— Não sei se eu consigo — disse Clee, deixando a boneca de lado.

— Consegue, sim — a encorajei. — Tá quase acabando.

Mas ela olhou para mim querendo expressar algo muito específico e indizível. Maternidade. Ela não sabia se seria capaz de exercer a maternidade. Desviei o olhar, dei um tapinha nas costas da minha boneca, um, dois, três tapinhas; então pus meu ouvido em sua boca para ouvir sua respiração.

CAPÍTULO 13

Não tínhamos nenhum equipamento em casa. Não dava para averiguar a pressão arterial, a frequência cardíaca nem a saturação de oxigênio de Jack. Ele tomava leite de hora em hora. Clee passava quase todo o tempo usando a bomba de lactação e eu estava sempre esquentando, lavando ou segurando uma mamadeira. Ela foi se sentar no sofá e Jack dormiu comigo na cama, no seu ninho de bebê. De tempos em tempos eu tinha que colocar minha mão sobre ele para acalmá-lo, mas tomava cuidado para não pegar no sono porque o peso da minha mão poderia esmagá-lo. Fiquei horas com a mão pairando no ar. Acarretou dores excruciantes no ombro e no pescoço que, em outras épocas, seria minha preocupação número um. Ignorei-as. Ele vivia com cólica — depois de cada mamada, se contorcia e se debatia agoniado por horas a fio. "Me ajuda, me ajuda", gritava Clee. Aí o intestino parou de funcionar. Fiz massagem abdominal e pedalei suas pernas. É claro que algo de muito errado estava acontecendo com ele; na melhor das hipóteses, um sorriso no dia 4 de julho parecia improvável, afinal ele era só um saco de tripas. Seu rosto estava todo arranhado, mas nenhuma de nós se sentia confiante para cortar suas unhas. Minha dor no ombro se agravou. Depois da primeira semana, comecei a levar o ninho de Jack para dormir com ele no chão. Eu não conseguia dar banho nele porque tinha medo de que ele escapulisse da minha mão e seu umbigo se abrisse. Uma noite acordei às três da manhã certa de que ele estava apodrecendo como uma carcaça de frango. Então quando o pus dentro da pia percebi que era uma hora insana de dar banho num bebê e comecei a chorar porque ele apenas confiava — eu podia fazer qualquer coisa que ele sempre embarcava na minha, tolinho.

A única tarefa de Clee continuava a ser tirar leite. Às vezes ela dormia enquanto bombeava. Na maior parte do tempo assistia à TV no mudo. Se não a encontrava dentro de casa, estava sentada no meio-fio. Quando reclamei que ela não estava ajudando, disse "Você quer que ele tome leite em pó?". Como se ela quisesse muito ajudar mas não pudesse. Ela era a pior pessoa para dividir uma situação tão inóspita quanto essa — estava mais que evidente, mas que saída me restava? Eu não tinha nem tempo de discutir, e o intestino de Jack ainda não estava funcionando. Doze dias sem fazer cocô. Toda a louça da casa estava na pia, e Clee tentou lavá-la de uma vez só na banheira — disse que tinha experiência nisso. Instantes depois o ralo entupiu e chamamos o encanador, aquele da outra vez; Jack olhou para ele e fez um cocozão enorme que vazou por todos os lados da fralda; queijo cottage amarelado por toda parte. Chorei de alívio enquanto beijava e limpava seu bumbum magro. Clee pediu desculpas e eu respondi *desculpa eu* e naquela noite voltei a dormir na cama sem saber por que cargas d'água havia decidido dormir no chão, não teve nenhuma serventia. Clee foi para o sofá e foi ótimo porque ainda nos restavam quatro semanas até o dia marcado por dr. Binwali para a consumação.

Além de fazer cocô, comer e dormir, ele vivia com soluço e emitia uns sons melecados de pterodáctilo, bocejava e ficava enfiando a língua por um ózinho que fazia com os lábios. Clee perguntou se ele enxergava no escuro, como os gatos, e respondi que sim. Horas depois percebi que havia dado a informação errada, mas eram cinco da manhã e ela estava dormindo. No dia seguinte esqueci de contar a verdade. Todo dia eu esquecia de contar para ela que ele não conseguia enxergar no escuro como os gatos, mas toda noite eu lembrava, e a urgência não parava de crescer. E se anos se passassem e eu nunca conseguisse contar para ela? Meu corpo estava tão exausto que várias vezes flutuava ao meu lado ou sobre mim e eu tinha que puxá-lo como uma pipa. Uma noite enfim escrevi num pedaço de papel "ele não enxerga no escuro" e pus ao lado de seu rosto adormecido.

— Que isso? — perguntou Clee no dia seguinte, segurando o papel.

— Ai, graças a Deus você achou. Jack não consegue enxergar no escuro como os gatos.

— Eu sei que não.

De repente, eu nem sabia como essa história de escuro havia começado. Talvez ela nem tivesse me perguntado nada. Deixei o assunto de lado e comecei a ficar muito bolada com os caminhos do meu pensamento. Na noite seguinte fui assaltada pela suspeita de que esse bebê não era o Kubelko Bondy, eu havia sido enganada. Uma hora depois decidi que Jack era o *filho* do Kubelko Bondy, que havia dado à luz essa coisa minúscula e nós estávamos cuidando dele até que Kubelko Bondy tivesse idade suficiente para cuidar dele.

Mas se você é o filho do Kubelko Bondy, onde está Kubelko Bondy?
Eu sou Kubelko Bondy.
É, você tem razão. Ótimo. Vamos facilitar as coisas.

Enrolei meus braços em seu corpinho espremido dentro do cueiro. Tentar aconchegá-lo era como tentar aconchegar um bolinho ou uma caneca. Não havia superfície suficiente para tal. Com todo cuidado do mundo beijei, uma por vez, suas bochechas manchadas. A vulnerabilidade dele acabava comigo, *amor* era a palavra certa para isso? Ou se tratava de piedade extrema? Seu grito periclitante rasgou o ar em dois — hora de mais uma mamadeira.

As mamadas noturnas ocorriam à uma, às três, cinco e sete da manhã. A pior de todas era a das três. Todas as outras horas carregavam elementos da civilização, mas às três da manhã eu só podia olhar para a lua enquanto embalava o filho da pessoa que havia roubado a única vida que eu tinha até então. Toda noite eu planejava esperar o dia raiar para avaliar as opções que eu tinha. Mas a grande verdade é que não havia opção. Chegou a haver, antes de o bebê nascer, mas nenhuma delas foi levada a cabo. Eu não havia viajado sozinha para o Japão para saber como era. Não havia ido a boates e dito para estranhos *Me conta sua vida inteira*. Sequer havia ido sozinha ao cinema. Havia até então levado uma vida pacata quando não havia motivo para levar uma vida pacata, e uma vida consistente cuja consistência não fazia nenhuma diferença. Nos últimos vinte anos, vivi como se tivesse um recém-nascido para cuidar. Pus Jack para arrotar na palma da minha mão, apoiando seu pescoço frouxo com a dobra do meu polegar. Ouvi o barulho da bomba de Clee sendo ligada na sala de estar. Não aquele *chuup-chu* benéfico das bombadas do hospital; esse som era mais espalhafatoso, *shuut-pa, shuut-pa*. Uma condenação em perpétua ascensão — quem achávamos que éramos, o que fazíamos com essa criança? *Shuut-pa, shuut-pa*.

Mas, quando o sol nasceu, cheguei ao topo da minha montanha de autopiedade e me lembrei de que a morte, no fim da vida, estava garantida. Que diferença faria se eu vivesse dessa forma — cuidando desse garoto — e não de outra? Eu sempre seria terrestre; não é que ele tenha roubado de mim a habilidade de voar ou viver eternamente. Agora eu entendia as freiras, não as que não tiveram outra opção, mas as mulheres modernas que escolheram essa vida. Qualquer pessoa que é um pouco sábia está careca de saber que a vida é feita sobretudo de abrir mão das coisas que queremos, então por que não se especializar em abrir mão das coisas em vez de tentar aprisioná-las? Essas revelações borbulhavam sem que eu quisesse e logo compreendi que a insônia, a vigilância e as mamadas constantes eram uma espécie de lavagem cerebral, um processo que agora moldava meu antigo eu, lenta mas violentamente, dando-lhe uma nova forma: mãe. Essa conclusão doeu. Tentei ficar consciente enquanto tudo isso acontecia, como se estivesse assistindo à minha própria cirurgia. Esperava preservar um cantinho do meu antigo eu, o suficiente para alertar outras mulheres. Mas eu sabia que era improvável de acontecer; quando enfim completasse o processo, eu não teria mais do que reclamar, deixaria de doer, eu sequer me lembraria.

Clee não encostava em Jack, só quando eu o transferia para seu colo, então ela o segurava bem longe do corpo, balançando as pernas. Ela o chamava de Carinha.

— Você acha as mãos do Carinha engraçadas?
— Não. Por que engraçadas? — perguntei.
— É que ele não tem controle sobre elas. Eu só vi isso em... adultos, sabe, pessoas que usam cadeira de rodas.

Eu entendi o que ela queria dizer, também já tinha reparado isso. Observamos enquanto ele se debatia sem coordenação motora.

— Ele é só um pingo de gente. Nada vale até o primeiro sorriso. Quatro de julho.

Ela assentiu duvidosa e perguntou se precisávamos de alguma coisa do mercado.

— Não.
— Mas vou dar um pulo lá mesmo assim.

Agora que estava com a saúde restabelecida, saía com frequência, o que às vezes era um alívio para mim; cuidar só dele em vez de cuidar dele e dela. Esse fato me fez sorrir porque me senti uma dona de casa dos anos 1950; ela era meu maridão. Será que esse poderia ser um apelido?

— Você é meu Maridão.
— Sou.
— E eu sou sua Bu.
— Combinado.

Mas ela não era um marido dos anos 1950, afinal não botava comida na mesa. Tentou reaver seu emprego no Ralphs, mas havia agora uma nova pessoa na gerência — uma mulher. Dá uma sondada, aconselhei. Deixa claro que está disponível, não custa nada. Ela trocou ideia com uma pessoa só e mandou mensagem para Kate: *Sabe de alguma vaga em algum lugar???????*

Apesar da minha exaustão, raspei todos os meus pelos pubianos no dia dezessete de maio, noite anterior ao último dia da oitava semana; eu tinha certeza de que ela ia preferir esse corte, em vez de se deparar com meus pentelhos grisalhos. Suzanne também se lembrou do grande dia e me mandou uma mensagem: *Pensa bem.*

Na noite do dia dezoito, coloquei Jack no bebê-conforto e o levei para dar uma volta no quarteirão; o objetivo era que ele dormisse pesado. Então o transferi para o berço, contei até dez enquanto segurava sua cabeça e seus pés, fiz movimentos suaves de adaptação e saí de fininho do quartinho dos fundos. Penteei o cabelo todo e o prendi atrás das orelhas, vesti a "cortina" rosa transparente e deixei a porta do quarto aberta.

Ela não deu as caras e me senti um pouco aliviada. Eu não queria que o sexo dominasse nossas vidas — filmes de sacanagem, apetrechos de borracha e por aí vai. Vez ou outra eu espiava o quadro-negro em busca de novas marcas de contagem. Nenhuma novidade, mas o pontinho roxo ainda estava lá. Folheei o calendário para ver quantas semanas faltavam para o dia quatro de julho. Assim que ele desse o primeiro sorriso, íamos viver de vento em popa, as marquinhas no quadro cresceriam como mato.

Acabou que a irmã da mãe de Kate tinha um bufê e organizava festas.

— É um trabalho de verdade — contou Clee. — Posso fazer carreira, o Ralphs era só um bico.

— É a tia da Kate?

Jack soltou um peidão.

— É irmã da mãe dela. Meu plano é aprender tudo e depois abrir meu próprio bufê.

— Uma empresa que organiza festas?

— Não só, mas vai saber. É uma ideia. A Rachel, que trabalha lá, vai abrir uma empresa de pipoca saborizada. Ela já comprou tudo e estocou no quarto dela.

— Quer fazer isso? — pus Jack em seu colo.

— O quê?

— Troca a fralda dele.

Depois que os sete dias da oitava semana se passaram, me depilei novamente e vesti a cortina. Se ela não tivesse contado a primeira semana, o que era bem provável, então essa seria a última noite da oitava semana.

Depois dessa noite nunca mais me depilei.

Para os eventos do bufê, ela tinha que usar uma camisa branca de fraque e uma gravata-borboleta. Ficou uma gata, como não; é claro que foi contratada. Na primeira noite ela chegou em casa às duas da manhã.

— Eles deixaram uma bagunça... passei horas limpando tudo — resmungou.

Ela fez um estardalhaço para despejar uma sacola de papel cheia de garrafas de espumante pela metade e cupcakes e um montinho de guardanapos com as inscrições ZAC & KIM em cima da cama.

— Xiu — repreendi, apontando para a babá eletrônica. Tive que dar quatro voltas no quarteirão para Jack pegar no sono.

Ela deixou a sacola de papel cair no chão como se fosse uma batata quente.

— Preciso te falar uma coisa.

Estava séria e esquisita. Senti uma pontada no estômago. Ela ia terminar comigo.

— Quando eu te conto as coisas você nunca parece muito interessada. Não faz perguntas e eu fico achando que você tá nem aí pra mim. Não ri. Tá rindo de quê?

— Desculpa. Eu *tô* interessada. Pelo que não me interessei?

— Ah, sei lá, vou dar um exemplo bobo: no dia que eu tava te contando da empresa de pipoca saborizada da Rachel. Você não fez nenhuma pergunta.

— Entendi, tem razão. Acho que especificamente sobre esse assunto você deu todos os detalhes e aí não me restaram perguntas a fazer.

— Mas tinha uma pergunta óbvia.

— Qual?

— Quais são os sabores? Qualquer pessoa interessada de verdade faria essa pergunta.

— Tá certo.

Ela ficou esperando.

— Quais são os sabores?

— Olha, tem de tudo: mamão, leite, chocolate ao leite, chiclete e por aí vai. Já comeu pipoca sabor chiclete?

— Não, só comi pipoca ou chiclete.

— Nunca misturado.

— Jamais.

Duas da manhã era raro. Às vezes as festas acabam às três e ela só acabava de limpar às cinco. Uma vez Rachel e ela tiveram que levar um balcão de mármore para Orange County às quatro da manhã, só para que a irmã da mãe de Kate não tivesse que pagar mais uma diária do balcão. Às vezes ela chegava bêbada em casa, mas fazia parte do trabalho.

— Sobra muita bebida — disse, enrolando a língua.

Ela desabotoou a camisa do fraque e começou a tirar leite batizado. *Shuut-pa, shuut-pa, shuut-pa*. Despejei os primeiros jatos no ralo e ela me deu um selinho. Depois outro, então um longo beijo com um gosto engraçado.

Olhou para mim.

— Tem gosto de tequila?

Assenti.

— Gostou?

— Não sou boa de copo.

— Ah, madame, um dia vou te embebedar.

Madame não era um dos meus apelidos; me senti velha. Ela pôs a mão no meu quadril.

— E o vestido?

— Que vestido?

Ela fez uma careta, uma de suas carrancas malvadas do passado.

— Deixa pra lá.

TV ligada; fui para o quarto e fechei a porta. Agora todas as vezes que eu ficava sozinha emburacava num atordoamento, me segurava pelos braços e tentava encontrar o antigo eu nessa vida nova. Em geral não avançava muito — Jack chorava e eu botava a mão na massa, alheia a mim mesma. Quando ele não chorava, meus pensamentos viravam um turbilhão confuso e frenético, como estava acontecendo agora. Entendi de que vestido ela falava.

Ficou vermelha quando me viu. Seus olhos começaram nas fivelas dos meus sapatos e lentamente subiram pelo comprimento do vestido de veludo cotelê, botão por botão. Quando seus olhos chegaram no meu rosto, ela recuou para ver meu corpo inteiro. Estava com o rosto abatido, quase pesaroso. Ajeitou a franja e esfregou as mãos na calça de moletom várias vezes seguidas. Eu nunca havia sido olhada assim, como uma fantasia que vira realidade.

Ela se levantou e fez uma mesura, beijou a parte nua do meu pescoço sobre a gola alta. Me puxou para baixo de modo grosseiro. Não rude como antes, quase rude. Comecei a lacrimejar — nós duas éramos isso também. Ela ficou a meus pés, na altura da bainha do vestido. Os botões eram difíceis de abrir, um pouco maiores que suas respectivas casas. Ela digladiava com cada um deles como se fosse sempre a primeira vez, não desenvolveu truques nem técnicas. Achei que não havia chances de que alcançasse a região púbica antes que Jack abrisse o berreiro, se é que era esse o destino a que se dirigia. Ele não chorou e comecei a achar que estava morto, mas como eu não queria ser a pessoa que encontraria seu cadáver, permaneci deitada no chão. Ela subiu com os dedos pela minha cintura. Fiquei observando seu rosto oval enquanto se debatia para ultrapassar meus peitos. Seu hálito alcoólico era afobado. Um som muito excitante; qualquer pessoa de qualquer tipo ficaria excitada ao ouvi-lo. Quando enfim o botão sob o meu queixo foi aberto, ela afastou os dois lados do vestido com muito cuidado, como se abrisse um peixe ao meio. Eu não estava usando a cortina, estava nua. Ela se apoiou nos calcanhares, fixou os olhos nos meus peitos suados e começou a balbuciar.

— Cheryl dá conta... vou ajudar, mas acho que ela nem precisa de mim...

Rapidamente terminou de murmurar aquela ladainha como se fosse um pai-nosso. Foi difícil acompanhar seu esforço estando deitada no chão, mas na minha primeira tentativa ela tirou a calça de moletom e o fio-dental num passe de mágica e se abaixou para sobrepor seu monte loiro-acobreado sobre o meu grisalho barbudo. Estiquei a cabeça para beijá-la; ela fechou os olhos e pigarreou enquanto movia o quadril de um lado para o outro. Muito concentrada, começou a dar uns amassos no meu osso púbico. Senti o peso e não sabia o que fazer com as mãos. Elas sobrevoaram sua bunda nua antes de fazerem o pouso. Apertei. Impossível negar a delícia que foi, mas difícil conduzir a sensação em algum tipo de ritmo. Fechei os olhos e Phillip me encorajou "Pensa no teu lance." Fazia muito tempo que eu não pensava no meu lance. Apontei para os meus pés tentando criar um eco, a fantasia dentro da fantasia, mas me perdi no meio do caminho e abri os olhos. Seus peitos inchados pressionando meu peito peludo e firme de tesão e eu senti sua buceta real molhada deslizando em cima do meu pau duro. Apertei sua bunda o mais forte possível e a empurrei para cima; uma sensação incrível, ela era minha, eu possuía seu corpo. Empurrei mais uma vez e mais uma vez até explodir num gozo apertado e estrondoso que a preenchia. Clee observou meu rosto se contorcer e acelerou, esfregava seu corpo no meu como se usasse uma faca. Tentei acompanhar o movimento, mas era um compasso rápido demais para ser executado por duas pessoas ao mesmo tempo, então fiquei imóvel como se fosse a superfície perfeita que um cachorro escolheria para arranhar. O cheiro de seus pés ascendia em ondas e se misturava com o ar fresco. Senti a pança onde Jack havia morado até então. Ela não parava; já estávamos esfoladas. Enfim seu corpo todo enrijeceu e estremeceu e ouvi um gemido agudo que quase parecia falso. Eu ia me acostumar com isso. Talvez até gemesse assim da próxima vez.

Ela deslizou para longe de mim e depressa vestiu seu fio-dental e a calça de moletom. Se levantou num pulo e quase caiu para trás, achando muita graça.

— Nossa — exclamou ela, não para mim, para a atmosfera. — Nossa senhora!

Parecia que tinha acabado, então comecei a abotoar meu vestido.

— Vou pedir uma pizza e mandar ver — avisou, já discando. — Você quer? Não, né?

— Não.
Desliguei e liguei a babá eletrônica para me certificar de que a tela não estava congelada.
— Faz muito tempo que ele não se mexe.
Ela olhou para a tela.
— Como assim?
— Ele não se mexe faz tempo.
— Isso é um problema?
— Se ele estiver vivo, não.
— Não quer ir lá dar uma olhada?
— E acordar o bebê?
Me sentei sozinha com a babá eletrônica, pus a ponta da minha unha no peito dele na tela para monitorar se alguma mudança indicava que ele estava respirando. Essa decisão não foi suficiente. *Vou sair gritando pela rua pra todo mundo ouvir, é isso que eu vou fazer. Depois disso, menor ideia.*

Quando o entregador de pizza tocou a companhia, o bebê acordou. Quando o coloquei para dormir ela já havia comido a pizza inteira.

No dia três de julho Jack choramingou o dia inteiro, como se soubesse que era sua última oportunidade antes de sorrir e estava muito consternado com a possibilidade de perder o prazo.
Não tem problema, não precisa ficar encucado com isso.
Mas sinto que estou quase sorrindo.
Sem pressa.
Clee passou trinta minutos atormentando Jack com caretas e barulhos, mas logo desistiu e saiu pisando duro. Fiquei observando enquanto ela andava de um lado para o outro, fumando e falando no telefone.

No dia quatro fomos ao Ralphs e Clee ganhou um cachorro-quente, cortesia dos funcionários, embora não trabalhasse mais lá. A pessoa que havia assumido a gerência pegou Jack no colo, depois uma mulher chamada Chris pegou Jack no colo, em seguida o açougueiro pegou Jack no colo e por fim Clee pegou Jack no colo e o embalou como se fizesse isso o tempo inteiro. Ele tentou agarrar um dos botões da camisa de seu fraque. Agora ela usava essa camisa todos os dias, até quando não estava trabalhando. E usava com uma calça verde militar. Seu estilo havia mudado drástica e silenciosamente no último mês. E combinava com ela. Quando começou a ficar impaciente, o ensacador ruivo arrancou Jack de seus braços e o jogou para cima.

— Cuidado — alertei.

— Ele gosta — mostrou o ensacador. — Olha só!

Clee e eu olhamos para nosso bebê nas alturas e ele abriu um sorrisão para nós. Nós caímos na gargalhada e nos abraçamos, abraçamos também o ensacador e Jack. Marco alcançado.

Depois do riso, o sorriso, e tudo entrou nos eixos. Dias e noites desembrulhando-se; três da manhã virou um horário banal. Os primeiros meses são complicados para quem tem um bebê, é um teste — e nós passamos nesse teste! E era verão. Lavei os lençóis. Deixei todas as janelas abertas e me esmerei na arrumação do quintal, podava e retirava as ervas daninhas enquanto Jack rolava em cima de um cobertor. Rick, se voltasse algum dia, teria que esvaziar o balde dos caramujos; estava quase transbordando. Clee andava de short jeans e pegou uma parte da grana do trabalho no bufê para comprar a motoca usada de sua amiga Rachel, que estava comprando uma nova. Nos finais de semana elas saíam juntas de motoca e estavam pensando em entrar para um grupo de motoqueiros.

— A gente voa! — comemorou, gritando, ao tirar o capacete.

— Quem sabe Jack e eu vamos assistir à sua competição.

E me vi sentada ao lado de um isopor, com o bebê no colo, balançando uma bandeira. Protetor solar.

Ela fez uma careta.

— Não é bem assim, não vai ter competição.

— Ah, certo. É que você disse grupo, e eu pensei que...

Ela foi à cozinha pegar alguma coisa e voltou para o quintal. Fiquei olhando pela janela da frente Jack apoiado no meu quadril. Ela começou a molhar as rodas da motoca com a mangueira e a esfregá-la com minha escova nova de lavar vegetais. Estava quase no seu peso habitual. Mas os peitos estavam maiores, quase irreais, magníficos. Ela fechou a mangueira e deu um passo para trás, admirando o brilho de sua motoca. Tantas pessoas queriam agarrá-la. Ela esperava que comigo fosse diferente? Claro que sim.

Naquela noite vesti a cortina. Ficava constrangida em transitar seminua, então vesti o roupão e só o tirei quando me sentei ao lado dela no sofá. Ela demorou a tirar os olhos da TV, mas tirou. Só um segundinho.

— Eu — ela não parava de piscar os olhos — preciso de um aviso prévio.

Tirei o roupão.

— Tá. De quanto tempo?

— Quê?

— Uma hora, um dia...

Ela olhava para as próprias pernas como uma adolescente sendo interrogada pelos pais. Depois de um tempo a pergunta se esfarelou no ar; agora não seria respondida. Levantei e fui fazer um chá.

De vez em quando, eu ainda dava uns selinhos em sua boca, mas parecia que seus lábios ficavam duros e davam uma tremidinha. Às vezes eu desejava que caíssemos na mão como antigamente, mas agora seria impossível porque teríamos que contratar uma babá para esses momentos. E eu nem queria lutar com ela; ela andava boazinha. Lavava a louça e cortava a grama do quintal usando galochas que batiam nos joelhos; obediente. Que botas eram essas, aliás? Ou eram as botas que Rick usava para jardinagem? De repente, a melancolia invadiu meu peito, como se estivesse com saudade do jardineiro sem-teto. Ou sentia saudade do passado — do hospital, das enfermeiras, dos botões de emergência, das tranças lindas que ela usava e do avental de algodão mal-ajambrado. Aquele primeiro pontinho roxo ainda estava na parte superior do quadro, mas uma pessoa desavisada acharia que era só o resto de alguma outra frase que não foi completamente apagada.

* * *

Eu estava trabalhando com essa perspectiva. Pensava um pouco, depois esquecia. Dias depois, quando Jack estava dormindo, me obriguei a encarar a perspectiva e me acostumar com ela. Ela era semelhante a um grande bordado; eu não queria ver a imagem completa até que acabasse de bordar. E me negava essa visão porque a imagem completa era desoladora.

Havíamos nos apaixonado, sim, aconteceu. Mas, dadas as condições psicológicas apropriadas, uma pessoa pode se apaixonar por qualquer pessoa ou coisa. Uma mesa de madeira — sempre de quatro, sempre à espera, companheira de todas as horas. Qual era o tempo de duração dos amores improváveis? Uma hora. Uma semana. Com sorte, alguns meses. O fim era natural, como as estações, como envelhecer, como as frutas amadurecendo. A parte mais triste era essa — não poder culpar ninguém, não poder reverter a situação.

Então, eu estava só esperando a hora que ela ia me abandonar, levando embora o garoto que, pela lei, nem era meu filho. Um dia, já já, eles não vão mais estar aqui. E ela vai embora de forma muito abrupta para evitar o drama. Vai para a casa dos pais; Carl e Suzanne vão ajudar a criar o garoto. No momento não estavam falando com ela, mas bastaria que ela aparecesse na porta deles com o garoto no colo e uma mochila roxa nas costas. Assim que compreendi minha situação, perdi a fome e comecei a ter tremedeiras; minhas mãos estavam sempre geladas quando pegava Jack no colo, eu estava sempre à beira de cair no choro. Pela primeira vez na vida compreendi a televisão, porque as pessoas eram viciadas em televisão. A TV é companheira. Não a longo prazo, claro, mas minuto a minuto, sim. As únicas coisas que eu tinha vontade de comer eram salgadinhos cheios de sódio, uns cookies artificiais e uma coisa que era a mistura perfeita de ambos — um cookie salgado e frito. Quando esse cookie acabou, deixei Jack com Clee e fui ao Ralphs.

— Se ele acordar e chorar, espera uns cinco minutos antes de entrar no quarto. Em geral ele volta a dormir dois minutos depois.

Ela assentiu como quem diz *Sim, claro, claro, eu sei*. Estava tirando leite.

— Traz refrigerante de toranja pra mim?

Na volta para casa me dei conta de que havia esquecido o refrigerante. Então concluí: *E daí. Ela nem vai estar em casa quando eu chegar. Nem ela nem ele.* É claro que o carro dela não estava na garagem.

Ia ser horrível entrar na casa logo depois que ela tivesse ido embora. Aos poucos fui entendendo, tentando me acostumar com a ideia. Mas mal conseguia me mexer porque estava aos prantos. Uivava para quem quisesse ouvir. Era chegada a hora. Ah, *meu bebê. Kubelko Bondy*.

De repente, seu Audi prata parou ao lado do meu carro, duas garrafas de dois litros de Pepsi Diet no banco do passageiro, Jack dormindo na cadeirinha. Descemos juntas de nossos carros.

— Chorou durante cinco minutos, mas não teve jeito — sussurrou sobre o capô do carro. — Então achei melhor dar uma voltinha com ele.

Depois desse dia, fiquei colada com Jack, sempre, tentava fazer coisas de que ele talvez se lembrasse no futuro, em nível celular, depois que ela o levasse embora. Organizei um passeio para o píer de Santa Mônica, um ambiente repleto de imagens e sons estimulantes e inesquecíveis.

— Posso chamar um amigo? — perguntou Clee.

— Que amigo?

— Nada, deixa pra lá.

O píer estava entupido de pessoas obesas comendo massa frita gigantesca e algodão-doce néon. Clee comprou um Oreo frito.

— Vai deixar seu leite adocicado — comentei, pensando nas propriedades inflamatórias do açúcar.

— Quê? — gritou ela, competindo com o barulho da montanha-russa.

Toda vez que o carro da montanha-russa completava mais uma volta, uma mulher latina levantava seu bebê bem alto e ele sacudia os braços e as pernas; estava crente que andava de montanha-russa. Na volta seguinte, em uníssono, levantei Jack; ele jamais se esqueceria desse momento. A mulher sorriu para mim e fiz um aceno deferente, para que ela tivesse certeza de que eu não estava querendo tomar a frente de nada, ela era a capitã. Jogávamos nossos bebês para o alto de novo e de novo, para que eles tivessem uma ideia do que era ser mãe, estar completamente apaixonada e não ter saída. Meus braços ficaram cansados, mas não era eu quem decidia a hora de parar. Eu queria tanto ser uma dessas pessoas que andam pelo mundo com leveza e liberdade. De repente a montanha-russa fez um estrondo e parou; a porta abriu e um grupo de homens e crianças saiu cambaleando em direção à minha camarada latina; eles riam muito, as pernas bambas da velocidade. Eu sequer tive forças para colocar Jack no sling; meus braços pareciam macarrão.

E Clee havia partido.

Prendi a respiração e fiquei imóvel enquanto a multidão girava ao redor.

Esperou só que eu me distraísse.

A tal amiga tinha aparecido para buscá-la.

Estavam quase chegando a São Francisco.

Ela deixou Jack para trás.

Eu segurava o rosto dele com as mãos enquanto tentava respirar normalmente. Ele ainda não sabia da notícia. Horrendo, um crime. Ou talvez esse tenha sido o plano dela o tempo todo, uma escolha generosa e madura que fez lá atrás. Meus olhos se inundaram. Ela confiava em mim, que eu ia dar conta disso. E eu ia. Na sequência do choque do abandono, o alívio. Cambaleei em círculos e caminhei aos tropeços em direção à saída; então parei na porta do banheiro e fiquei observando, catatônica, um pai magricelo que não conseguia de jeito nenhum acertar um pato de borracha com uma arma, bang, bang... bang. Ela também estava observando esse pai. Lá estava ela com sua camisa de fraque comendo um pretzel gigante. O magricelo desistiu, e os olhos de Clee saíram em busca de outra coisa a que assistir. Ela nos viu e acenou.

— Você acha que não tem como ganhar?

— Provavelmente não — respondi, trêmula.

— Mas eu vou tentar. Segura pra mim?

Mais um mês se passou e percebi que ela estava alheia à minha apreensão. Eu esperaria anos a fio. Ela poderia envelhecer nesta casa, com seu filho e a funcionária dos pais dela, sem nunca desconfiar que estava prestes a me abandonar. Com o tempo ela ficaria mais paciente, seu cabelo loiro passaria a branco acinzentado e ela engordaria. Quando tivesse sessenta e cinco anos, eu teria oitenta e tantos — duas velhas com um filho velho. Não éramos o par ideal uma para outra, mas talvez suficiente. Essa revelação me reconfortou e achei que poderia viver assim indefinidamente, sustentada por esse chocolate com uma surpresa dentro. E aí, certa tarde, Jack e eu estávamos voltando do parque quando avistamos uma coisa.

O que é isso no meio-fio?, perguntou ele.
É uma pessoa, respondi.

Uma pessoa grisalha encurvada. Clee. O cabelo não era grisalho, a pele de seu corpo estava acinzentada. Também o rosto. Um rosto acabado e abatido por um fardo que beirava a penúria, evidente para qualquer pessoa: uma mulher que repugnava sua vida. E assim planejava vivê-la, sentada na sarjeta, fumando. Há quanto tempo estava deprimida? Meses, é claro. Vinha fumando na sarjeta desde que voltamos do hospital com Jack. Isso deve acontecer o tempo todo em toda parte, uma paixão passageira desbanca o curso da vida de alguém e não há nada a ser feito. Olhei para Jack; sua testa estava franzida de preocupação.

Ela também é muito animada, assegurei-lhe. *E divertida.*
Ele não acreditou em mim.

Ela levantou a cabeça e nos observou caminhar em sua direção. Não acenou, deu um peteleco no cigarro em direção à sarjeta.

Um dos meus programas de TV favoritos era o de um homem tentando sobreviver na selva. Num episódio recente, uma parte de seu pé havia sido cravada por uma pedra e ele não teve outra opção a não ser cortá-la com uma serrinha. Serrou, serrou e enfim jogou o pedaço do pé no arbusto. A cor era preto-azulada. No nosso caso, o pé teria que se cortar sozinho para libertar o homem. Para libertar Clee. Eu poderia fazer essa tarefa com ternura, transformá-la numa cerimônia, mas sem titubear. Senti um tremor; um gemido de pânico escapou da minha boca. Seria diferente da primeira vez que a mãe do Kubelko o levou para longe de mim, eu não tinha mais nove anos. É claro que nunca me recuperaria. Mas eu não poderia fazer de tudo para que ele ficasse, para que ela ficasse, não seria uma atitude maternal, ou conjugal, nem acabaria bem. Empunhar a serra. Serrar e serrar e serrar e serrar.

Velas sempre podem causar incêndio então comprei velas votivas eletrônicas que acendem por meio de sacolejos. Comprei trinta; sacolejos mil. O CD do Canto Gregoriano não era "nossa trilha sonora", mas tinha uma música muito parecida com a que ouvimos no rádio naquela manhã. Liguei o som baixinho e apaguei as luzes. Jack e eu ficamos observando as chamas plásticas flamejando no escuro; em meio às velas eletrônicas havia uma vela de verdade, a de romã que lhe dei de presente há quase dois anos. O quarto luzia e tremeluzia. Tentei chorar baixinho para o bebê não ouvir. A boca torta e aberta, as lágrimas afluindo. Chorava porque voltava a ser una, depois de ter sido uma pessoa tripla — o silêncio e a plenitude da ordem depois de tanto tumulto.

Eu tinha quarenta minutos para fazer Jack dormir antes que Clee chegasse do trabalho. Dei banho nele como se fosse o último banho que daria. A canção de ninar que cantei parecia um canto fúnebre; abri o livro *Little Fur Family* e, dadas as circunstâncias, a fábula soou devastadoramente reconfortante. Jack começou a se contorcer e ficou agitado.

Ai, por que você tem tão pouca fé?, perguntou ele.

Respondi que a fé não estava em jogo, nem sempre se tem o que se quer ter. Mas ele tinha razão. Uma mãe que se preze arremessa seu coração para o outro lado da cerca e em seguida pula a cerca para reavê-lo.

Fechei o livro, apaguei as luzes e o aninhei em meus braços.

Fiz alarde à toa, né? Que zé mané. Vamos nos despedir e nos reencontrar milhares de vezes ainda ao longo de sua longeva, longevíssima vida.

Jack olhou para mim; se perguntava por que eu havia desistido de contar história para ele dormir.

Então comecei:

Um dia, quando você já estiver crescido, lá estarei à espera de um avião e você vai estar dentro dele. Voltará da China ou de Taiwan e eu vou dar um pulo quando anunciarem o pouso da aeronave. Clee tampouco vai conseguir ficar sentada, estará ao meu lado. Vamos esperar você como esperam todas as mães e pais e maridos e esposas, bem no fim do longo corredor do desembarque. Passageiros vão começar a escorrer do corredor. Eu vou esticar a cabeça daqui, esticar a cabeça dali, meu coração disparado, cadê, cadê, cadê — e lá estará você. Jack, meu bebê. Meu garotão, alto e bonito, ao lado de sua namorada ou namorado. Vou acenar cheia de alvoroço. Você não vai me ver, e vai me ver em seguida. Vai acenar de volta. E eu não vou conseguir me segurar, vou sair correndo pelo corredor ao seu encontro. Não precisava, eu sei, mas quando começo a correr não consigo parar. E adivinha qual vai ser a sua reação? Vai começar a correr também. Você correndo na minha direção e eu correndo na sua direção e quando estivermos quase nos encontrando começaremos a rir. Nós dois correndo e rindo e correndo e rindo e correndo e rindo, vai entrar uma música, instrumentos de sopro, um hino aumentando de volume, todas as pessoas chorando ao redor, aí vêm os créditos. Aplausos despencando feito chuva. Fim.

Ele dormiu.

Ainda estava tocando o canto gregoriano quando ela chegou do trabalho. Eu esperava no quarto à luz de velas. Ela deu uma espiada pela brecha da porta, ficou perplexa. Servi tequila no copinho único de tequila que havia na casa; ele vinha guardando grampos e presilhas empoeiradas há dezesseis anos.

— Luz bizarra — disse ela, dando um gole na tequila, observando o ambiente. Entrou uma nova faixa do CD, um hino ao silêncio. Mudas, fomos para a cama.

Me deitei ao lado dela e ela se enroscou em mim como antigamente, *Ss*.

Ouvimos o hino inteiro e entrou um novo, uma voz desolada dentro de uma catedral infinita, e subia de tom e o som do louvor ecoava.

O cantor parecia ascender e se iluminar ao sentir tanta gratidão, não por uma coisa à toa, mas gratidão por sua vida e até pela agonia que sentia. Mesmo em latim eu sabia que ele estava agradecendo a Deus por uma agonia específica, por Deus ter permitido que ele estivesse tão eivado pelo mundo. Apertei os braços dela e ela me abraçou de volta.

— Você precisa se mudar.

Ela ficou petrificada. Me lembrei do homem cortando o pedaço do pé. Fechei os olhos, serrei e serrei.

— Você precisa ter sua casa, morar sozinha pela primeira vez, aprender a cuidar da sua vida, se libertar, se apaixonar.

— Eu estou apaixonada.

— Que bom. Ouvir isso.

Ela não repetiu a frase.

Como ela estava atrás de mim, por um bom tempo eu não consegui perceber o que estava acontecendo. Então respirou fundo, engoliu o ranho lacrimoso.

— Eu não sei como vou — cafungou meu pescoço — cuidar dele.

Contei até nove.

— Se você quiser... dá pra... deixar ele aqui. Até você se estabelecer.

Ela explodiu num choro perceptível a mim, seu corpo inteiro tremia.

— Eu sou a pior mãe do mundo — disse, tossindo.

— Não é não. De forma alguma.

O CD não tinha fim. Talvez tivesse voltado para a faixa um, como saber. Adormecemos. Acordei para dar mamadeira ao Jack. Voltei, me aninhei nos braços dela, caí num sono profundo. A manhã não sabia o que fazer consigo mesma. Ficaríamos deitadas aqui para sempre, sempre dizendo adeus, sempre decidindo ficar.

CAPÍTULO 14

Clee achou que seria previdente eu me tornar a tutora legal.
— Até eu me estabelecer vai demorar.
— Tem razão — respondi, prendendo a respiração. Desde que chegamos a essa conclusão, ela passou a fazer planos em alta velocidade, um ímpeto que eu desconhecia. Fui informada que teríamos que comparecer ao tribunal; ela dirigia, falava sem parar. A verdade é que qualquer pessoa pode sequestrar uma criança legalmente, desde que a mãe fale perante o juiz que "por ela tudo bem". Uma assistente social ia me visitar quatro vezes no ano seguinte e Clee teria sua própria casa.

— Estamos muito felizes em contribuir com o aluguel dela — me garantiu Suzanne. — É claro que devíamos ter feito isso há muito tempo. Mas todos os pais do mundo cometem erros. Você vai ver. Quando vai voltar pro trabalho?

Ela achou que era a vencedora — que estávamos competindo pela filha dela, e ela tinha levado o páreo.

Eu disse a Clee que parasse de tirar leite, afinal, de todo modo, teríamos que recorrer à fórmula, mas ela me prometeu um suprimento de leite materno para durar um mês.

— E quando eu vier visitá-lo às sextas-feiras posso bombear mais.
— Uma hora vai secar. Não tem problema, ele já tem sete meses. Sua parte está feita.

Ela começou a chorar. A chorar de alegria. Eu não havia percebido que ela odiava tirar leite.

Não estabelecemos que a última noite ia ser a última noite, mas o dia seguinte seria o dia em que ela ia se mudar para seu apartamento em Studio City e por isso ela ia passar aquela noite lá, a noite seguinte também, e todas as noites ao longo de anos até que se mudasse, provavelmente para um apartamento maior, talvez para morar com alguém, alguém com quem se casaria e provavelmente ia ter outros filhos. Por fim, ela teria a minha idade, e Jack já estaria na faculdade, e então esse breve tempo em que moramos juntas não passaria de uma anedota familiar que envolvia algo que aconteceu por acaso e envolvia uma amiga da família, mas o desfecho havia sido bom para todas as partes. Nenhum detalhe seria lembrado; jamais seria lembrada como a grande história americana de amor de nossa época, por exemplo.

Na manhã seguinte, seus sacos de lixo estavam enfileirados na porta. Se estivessem mais colados à porta teriam ido embora sozinhos. A famosa Rachel apareceu para ajudar com a mudança.

— Ouvi dizer que você está abrindo uma empresa de pipoca saborizada — comentei, pondo Jack para arrotar no meu ombro.

Ela não esperava esse comentário.

— É, acho que podemos chamar assim. Quer dizer, em geral é por aí.

Clee bateu na porta e pegou mais dois sacos, espiando nossa conversa. Rachel era magérrima e tinha cara de judia. Usava uma blusa com listras diagonais em tons pastel com um ar oitentista; era uma piadinha para atestar a estupidez de uma época em que ela nem era nascida.

— Será que entendi errado? Clee falou que vai ter até pipoca sabor chiclete.

— É muito difícil explicar, estou testando muitas opções diferentes — resumiu, jogando o maior saco de todos em cima do ombro.

— Que doido ela ter te contado isso.

— Ah, ela só me contou da opção "pipoca sabor chiclete".

Ela me olhou de cima a baixo e de baixo para cima, e pousou os olhos não nos meus olhos, mas no meu pescoço.

Clee entrou esbaforida para pegar o último saco.

— Pronto!

— Já? — perguntei, averiguando a casa. — E as coisas de banheiro?

— Já peguei.

— Maravilha.

Ela passou a mão na cabeça de Jack.

— Tchau, Carinha. Não se esqueça da sua tia Clee.

Tia. Que novidade era essa? Ele agarrou o cabelo dela; ela se desvencilhou. Rachel pegou o telefone e virou as costas; era chegada a hora da nossa despedida. Clee parecia apreensiva. Duvidei que ela ia aparecer aqui toda sexta-feira às dez da manhã. Ela abriu os braços como um urso boa-praça.

— Cheryl, obrigada por tudo. Mais tarde ligo pra vocês.

— Você não tem essa obrigação.

— Vou ligar, sim.

Jack e eu ficamos esperando ela entrar no carro e partir, então fomos dar uma volta na casa. Os cômodos pareciam diferentes, vazios, o pé-direito mais alto.

Era assim antes, expliquei. *A casa normalmente é assim.*

Ela não esqueceu nada?, perguntou ele. *Nadinha?*

Revistamos cômodo por cômodo. Clee foi muito cuidadosa na mudança. O envelope que ficava entre os livros não estava lá; nem o anel da latinha de refrigerante. Enfim encontramos um item que ela havia esquecido.

Tirei a pedra do sol do banheiro e a pendurei na cozinha, em cima da pia. Jack ficou olhando o cristal se chocar no vidro da janela e depois rodopiar em silêncio.

Arco-íris. Apontei para os arco-íris planando na parede. Ele ficou boquiaberto.

Taí, esse tipo de coisa tá bem de acordo com o que eu esperava, disse ele. *Esta certamente será minha área de maior interesse, é nisso que vou concentrar minhas energias.*

Arco-íris?
E coisas semelhantes.
Não existe nada parecido. Os arco-íris são singulares; são únicos.

O cristal começou a girar para o outro lado, enviando sua caravana de brilhos para o corpo de Jack. Acho que ele não acreditou em mim; como provar. Quebrei a cabeça para encontrar coisas da mesma espécie do arco-íris. Reflexos, sombras, fumaça — mas, na melhor das hipóteses, eram só primas distantes. Os arco-íris são os únicos representantes de uma classe de espetáculo, cada um deles é deslumbrante, não existe arco-íris sombrio, e nunca aparecem no céu sem uma das cores. Sempre com todas as cores e sempre na mesma ordem. Clee não telefonou.

Todo dia eu descongelava e fervia um pouco de leite e observava Jack tomando a remessa que Clee havia deixado um mês atrás, cada mamadeira etiquetada com a data. A primeira mamadeira foi do dia que fizemos amor; ele tomou numa talagada só. Outra do dia que fomos exibi-lo no Ralphs. Tomou leite de algodão-doce do passeio no píer. O último lote foi extraído na manhã que ela foi embora e esse leite estava cheio de planos que eu desconhecia. Quando ele terminasse de tomar aquela mamadeira ela já teria ido embora até a última gota. O hábito de lembrar o que aconteceu há um mês é difícil de abandonar, mas bola pra frente. Enquanto ele tomava sua primeira mamadeira de leite em pó, me lembrei da nossa primeira noite sozinhos, a casa num silêncio insuportável até que liguei a TV. Me lembrei de um dia me lembrar de nós duas fazendo amor, eu aos prantos, minhas lágrimas caindo nos olhos de Jack. Quando fez dois meses da partida de Clee, me lembrei de ferver o resto de seu leite e de concluir que ela tinha ido embora mesmo, não restava uma só gota. Pus Jack para arrotar e vida que segue — evitei começar mais uma lembrança tripla.

Ela não apareceu nas duas primeiras sextas-feiras, nem na seguinte. Liguei inúmeras vezes, queria ser gentil no lembrete, mas só tocava e nada. Imaginei a cena de uma sarjeta num dia de chuva. Ela era exatamente o tipo de mulher que morre assassinada.

— Não quero te preocupar — disse, calma. — Mas achei que você devia saber.

— Vimos ela ontem — disse Suzanne.

— Ah, ela tá bem?

— Tá feliz como um molusco que achou uma toca nova, você tem que ver, ela e Rachel pintaram as paredes do apartamento com umas cores muito doidas. Você conheceu a Rachel?

— A Rachel mora com ela?

— Mora, elas não se desgrudam. E confesso que elas são muito fofas juntas, Clee é louca por aquela garota. Você sabia que a Rachel estudou na Universidade de Brown? A *alma mater* de Carl!

— O que você quer dizer com "louca"?

— Elas estão apaixonadas.

Guardei todas as louças exceto meu joguinho e a colherzinha de plástico de Jack. Cobri a TV com o pano tibetano. Tirei o pano e botei a TV no meio-fio perto das latas de lixo. Enquanto as coisas se adaptavam a seus novos lugares, expliquei meu sistema para Jack, as caronas e por aí vai.

Entendeu, assim a casa praticamente se autolimpa.

Ele esfarelou um bolo de arroz em cima das pernas.

Então quando você ficar borocoxô não precisa se preocupar que as coisas estão imundas.

Ele arremessou uma caixa de blocos de plástico no tapete.

O plano que estabeleci para os brinquedos era não me preocupar em deixar tudo em seu lugar o tempo todo, pois seria uma luta inglória, e usar com eles o mesmo método das louças: quanto menos melhor. Joguei todos eles numa mala, exceto a bola, o chocalho e um ursinho. Esses podiam ficar em qualquer lugar, mas que idealmente nunca se amontoassem. Dois até poderiam dividir o mesmo cômodo, mas eu preferia que o terceiro estivesse em outra parte da casa para não gerar o caos. Ela queria ter uma namorada. Uma companheira para curtir a vida. Descobrir o corpo, o que é ser mulher etc. Muito trivial. Jack queria saber onde estavam seus brinquedos; engatinhou pela casa inteira atrás deles. Peguei a mala, abri e joguei tudo no meio da sala de estar. Empilhei copinhos e blocos de plástico, carros de morder e bichos de pelúcia, livros cartonados e argolas para encaixar num bicho de olhos esbugalhados que range e tem um rabo de tecido. Meu sistema não poderia ser aplicado a bebês. Bebês estragam tudo. O plano secreto de me deitar na cama e nunca mais me mexer? Arruinado. O costume de fazer xixi em potes quando estou muito triste? Arruinado.

Todos os dias eu levava Jack de carrinho para passear no parque. Parávamos para assistir aos homens jogando basquete, e nos perguntávamos se Clee já havia observado esses homens e se eles já haviam notado sua presença. Tinha um careca musculoso que fazia bem o tipinho dela. Ele não pareceu nos reconhecer, mas por que ele acharia que o filho de uma mulher que ele nunca conheceu era seu filho?

Você sente que tem afinidade com algum desses homens?

Jack não sentia. Ele estava crescendo e às vezes não se parecia tanto com Clee e mais com outra pessoa. Quando irritado, tinha uma expressão comum — eu já tinha visto pessoas, homens, com as sobrancelhas franzidas assim. Mas não conseguia encaixar um rosto nessa impressão; um pensamento dissolvente, como um sonho que se afasta à medida que você vai na direção dele. Pessoas corriam e crianças mais velhas brincavam no escorregador e no balanço.

Um casal que estava deitado na grama sorriu para Jack.

Eles conhecem a gente?

Não. As pessoas sorriam pra você só porque você é um bebê.

Então eles acenaram. Era Rick, estava com uma mulher. Eles se aproximaram de nós.

— Eu tava aqui pensando "será que é ela? Não, é sim, será."

— Ele falou isso mesmo! — atestou a mulher. — Nossa, tava muito encucado. Meu nome é Carol — apresentou-se, estendendo a mão.

Dei uma olhada geral no parque. Será que ele morava aqui? Mas não tinha uma cabana nem um saco de dormir por perto. Carol tinha uma aparência asseada e comum; parecia uma professora universitária.

— É ele? — perguntou Rick, os olhos cheios d'água.

— Sim, é o Jack.

Foi ele que fez seu parto.

Tá de sacanagem.

— Nunca vou esquecer daquele dia. Ele estava azulzinho, parecia um mirtilo, eu te contei isso, não contei?

A mulher assentiu, calorosa.

— Você chegou em casa, largou as ferramentas no chão e disse "Querida, você não vai acreditar no que acabei de fazer."

Ela enfiou as mãos no bolso da saia e sorriu.

— Mas, querido, não foi a primeira vez que você socorreu alguém.

Ou Rick era o morador de rua com quem ela vivia, e o chamava de "querido", ou então era seu marido.

— Tive alguma experiência como paramédico no Vietnã — disse Rick, num tom modesto. — Ele tá com uma carinha muito boa.

— Ele tá ótimo.

— Que bom! — os olhos de Rick doídos de lágrimas. — Cadê a mãe dele?

— Ela tá bem também.

Carol deu um tapinha nas costas de Rick.

— Ele ficou semanas sem dormir depois do parto.

— Eu devia ter ligado pra você — assumiu ele. — Mas não queria receber notícias ruins.

Ele não estava jardinando, sequer estava sujo. Por que eu havia concluído que ele era um sem-teto? Porque sempre chegava na minha casa a pé. Nunca de carro. Olhei de esguelha para Rick, será que ele havia percebido minha confusão. Mas quando não se é um sem-teto, nunca vai achar que supunham que era. Apontei minha casa e disse que estava quase na hora de Jack tirar seu cochilo.

— Nós também vamos voltar pra casa — disse Carol, apontando para a mesma direção. — Moramos a alguns quarteirões daqui.

Um vizinho com dedo verde que não tem jardim. Tá certo. Será que esse era só o primeiro de tantos despertares? Agora eu seria esbofeteada com verdade atrás de verdade? Talvez fosse só um caso isolado.

Um caso isolado de lapso de identidade, expliquei.

Um equívoco justo, concordou Jack.

* * *

Voltamos juntos a pé e Rick insistiu em dar uma olhadinha no quintal.

— Que zona. Eu não devia ter abandonado o trabalho. Como vão os caramujos?

Eu não me lembrava da última vez que vi um caramujo pela casa. O balde estava vazio. Talvez tivessem ido embora com Clee.

Carol colheu limões da minha árvore e fez uma limonada na minha cozinha.

— Não precisa fazer sala pra mim, vai cuidar das suas coisas.

Fiquei passeando com Jack pela casa, ensinando os nomes das coisas.

Sofá.

Sofá, concordou.

Livro.

Livro.

Limão.

Limão.

— Aqui é muito tranquilo — disse Carol, limpando as mãos no meu pano de prato.

— Eu criei esse ambiente tranquilo por causa do bebê.

— Você conversa com ele?

— Claro que converso com ele.

— Que bom, os bebês precisam disso.

Deixaram limonada pronta e prometeram voltar na quinta seguinte com uma quiche. Tranquei a porta. *Ora se eu converso com ele!* Não faço outra coisa *a não ser* conversar com ele! Pus Jack no trocador.

O dia inteiro! Converso com ele há décadas.

Vamos lá, gostoso, né? Tão bom estar limpinho e sequinho.

É claro que não falo gritando com ele, não sou um maquinista. Mas minha voz interior é mais alta do que da maioria das pessoas. E incessante.

Agora vamos desabotoar sua calça.

Suponho que, para alguém de fora, eu dava a impressão de estar fazendo tudo em total silêncio.

Tec, tec, tec, oba. Prontinho.

Dei um tapinha em sua barriga e ele escancarou a boca. Um pensamento esmagador me ocorreu, será que o pequeno Jack vivia num mundo sem som. E todas aquelas palavras, todos aqueles termos carinhosos — ele conseguia escutar?

Pigarreei.

— Te amo.

Surpreso, ele sacudiu a cabeça. Meu tom de voz baixo e formal; soou com um pai travado dos anos 1980. Fui adiante. "Você é uma batatinha-doce." Soou literal, como se estivesse tentando convencê-lo que era um vegetal de subsolo, um tubérculo. "Você é um bebê", complementei, para que não se confundisse com a afirmação anterior. Ele esticou o pescoço para tentar ver quem estava na frente dele. É claro que ele já tinha me ouvido falar, mas sempre com outra pessoa, ou ao telefone. Deitei Jack na cama e não consegui parar de beijar suas bochechonas. Ele fechou os olhos, resistindo, mas achando graça.

— Não se preocupe, eu não sou a única pessoa do mundo. Você tem outras pessoas a quem recorrer.

Quem?, perguntou. Ele não tinha ninguém. Ele ficou esperando para ver o que ia acontecer.

Suzanne bateu continência enquanto tirava o sapato, acho que para dar a entender que era um fascismo de minha parte fazer questão disso.

— Você tem outros hábitos japoneses ou esse é o único? — perguntou Carl.

— Só esse.

— Andamos pra cima e pra baixo atrás de um presente pra ele e aí, nos minutos finais, esbarramos numa loja inacreditável de chapéu — comentou Carl, andando pela sala. — Você acredita que os chapéus parecem muito peças de museu... de um museu de bobos da corte. Eles podiam ter cobrado centenas de dólares, mas a maioria não passava de vinte.

— Mas eles não tinham chapéu para bebê — completou Suzanne.

— Tudo tamanho único. Mas achamos que talvez ele tivesse um cabeção... do tamanho da cabeça de um adulto.

Jack sorriu, tímido, enquanto seus avós olhavam para ele pela primeira vez, averiguando o tamanho de seu crânio.

— É enorme — constatou Suzanne, tirando um chapéu tilintante de bobo da corte de dentro da bolsa. Jack avançou para agarrá-lo.

— Sininhos — ensinei. — Toca o sino, pequenino. Você nunca viu sinos, né? Ele adorou, obrigada.

Jack se cansou dos sinos e tentou enfiar a mão inteira na minha boca. Estava com mania de fazer isso toda vez que eu falava alto com ele. Também se agarrava às páginas dos livros, sacudia todas as coisas que faziam barulho, empilhava copos de plástico, rolava pelo chão, mastigava as pernas de uma girafa de brinquedo e vinha atrás de mim todo faceiro e choramingão toda vez que ficávamos alguns segundos separados. Vai ver nada dessas coisas era novidade. Talvez só me chamassem mais a atenção porque o véu do meu diálogo interior havia sido levantado. Ele se parecia cada vez menos com o Kubelko Bondy e mais com um bebê chamado Jack.

Suzanne sorriu, vestindo o chapéu de bobo.

— Quer contar, querido?

— Vão entrar vinte dólares a mais no seu pagamento a partir do mês que vem — anunciou Carl. — Gostaríamos que você guardasse essa soma num envelope...

— É uma poupança — interrompeu Suzanne, tilintando. — Um dia, quando ele for maior de idade, vai ter acesso a esse dinheiro.

— Achamos que era um jeito legal... — disse Carl. — Olha ela, não tá parecendo uma fadinha linda?

Ficamos olhando para a Suzanne com o chapéu de bobo. Houvesse entre nós uma fadinha linda não seria o bebê? Mas ela deu uma piscadela esquisita e voejou suas mãos veiúdas como se fossem asas.

Mostrei a casa para eles. Quando chegamos ao quarto do bebê, Carl sussurrou alguma coisa para Suzanne e Suzanne perguntou se aquele era o antigo quarto de Clee.

— É o meu quartinho de fundos, onde dobro e passo as roupas. Clee primeiro dormia no sofá e depois dormíamos juntas no meu quarto.

Eles se entreolharam de banda. Carl tossiu e pegou um cordeiro de pelúcia.

— É um cordeiro — eu disse para Jack. — O vovô pegou seu cordeiro.

Eles franziram a testa, incomodados. Suzanne deu uma cutucada em Carl com o cotovelo.

— Que bom que você tocou nesse assunto — disse Carl.

Suzanne assentiu confiante, de olhos fechados; Carl pigarreou.

— O Jack parece ser um carinha legal, esperamos poder conhecê-lo mais intimamente. Mas gostaríamos que tudo fosse feito no tempo dele.

Suzanne interrompeu.

— Será que temos valores e interesses em comum? Ele tem interesse em nós dois e nas coisas que valorizamos?

— Acho que ele vai ter sim — arrisquei. — Quando for mais velho.

— Pois é. Até lá seria forçar uma relação.

A veemência de Suzanne bimbalhava os sinos de seu chapéu. Jack deu um gritinho; ele estava crente que era a coisa mais engraçada do mundo.

— Nós termos que fazer o papel de "avós" [*blim blim*] e ele ter que encenar o papel do "neto" [*blim blim*]. Isso nos soa arbitrário e sem sentido, como se fosse um produto do Hallmark.

Carl riu da menção à Hallmark e esfregou o pescoço de Suzanne enquanto ela completava o raciocínio.

— Todo dia jovens interessantes aparecem na nossa vida e ficamos encantados com eles, são simpáticos, fazem perguntas. Talvez um dia Jack seja um desses jovens.

— Mas podemos nem saber que ele é ele — sussurrou Carl.

— Nós não vamos saber quem é ele e ele não vai nos reconhecer... podemos só ser pessoas que se gostam.

Suzanne dobrou o chapéu de bobo da corte [*blim blim*] e guardou na bolsa. Parecia aliviada por ter falado tudo que queria.

— Quer pegar ele no colo? — perguntei.

Ela segurou Jack com muita naturalidade. Ele olhou para ela à espera de que os sinos voltassem a bimbalhar.

CAPÍTULO 15

Numa sexta-feira qualquer, às dez horas, alguém bateu na porta e eu pensei *Olha só, quem diria, ela não esqueceu que a gente existe.* Limpei o nariz de Jack e ajeitei meu cabelo atrás da orelha. Meu coração disparou quando cheguei à porta. Rachel havia terminado com Clee. Ela não tinha para onde ir. Passei os dedos na boca para me certificar de que não estava suja. Quem sabe Clee houvesse se tornado uma lésbica de respeito. Se ela tentasse me beijar, eu não ia deixar e dizer *Pensa bem no que você está fazendo, qual vai ser a consequência disso? O que queremos dizer com isso e o que queremos ser uma para a outra?* Talvez ela não tivesse mais tanto problema em verbalizar as coisas; quem sabe Rachel havia despertado essa capacidade nela. Eu estava louca para conversar com uma adulta, em voz alta.

Era o magricela ruivo com o crachá do Ralphs: DARREN. O empacotador.

— A Clee tá em casa?

Jack tentou arrancar o crachá.

— Não. Ela não mora mais aqui.

— Sério?

Ele espiou a casa. Dei um passo para o lado para que ele tivesse uma vista melhor.

— Só tem eu e ele aqui.

Ele olhou para Jack e para mim, passou os dedos em cima dos cumes esbranquiçados das dezenas de espinhas que constelavam seu queixo e as bochechas rosadas. Quatro de Julho. Ele foi a primeira pessoa que fez Jack sorrir.

— Tá bom — disse ele. — Tchau, Jack, tchau, mamãe do Jack.

Ele se escafedeu da varanda e cruzou com a TV no meio-fio. Fiquei observando enquanto ele corria o quarteirão abaixo. Mamãe do Jack. Ninguém havia me chamado assim até então. Mas do ponto de vista de Jack, ninguém era mais sua mãe do que eu. Olhei para sua mãozinha confiante enrolada em meu braço. Nada de mais ser a mãe de alguém, mas de repente perdi o ar, como se tivesse acabado de chegar no topo de uma montanha alta. Maternidade. Ele se sacudiu; entrei em casa e dei uma espátula de plástico para ele. Ele bateu a espátula no balcão da cozinha, plec, plec, plec. Fiquei ali equilibrando seu corpo quente, observando seu rosto compenetrado. Ele estava tão corado, precisava usar mais protetor solar. Plec, plec. Também precisava de mais tempo de leitura — eu lia para ele, mas não toda noite. E no passado nós passávamos só umas horinhas com ele na UTI Neonatal. Muito pouco. Para nós havia sido suficiente, mas agora essa lembrança me assombrava. Ele passava vinte horas por dia sozinho. Outros crimes imperdoáveis estavam prestes a acontecer — coisas que, em retrospecto, se tornariam meus grandes arrependimentos. Eu sempre estaria correndo atrás desse amor. Que horror. Jack jogou a espátula no chão e reclamou. Eu abaixei para pegar, plec, plec. Ele riu, eu ri. Que horror. Dei um beijo nele e ele retribuiu o beijo com a boca aberta e toda babada. Que horror.

— Esse é o meu garoto — disse. — Meu e meu. Te amo tanto. Isso aqui só pode acabar em desgosto e eu nunca vou superar.

— Ba-ba-ba-ba — disse ele.

— Exatamente. Ba-ba-ba-ba.

Dois dias depois Darren deu um pinote e caiu no primeiro degrau da escada da minha varanda, como se ele fosse um atleta alongando a panturrilha.

— Pensei em deixar meu número, vai que ela aparece.

Perguntei se ele queria entrar, eu precisava terminar de dar o almoço de Jack.

— Você tentou ligar pra ela?

— Tranquilo — disparou ele.

Ele havia tentado ligar para Clee muitas vezes. Fiquei pensando se deveria falar de Rachel.

— Você tá precisando de uma TV? — perguntei, apontando o meio-fio. — Os lixeiros não vão levar.

— Eu tenho uma de tela plana. Você devia comprar uma também.

— Primeiro tenho que doar essa daí pra Legião da Boa Vontade.

Ele franziu o rosto.

— Eu levo pra você.

— Sério?

— Claro — respondeu ele, acenando para Jack e seus gestos deram a entender que eu era péssima, como se a Legião da Boa Vontade fosse uma casa de caridade sem reputação.

Ele ficou na cozinha com Jack enquanto eu juntava mais coisas para ele levar.

— Gu-gu-gu — disse Darren, com cara de bobo. — Dá-dá-dá.

No dia seguinte ele trouxe o recibo da Legião da Boa Vontade dentro de um envelopinho.

— Pra descontar no imposto. Essa doação é dedutível.

Ele encostou no batente da porta. Eu o convidei para entrar. Na verdade, explicou ele, enquanto eu lavava a louça, ele tinha ficado com pena de mim e de Jack.

— Vocês dois sozinhos assim. Se você quiser, eu posso te dar uma força. Tranquilo pra mim.

— Que generoso de sua parte, Darren. Mas tá tudo certo com a gente.

O dia dele passou a ser as terças-feiras; chegava depois que Rick saía. Ele dobrava caixas e separava para a reciclagem, me ajudava a pegar coisas que ficavam no alto. Ele me contou que eu precisava ver a parte de cima da geladeira da mãe dele — limpa como um prato limpo.

— Dá até pra jantar em cima dela. Taí, uma boa ideia... essa noite vou comer em cima da geladeira. Vou colocar meu macarrão lá e mandar ver.

Enquanto instalava minha tela plana de poucas polegadas, me contou uma história longuíssima sobre o carro de seu primo. Ele parecia bem pouco preocupado se estava sendo maçante para mim; ele simplesmente falava sem parar, inclusive desprovido de qualquer habilidade básica para contar histórias de um jeito interessante. Às vezes ficava brincando com o Jack enquanto eu ia ao banheiro ou eu cozinhava para nós. Ele tinha que tomar bastante cuidado porque o bebê ficava fascinado com as espinhas dele. Uma vez sua mãozinha de garra apertou a cabeça branca de uma delas e jorrou sangue e pus para todo lado. Por baixo da acne repousavam ossos bons. Não eram excelentes, mas bons, perfeitos e úteis. Grandes também.

Lembrei exatamente o lugar onde Ruth-Anne havia guardado o cartão: na gaveta do meio da mesa da recepção. Caso ela estivesse atendendo um paciente, eu podia escamoteá-lo com facilidade. Jack olhou para si mesmo no teto espelhado do elevador, empurrando a cabeça para fora do sling. Meu coração disparava enquanto caminhávamos por aquele corredor tão familiar. Eu ia dizer assim: *Ruth-Anne, podemos deixar o passado pra trás?* Era melhor que não fosse uma pergunta. *Ruth-Anne, o passado ficou pra trás.* Ótimo. Quem poderia argumentar?

Abri a porta. Não havia ninguém na mesa da recepção. Fui direto na gaveta do meio; não foi fácil manobrar com Jack no sling e o cartão não estava onde eu suspeitava. De repente me dei conta de que não estava sozinha — uma jovem estava sentada no canto lendo uma revista. Ela sorriu para nós e disse que a recepcionista havia acabado de sair.

— Acho que ela foi ao banheiro. E acho que o doutor Broyard se atrasou.

Assenti em agradecimento e me sentei me fingindo de santa, como se não tivesse acabado de tentar assaltar o lugar. Dr. Broyard. Será que eu havia, inconscientemente, agendado esta visita justo agora que Ruth-Anne não trabalhava mais aqui? Ruth-Anne responderia que sim. Por cima da cabeça de Jack, avistei um quadro novo, a pintura de uma indígena norte-americana tecelã. Talvez fosse uma obra de Helge Thomasson. A tecelã tecia um tapete. Ou desfazia a trama. Talvez estivesse desfazendo o tapete como uma resposta não violenta de resistência. Me perguntei se a recepcionista nova era uma gata. Coitada da Helge.

A jovem folheava lentamente as páginas da *Better Homes and Gardens*. Ela continuava olhando para Jack de uma forma semelhante ao meu comportamento — como se eles compartilhassem uma espécie de entendimento singular. Foi meio asqueroso. Ela abandonou a revista e pegou outra.

Demorou um tempo.

Mas eu a reconheci.

Ela não estava usando a camiseta do jacaré rastafári, mas as lâmpadas fluorescentes realçavam a armação de seus óculos à la John Lennon, e o cabelo, apesar de mais comprido do que o cabelo da foto, era loiro e pegajoso. Quem era ela mesmo — a filha de um amigo? A sobrinha dele?

— É a Kirsten — informei Jack, só para garantir que nem era esse seu nome.

Num supetão ela virou a cabeça. Parecia um milagre, como se fosse uma boneca ou um desenho animado ganhando vida.

— Acho que temos um amigo em comum — disse a ela. — O Phillip, não?

Ela franziu a testa.

— Phill? O Phill Bettelheim?

— Isso, ele mesmo.

Ela contraiu o rosto vagarosamente e me olhou de cima a baixo.

— Você é a... Cheryl?

Confirmei.

Ela olhou para o teto e respirou fundo de um jeito muito dramático.

— Não acredito que enfim conheci você — comentei, sorrindo por educação. — Acho que nós duas viemos parar aqui por causa do Phillip, né. Phill.

— Fui *eu* que apresentei o doutor Broyard pra ele — respondeu. Esfreguei as costas do Jack para que ele soubesse que eu não estava nem aí para essa informação. Ela parecia ser uma jovem muito amarga e grosseira.

— Phil não contou que você tinha um bebê, mas faz tempo que não vejo ele. Pelo menos desde... você sabe — disse, dando um sorrisinho, como se guardasse um segredo macabro.

— Não sei se eu sei.

— ... desde que você disse pra ele — ela fez um tubo com os dedos e enfiou outro dedo no tubo — comigo.

Arregalei os olhos e olhei ao redor para me certificar de que estávamos sozinhas.

— Foi um choque pra mim — disse ela, se aproximando — você ter feito isso. Que mulher diz prum velho transar com uma criança?

Foi como ser acusada de um crime cometido em sonho.

— Me desculpa — sussurrei. — Eu não achei que você existia de fato.

Ou achava que sim. E depois mudei de ideia.

— Pois é — retrucou, esticando os braços —, olha eu aqui.

Foi difícil saber como dar prosseguimento a essa conversa. Com certeza a recepcionista ia voltar a qualquer momento. Kirsten bateu a cabeça de leve na parede algumas vezes.

— Espero que não tenha sido tão ruim — complementei, enfim.

— Nada demais. Ele teve que assistir a uma coisa antes, no celular. Demorou muito tempo.

Eu não fazia ideia do que se tratava, mas assenti como se soubesse.

— Já sei — propôs ela, estalando os dedos —, vou mandar uma foto nossa. Ele vai surtar.

— Será?

Ela esticou o braço e, meio dura, se inclinou na minha direção. Seu cabelo tinha cheiro de cloro. Jack ziguezagueou na frente da lente com a boca babada e tapou nossos rostos.

O flash disparou, a porta se abriu e a recepcionista se sentou em sua mesa. Era Ruth-Anne. Ela ficou petrificada quando me viu, mas durou pouco.

— Pode entrar, Kirsten.

Kirsten passou por mim sem nem olhar para a minha cara.

Estávamos sozinhas.

— Olá, Ruth-Anne — cumprimentei, me levantando para ir até a mesa da recepção.

Ela levantou as sobrancelhas como se não fosse negar nem confirmar que esse era seu nome.

— Vim aqui só pegar aquele cartão. Lembra? Onde você anotou o nome — enunciei, apontando para Jack, e ela piscou, como se tivesse acabado de notá-lo.

— Você quer dizer, um cartão de visita? — apontou para os cartões do doutor Broyard no mostruário de acrílico, bem ao lado dos dela.

— Não, não, o cartão que eu pedi pra você guardar. E você guardou ali — disse, apontando para a gaveta do meio.

— Não sei como te ajudar, mas fique à vontade para pegar quantos cartões de visita quiser.

Nem sinal de sua androginia ossuda. Ela havia se cercado de milhares de detalhes de aspecto feminino. O cabelão estava preso na parte de trás por uma faixa xadrez. Usava uma blusa colada que minimizava seus ombros largos e por aí vai. Parecia que seu corpo inteiro havia se encolhido. Sentada, parecia ser minúscula, uma mulher delicada.

Dr. Broyard apareceu segurando uma pasta de arquivo. Ao olhar para ele, o porte dela mudou; ficou luminosa. Não iluminada pela luz da vida, como se uma fagulha em brasa se acendesse eletricamente por dentro. Ela estendeu a mão para pegar a pasta e ele soltou, quase tocou sem querer nos dedos dela. A pasta flutuou e caiu. Ruth-Anne hesitou e então se abaixou toda desajeitada para pegar a pasta. Quando seu rosto voltou à tona, sorriu com a esperança de que ele tivesse gostado de contemplar a vista traseira, mas ele deu as costas e entrou no consultório. O sorriso dela se escancarou de pesar e, quando avistei seus dentes, avistei também o maxilar que os guardava, também os buracos vazios de seu crânio e o tique-taque de seu esqueleto. Enxerguei o interior de seu cérebro; ele tremia de fixação.

Só o nome dele num papel a fazia perder o prumo. Até mesmo uma palavra como Broyard — raiar, guiar — a fazia entrar numa roda de fantasias extenuantes. Todas as outras coisas de sua vida, incluindo sua prática terapêutica, eram falsas. O feitiço consumia noventa e cinco por cento de sua energia, e ela ficava surpresa que ninguém notava; o filete que restava aos cinco por cento já era suficiente para tal. Ela tinha em cima da mesa uma lista de todas as coisas que a faziam feliz:

> *Música Zydeco*
> *Cachorros*
> *Meu trabalho*
> *Dias chuvosos*
> *Comida tailandesa*
> *Body surf*
> *Meus amigos*

Mas ela não conseguia sentir a quantidade suficiente de tristeza e arrependimento para se libertar. Vivia por aqueles três diazinhos ao ano em que ele a substituía nas consultas e ela era sua subordinada. Por extrema força de vontade, adquirira as características que ele uma vez dissera que gostaria de ver em sua esposa: pequena, feminina, uma elegância ligeiramente conservadora. Ser essa mulher, essa recepcionista, era a única alegria de sua vida. *Alegria* é a palavra errada: era o motor que acionava o feitiço e o feitiço perseverava, a perseverança é tudo que um feitiço deseja.

Ruth-Anne arquivou a pasta. Ao ver suas costas largas me lembrei da minha terapeuta que era tão audaciosa e solícita, mesmo estando em cinco por cento. Eu devia muito a ela.

Demorei um pouco para ter coragem, mas depois de alguns segundos balançando os calcanhares, entrei na vibração do ritmo. Ruth-Anne levantou as sobrancelhas indicando que bastava que eu esticasse as pernas. No começo minha voz estava rouca, sem melodia, mas saiu com força.

> *Will you stay in our Lovers' Story*
> *If you stay you won't be sorry*

Ela olhou para cima, ou o feitiço olhou para cima, bem devagar, com repulsa. O feitiço, que usava uma faixa xadrez na cabeça, fumegava.

Olhou para mim, depois para a porta do dr. Broyard, depois para suas mãos monstruosas e de novo para mim quando levantei a voz:

>*'Cause weeeee believe in youuuu*

Jack gostou; pulava dentro do sling.

>*Soon you'll grow so take a chance*
>*With a couple of Kooks*
>*Hung up on romaaancing*

Eu só sabia o refrão, então voltei para o começo,

>*Will you stay in our Lovers' Story*

Uma coisa esquisita se passava com Ruth-Anne. Não parecia coisa boa. Ela suava; esferas encharcadas ganhavam mais terreno nas laterais de sua blusa. Ela se dissolvia. Se eu estava fazendo a coisa errada, então era o pior que eu podia fazer. Fechei os olhos, abracei Jack e cantei,

>*If you stay you won't be sorry*
>*'Cause weeeee believe in youuuu*

O "in you" soou mais intenso que o resto, plenos pulmões, ressonância. Meus olhos se estreitaram, e pude ver o suor escorrendo em seu rosto, a boca aberta para o céu, como se cantasse para os deuses, implorando que intercedessem no caso e desfizessem o feitiço. Entoamos juntas:

>*Soon you'll grow so take a chance*
>*With a couple of Kooks*
>*Hung up on romaaancing*

Mas os deuses não existem. A única forma de desfazer um feitiço é desfazendo um feitiço. Ela enganchou os polegares nas axilas ensopadas para tentar controlar o som, incorporá-lo. Refizemos a volta para o começo do refrão:

Will you stay in our Lovers' Story
If you stay you won't be sorry

Seus ombros ficavam cada vez mais largos, quase arrebentaram a blusa. A maquiagem derreteu e empoçou nas rugas em volta de seus olhos, o maxilar galopou enquanto ela cantava. Dr. Broyard abriu a porta, ajeitou os óculos e ficou nos observando com um sorriso perplexo — Kirsten espiava atrás dele. Tarde demais, doutor! Tarde demais! O feitiço explodiu em dez milhões de pedacinhos que se dispersaram e jamais poderiam ser reunidos.

Doce ilusão. Ao notar minha expressão triunfante, Ruth-Anne se deu conta da plateia; seu canto cessou de imediato. Por uma fração de segundo, pareceu devastada, os olhos arregalados de decepção. Então, o feitiço foi reincorporado e ela se aconchegou para dentro de si, quase aliviada, eu diria. Se sentou na cadeira e foi para a frente do computador. Fiquei em pé na frente dela, os braços pendurados, o peito arfando, mas ela não tirava os olhos da tela. Enquanto endireitava sua faixa de cabelo, dei as costas para ir embora.

— Senhorita, seu cartão.
— Como?
— O cartão de consulta.

Sem nem piscar ela me entregou o cartão de uma consulta que eu não havia agendado.

Guardei no porta-luvas. Agora que estava sob minha posse eu nem queria ver. É claro que era o Darren. Por que quebrar uma promessa para descobrir algo que eu já sabia? Essa certeza me carregou pelo trajeto da volta para casa. Bem devagar, amamentei Jack com a mamadeira e à uma da tarde o coloquei para cochilar. Mas no momento em que fechei a porta do quartinho, a serenidade foi por água abaixo e foi impossível não correr até o porta-luvas. Trouxe o cartão dentro da mão fechada e me sentei no sofá. Abri os dedos, alisei o cartão e o virei.

Não era o Darren.

Rasguei o cartão em pedacinhos antes de me lembrar de que, tarde demais, rasgar um papel com o nome de alguém é o velho truque para fazer essa pessoa te ligar.

O telefone tocou quase ao mesmo tempo.

— Você não mudou nada — disse ele. — Kirsten parece mais velha, mas você não mudou nada. E o garotinho que está na frente da foto... qual é o nome dele?

— Jack — sussurrei. Me afundei sobre meus joelhos, tombando em cima da almofada.

— Jack. Que gracinha... quantos anos ele tem?

— Dez meses.

Ele tossiu — já tinha essa informação, já tinha feito as contas. Minha testa estava pegando fogo, eu estava em chamas. Oxigênio. Com o travesseiro debaixo do braço, rastejei até a janela que estava aberta, e apontei minha boca para a tela.

— Que bom ouvir sua voz, Cheryl, quanto tempo.

Phillip e Clee.

Como haviam se conhecido? Como foi possível que isso acontecesse? E por que não? Se havia uma jovem, por que não haveria outra?

— Acho que te devo um pedido de desculpas — prosseguiu. — Eu estava vivendo um momento ruim na última vez que nos falamos.

— Não precisa se desculpar — me engasguei. Nem me lembrava do que estávamos falando.

— Não — disse ele —, eu *quero* me desculpar. Devia ter te ligado quando soube que ela... mas é claro que eu não tinha certeza. Mas aí quando vi a foto dele...

Sua voz embargou. Inspirei fungando, e ele suspirou com um soluço de alívio, como se minhas lágrimas autorizassem as dele. Phillip não podia abrir mais um de seus berreiros agora; esperava que ele soubesse que não seria oportuno. Assoei o nariz com violência num pé de meia. Fiquei quieta um tempo. A cortina deu uma lambada no meu rosto.

— Tive uma ideia — disse ele, enfim. — Tô indo aí.

* * *

Ficamos nos encarando na porta. Ele parecia muito mais velho; bolsas pesadas debaixo dos olhos. Eu me senti como a esposa que havia esperado em vão o retorno de seu marido da guerra, e agora, vinte anos depois, lá estava ele. Idoso, mas em casa. Ele entrou e olhou à volta.

— Cadê ele?

— Cochilando. Mas daqui a pouco acorda.

Ofereci algo para beber. Limonada? Água?

— Pode ser uma caneca de água quente? — Ele tirou saquinhos de chá do bolso de trás da calça. — Infelizmente não posso te oferecer, é um chá especial que o acupunturista preparou pra mim. É para o pulmão.

Nos sentamos no sofá segurando nossas canecas, sem fazer mais nada. Ele ficou olhando para mim, tentando sacar meu humor ou só tentando se mostrar receptivo. Como se eu quisesse conversar sobre o assunto.

— Por que você saiu do conselho? — perguntei enfim.

Ele se agarrou ao ensejo e enveredou por uma longa descrição de sua saúde precária, depois contou de uma viagem recente à Tailândia, que havia sido importante para ele. Cada palavra que dizia era entediante, mas a melodia de todas elas juntas me embalava. Tentei resistir, mas só o peso dele, em quilos e gramas, era um alívio. Ter sido, desde sempre, a pessoa mais pesada da casa, era muito exaustivo. Dei um gole no chá e me recostei no sofá. Assim que ele fosse embora, eu teria que reaver o peso para os meus ombros, mas esse era um problema para depois.

— É estranho, mas me sinto em casa aqui — disse Phillip. Ele olhou para minha estante e para os porta-copos na mesa de centro como se cada uma dessas coisas guardasse uma lembrança. De canto de olho, percebi que Jack se mexia na babá eletrônica. De supetão desejei prolongar esse instante, ou adiar o instante seguinte, mas um grito agudo e preciso ecoou.

— Vou lá pegar ele — avisei.

— Vou junto.

Ele me seguiu até o quartinho, respirando no meu pescoço. Será que haveria uma semelhança inconfundível?

— Bom dia, flor do dia — encorajei. Não havia traços comuns entre eles dois, mas uma certa semelhança, sim; ela estava nos bastidores, logo daria as caras. Pus Jack no trocador. Cocô pra todo lado, demandava muitos lencinhos. Phillip, de canto, observava tudo.

— Você tem uma ligação muito forte com ele, né?

— Tenho sim.

— É lindo de ver. A idade nem conta, né?

O ânus de Jack estava avermelhado. Passei uma pomada.

— Vocês são homem e mulher — meditou Phillip —, como qualquer outro casal.

Parecia que eu trocava a fralda em câmera lenta; não conseguia grudar as abas, abriam toda hora.

— Eu tô mais pra mãe dele.

— Certo — concordou Phillip, mas deu de ombros. — Eu não sabia como você estava nomeando as coisas.

A calça também não estava subindo; as duas pernas iam para o mesmo buraco. Phillip espiou a batalha por cima do meu ombro.

— Ouvi dizer que houve alguns... percalços. Né? No começo?

— Nada demais. Ele está bem.

— Que alívio ouvir isso! Então ele vai poder correr, praticar esportes normalmente? — ele assentia que sim, então concordei.

No momento em que tirei o cinto do trocador, Phillip pegou Jack; pegou por debaixo da minha mão e elevou-o para o teto fazendo um barulho de avião. Jack gritou e não foi de alegria. Phillip tossiu e logo o trouxe para baixo.

— Mais pesado do que parece.

Quando já estava seguro no meu colo, Jack olhou para aquele velho barbudo.

— Esse é o Phillip — ensinei.

Phillip estendeu o braço, apertou a mão macia de Jack e balançou seu braço de macarrão.

— Oi, carinha. Sou um velho amigo dos seus avós.

Demorei para entender a quem ele se referia.

— Não sei se eles se autointitulam assim.

— Compreensível. A última notícia que eu tive foi que ela ia dar Jack para adoção. E que ninguém sabia quem era o pai.

Havia uma pergunta escondida em sua voz — ele tinha noventa e oito por cento de certeza mas não tinha cem. Ela poderia ter sapecado muito por aí.

— O plano inicial era esse — comentei.

— Parece que ela sapecava muito por aí.

Não comentei essa insinuação.

Ficamos sentados no quintal enquanto Jack comia banana amassada. Phillip se deitou de costas na grama para inalar o ar cálido e dizia *Ah, ah*. Jack experimentou colocar uma pedra na boca; eu tirei. Fomos para a sombra; descrevi os planos que eu tinha de instalar uma pérgula para nos proteger do sol.

— Sei de uma pessoa ótima pro serviço — disse Phillip. — Vou mandar ele aqui semana que vem. Segunda é bom?

Eu ri, e ele:

— Ela ri! Eu provoquei uma risada!

Tentei franzir a testa.

— Se você não gostar, pode falar pra ele assim: "Não sei o que você veio fazer aqui, o Phillip é doido."

— O Phillip é doido.

— Isso aí.

Eu achava que ele ia embora, mas ele não ia nunca. Ficou brincando com Jack na sala enquanto eu fazia o jantar. Eu me locomovia em silêncio para tentar ouvir os movimentos deles, mas estavam muito silenciosos. Quando resolvi espiar, Jack estava mastigando um hambúrguer de borracha, e Phillip estava sentado a alguns metros dele, os joelhos bizarramente angulosos. Ele fez um joinha para mim.

— O jantar tá pronto, mas tenho que pôr Jack pra dormir.

Dei um purezinho para Jack, um banho e a mamadeira.

Phillip observava enquanto eu cantava uma cantiga de ninar e acomodava Jack em seu berço. Sorrimos para o bebê, depois trocamos sorrisos e então desviamos o olhar.

Me desculpei pelo jantar.

— Um jantar de sobras.

— Essa é a parte que eu mais gosto. A comida do dia a dia. As pessoas se alimentam assim! E por que não?

Depois do jantar assistimos *60 Minutes* na TV nova de tela plana.

— Esse é o único programa de verdade ainda no ar — disse ele, abraçando o encosto do sofá e roçando nos meus ombros. Tentei não me abalar e me concentrar no programa. O tema era: táticas de motim contra gangues. Na hora do comercial, Phillip colocou a TV no mudo. Assistimos à mulher lavar seu cabelo em silêncio.

— Olha só pra nós — disse ele. — Somos um casal antigo — deu um tapinha no meu ombro. — Eu pensei nisso no caminho pra cá, em todas as vidas que compartilhamos — ele me olhou de canto. — Você ainda nos vê dessa forma?

— Acho que sim — respondi. Mas eu estava pensando em Clee. Primeiro fui sua inimiga, em seguida sua mãe e depois sua namorada. Três vidas nessa mesma casa. Ele tirou a TV do mudo. Policiais batendo de porta em porta para se infiltrar na comunidade. No intervalo comercial seguinte ele contou mais detalhes sobre seu problema de pulmão; eles estavam endurecendo. Fibrose pulmonar, o nome.

— Quando a saúde começa a se deteriorar, esse tipo de coisa faz toda diferença.

— Que tipo de coisa?

— Essa, ora — disse ele, acenando para mim e para a sala de estar. — Segurança. Amigos em quem podemos confiar, amizades de longo prazo.

Eu fiquei em silêncio, e ele olhou para mim, nervoso.

— Estou colocando o carro na frente dos bois, né?

Olhei para minhas coxas; impossível conseguir pensar com ele bem ali, do meu lado.

— É claro que você pode contar comigo — respondi. E senti alívio; era difícil ficar brava com ele. Ele pegou minha mão e a apertou bem rápido, de três jeitos diferentes, como se fizesse parte de uma gangue. Havíamos acabado de assistir a dois homens fazendo a mesma coisa na TV.

— Eu sei que sim. Não quero apontar o dedo nem citar nomes, mas você sabe que os jovens têm valores diferentes da nossa geração.

Abri a boca para lembrá-lo de que eu tinha só quarenta e três anos, mas me lembrei de que já tinha quarenta e quatro. Estava a um passo dos quarenta e cinco. Velha demais para fazer questão de alguns anos.

Depois que acabou o *60 Minutes* ele foi até o carro e pegou sua escova elétrica.

— Essa aqui eu deixo no carro.

Ele não tinha cegueira noturna, mas era cada vez menos confortável dirigir à noite.

— Isso é uma imposição? — perguntou, da varanda, tirando os sapatos.

— Não, não, não é uma imposição.

Escovamos os dentes lado a lado. Ele cuspiu, eu cuspi, ele cuspiu. Ligou o carregador da escova na tomada em cima da pia; notei uma gosma marrom calcificada nos sulcos e nas pontas das cerdas.

— Não se preocupe — disse ele —, vou comprar uma pra você.

Demorei muito tempo secando as mãos enquanto ele fazia xixi sentado, bem alto.

Tranquilo se ele dormisse só de cueca boxer? Claro. Vesti minha camisola dentro do closet, pensando em qual de nós dois dormiria no sofá. Quando saí ele estava deitado na minha cama. Deu um tapinha no espaço vazio a seu lado. Por um breve momento, borboletas no meu estômago, então lembrei que éramos um casal antigo. Havíamos passado por todas essas coisas e agora os pulmões dele estavam endurecendo. Peguei um copo d'água para cada um na cozinha e os coloquei nas mesas de cabeceira.

— Será que já transamos pra tirar isso da frente? — perguntou ele.
— Quê?

— Ué, um homem e uma mulher... dormindo juntos. Não quero que vire um problema.

Meu coração disparou. Eu não tinha imaginado nada disso, mas talvez houvesse algo de belo nisso tudo. Ou honesto. Ou, em todo caso, nós íamos transar.

— Tá bom — respondi.

— Você não parece muito animada.

— Tô muito animada!

— Perfeito. Peraí.

Ele correu até a sala de estar e voltou com o celular e um tubinho de lubrificante; apoiou o telefone nos frascos das minhas vitaminas. Eu não estava conseguindo controlar minha respiração e meu maxilar batia de nervoso. Phillip olhou para a minha camisola florida e coçou a barba algumas vezes. Então bateu palmas.

— Tá. Negócio é o seguinte, se você quiser me assistir tudo bem, mas não é necessário... não vai mudar nada pra mim. Eu só preciso que você se deite de costas e fique a postos para quando eu disser *agora* — ele me entregou um dos travesseiros. — Se você puder colocar debaixo do quadril é perfeito — ele encheu a boca de ar e exalou. — Certo?

— Certo — respondi, alvoroçada. Senti vergonha por ele, mas ele não parecia envergonhado. Deu play no celular. Pipocaram gritos e grunhidos, mas ele correu para cortar o som e curvou o corpo. A cama tremeu, tudo estava em silêncio. Era a isso que Kirsten se referia quando mencionou que ele precisava olhar muito tempo para o celular. Quanto tempo é muito tempo? Discretamente subi a camisola para a altura do quadril. O travesseiro já estava embaixo de mim para quando ele dissesse *agora*. Pensei se acariciava as costas dele. Suas costas eram cheias de buraquinhos, alguns pelos brancos e sardas e vermelhões. Pus a palma da minha mão entre suas omoplatas; ele tremeu. Tirei. Minutos depois ele pegou o telefone, rolou a tela, apertou e configurou tudo mais uma vez. Olhei para a babá eletrônica; Jack dormia pleno e esparramado com os braços em cima da cabeça. Será que ia ser mais difícil ou mais fácil dormir depois disso? Talvez eu tivesse que tomar discretamente um dos meus calmantes homeopáticos. Fechei os olhos para sentir o quão perto eu estava de dormir.

— Agora.

Arregalei os olhos; rapidamente abri as pernas, ajeitei o travesseiro, e ele começou a se preparar, em cima de mim, seu pênis vermelho e lustroso de lubrificante com cheiro de rosas. Ele me espetou com o pau algumas vezes antes de achar o buraco. Começou a meter muito rápido, pra dentro e pra fora, então diminuiu o ritmo. Senti uma dorzinha, mas a queimação logo passou. Ele inspirava e expirava, respirações longas e calculadas.

— Vamo nessa — disse ele, um minuto depois. Ele se inclinou para encostar seus lábios grossos nos meus. A barba atrapalhou um pouco. Ele fez uma pausa e tirou os pelos eriçados da boca. Nossos dentes bateram.

— Lembrei daquela cantiga do galo velho e da galinha velha — sussurrou ele, enfiando o pau. — Como era mesmo?

— Não sei — respondi, limpando a boca.

— *Cocorococóóóó e eles bateram o bico*... era algo assim. Quer ficar em cima?

Os olhos dele estavam nos meus peitos. Talvez fosse melhor se eles estivessem pendurados, não empoçados. Sacudi a cabeça com um não. Eu não conseguiria pensar no meu lance naquela posição.

Apertei as pernas e fechei os olhos. Deveria ter sido fácil, mas precisou muita concentração para imaginar que ele estava em cima de mim. Tive que apagá-lo dali e então reconstruí-lo, mirando em seu peso imaginário, não em seu peso real. Como sempre, ele me encorajou; várias vezes me disse para pensar no meu lance. Eu estava chegando na exaustação completa quando o verdadeiro Phillip entrou na cena.

— Abre os olhos.

Para satisfazê-lo, espreitei por meio segundo e notei que sua boca se enrugava num anel, bem apertada; ele forçava a entrada do ar para dentro e para fora. Fechei os olhos bem rápido.

Já tinha virado uma mistureba; desisti do meu lance e tentei imaginar que o pênis que estava dentro de mim era minha própria versão do pau de Phillip e quem estava metendo era eu, mas em Clee. Assim que tomei o controle, a cena ficou muito real. Parecia lembrança.

— Onde você conheceu ela? — perguntei, ofegante.

— Quem? — ele deu uma pausa nos esforços, então continuou. — Ah, num consultório médico. Na sala de espera.
— No doutor Broyard.
— Isso. No Jens.
Ela está lendo uma revista e ele se senta ao seu lado. Conta curiosidades sobre a esposa do médico, que ela é uma pintora famosa etc. Ele não a reconhece até que pergunta seu nome.
— Clee.
Ele sorri, ligando os pontos, enquanto a olha de cima a baixo. Quais eram as chances de se encontrarem assim? Muitas. Nessa sala de espera em questão são muito mais numerosas do que a média. Foi por isso que a encaminhei pra lá. Ele diz que talvez conheça os pais dela.
— Você está hospedada na casa da Cheryl Glickman, né? Que trabalha na empresa deles?
Ela estremece ao ouvir meu nome. Sou a mulher que acabou de lhe contar que seus pés fedem; ainda consigo ver o sorrisão dela e o efeito dessa informação. Ela *me* queria e eu lhe dei uma indicação médica. Sua perna começa a tremer de raiva; Phillip põe o mãozão em sua perna. Ela olha para sua barba grisalha, para os tufos de sua sobrancelha.
— Qual é mesmo seu nome?
Atrás da mesa da recepção, Ruth-Anne já sabe o que vai acontecer em seguida. O espermatozoide entra no útero, fertiliza o óvulo, o zigoto, a blástula e por aí vai. A consciência de Jack começa a se formar nesse dia.
Eu não o concebi, mas fiz tudo o que era necessário para sua concepção.
Porque você era tudo que eu mais queria.
Olhando para a babá eletrônica, fiquei besta com a teia de pessoas que possibilitaram sua existência, lágrimas de orgulho brotaram nos meus olhos. Meu filho.
— Tá tudo bem?
Fiz que sim com a cabeça, escondendo a alegria debaixo da pele do rosto. Phillip saiu de dentro de mim e se afastou.
— Beleza — resfolegou. — Eu não consigo mais gozar. E talvez seja mais seguro eu nem tentar... que situação, né? — Ele esfregou

minhas coxas suadas. — Quero que você saiba que eu não tenho medo disso, mas... — ele engoliu em seco. — Não, é mentira. Eu tenho muito medo. Mas não tenho medo de ter medo.

Fiz que sim com a cabeça. Do que estávamos falando? Jack rolou para o lado e voltou para trás.

— Fiquei cismado com isso o tempo todo, desde que eu era jovem... para que não acontecesse do nada. Quero saber quando chegar a hora. Quero acolher sua chegada.

Estávamos falando da morte.

— *Oiê* — direi. — *Chega mais. Mas me deixa catar minhas coisas antes*. Mas nem vou catar nada, vou abrir mão de tudo. Adeus casa, adeus dinheiro, adeus homem admirável e maravilhoso. Adeus, Cheryl.

— Adeus.

— E aí digamos que vou sair pela porta.

Enxerguei a porta, a porta que vou trancar depois que ele sair. O quarto estava frio, parecia uma catacumba. Agora Jack estava deitado de barriga para baixo.

— Meu testamento já está pronto, tenho um plano funerário, tudo certo, mas se você não se importa...

Do nada, Jack berrou; o som saltou do monitor e esburacou a noite.

— ... se você não se importa — Phillip aumentou o tom de voz para desviar dos berros. — Eu queria te contar os detalhes. Já ouviu falar do EcoPods? Eu queria ser enterrado num EcoPod.

— Eu preciso... — apontei para o monitor. Phillip levantou o dedo.

— Eles são proibidos, mas se você...

Jack soluçava; usei os joelhos para me levantar. Phillip olhou para mim, franziu as sobrancelhas.

— Você é a segunda pessoa que sabe disso.

O bebê chorava, descrente. Toda vez que ele chorava, eu o socorria. Pulei da cama e saí correndo do quarto.

Era um dente que crescia. A mamadeira não serviu de consolo, então passeei com ele pela casa. Foi o mesmo que nada, então coloquei o sling por cima da camisola e o amarrei em mim. Coloquei uma jaqueta e fui para a varanda. Meus sapatos estavam lá, me aguardando.

O céu parecia se abrir enquanto caminhávamos. Mas o amanhecer ainda demoraria algumas horas; ou era culpa da lua ou eram meus olhos se adaptando. Em vez de andar em grandes círculos, como eu costumava fazer, descobrimos novas terras, quarteirão a quarteirão. Na segunda, o homem ia providenciar a pérgula. Phillip e eu já teríamos parzinhos de escovas elétricas. O lance dele com o telefone e as coisas que dizia *agora* em breve seriam corriqueiras. Assim como assistir ao *60 Minutes*. Jack olhou para cima, de repente estava calmo, seus olhos, um par de luzes cintilantes.

— Avião — esfreguei suas costas. — Um dia você vai andar de avião.

O avião sumiu da vista. O mundo parecia cálido e ocluso, como se estivéssemos seguros dentro de um salão. Ele esticou o pescoço para um lado e para o outro. Cocei sua cabeça.

— Todos os outros bebês do mundo estão dormindo — sussurrei.

Minhas pernas estavam ávidas por movimento, por pouco quicavam a cada passo. Eu poderia caminhar para sempre. Nos meus braços, a única coisa que era importante para mim, uma mamadeira cheia num dos bolsos e minha carteira no outro. Nada mais nos faltava. Que distância ainda poderia caminhar? Alcançaria aquela cordilheira ao longe? Eu nunca tinha notado a altura daqueles picos; pareciam ter acabado de atingir essa altura, iluminados pela cidade. Caminhei por uma hora sem pensar em nada, Jack dormindo pesado no meu peito. A maioria das coisas na escuridão total ou iluminadas pela luz de uma televisão. Um homem desligou o irrigador de grama. De resto, gatos, gatos por toda parte. As montanhas continuavam do mesmo tamanho, por horas, como se eu as empurrasse para frente a cada passo. Então, de repente, estavam a meus pés; virei o sopé de uma delas. Será que deveria escalá-la? Não conseguia mais ver seu cume; recuei, a mão no bumbum quente de Jack. De perto não dava para ver nada. Dei as costas e voltei para casa.

* * *

Às cinco da manhã, Phillip se revirou na cama. Ele se assustou quando me viu vestida, penteando o cabelo.

— Eu não sabia se você tomava cafeína. Fiz um chá Oolong — comentei.

Sua cabeça titubeou em direção à caneca fumegante sobre a mesinha de cabeceira. Suas roupas dobradas com esmero ao lado da cama, a escova elétrica em cima. Eu havia enrolado o fio em formato de bolinha. Ele demorou para absorver tantos detalhes. Então se levantou devagar e começou a se vestir no escuro. Fiquei encostada na parede do outro lado do quarto, observando e tomando meu chá.

— Imagino que o clima da Tailândia seja ótimo para os pulmões. Será que você devia morar lá?

— Talvez, não sei. Tenho muitas opções.

— Foi só uma ideia.

Ele abotoou a camisa e a enfiou para dentro da calça, calçou as meias pretas.

— Seus sapatos estão na varanda.

— Beleza.

Fomos até a sala, nossas canecas da noite anterior estavam na mesa de centro, no escuro.

— Ele está dormindo pesado, mas se você quiser dar uma olhadinha... — Estendi o monitor. Phillip segurou o monitor, mas hesitou antes de olhar para a tela.

— Você acha ele arisco? — perguntou.

— Jack? Arisco?

— Posso ter interpretado mal. Achei que ele não foi muito receptivo — disse, escrutinando aquele corpo adormecido. Então endireitou a postura e me entregou o monitor.

— Duvido que seja meu filho. Sabe como eu sei? Ele não me comove — ele cutucou o peito com os dedos em riste; ouvi um som oco.

De pé, na porta, o observei calçando os sapatos; ele me deu um tchauzinho da varanda e cambaleou escada abaixo. Fechei a porta, bem devagar, e me deitei no sofá. Melhor tentar dormir um pouco antes que o dia comece.

EPÍLOGO

O voo que vinha da China estava cheio de famílias e o desembarque foi muito demorado. Na alfândega uma fila sem fim, e o adolescente que estava na frente deles não conseguia encontrar seu passaporte. Enfim, começaram a seguir pelo longo corredor para o desembarque. Mães e pais e maridos e esposas muito eufóricos trocando abraços. Enquanto vinham caminhando, ele enxugou o rosto com a mão e ajeitou o cabelo. Ela, nervosa, olhava para ele.

— Estamos atrasados?
— Um pouco, mas tudo bem.
— E se ela me odiar?
— Impossível.
— Como me refiro a ela? Sra. Glickman?
— Cheryl.
— É aquela ali, acenando?
— Onde?
— Lá no fim do corredor. Perto da loira. Tá vendo?
— Ah, sim. Parece mais velha. Clee veio junto, aquela é a Clee.
— Ela está muito feliz de te ver... olha, ela está correndo.
— Pois é.
— É chão até aqui.
— Podíamos ir até o meio do caminho... vamos correr?

— Será? E essa mala... Corre você e vou atrás, que tal?
— Não, deixa pra lá. Melhor ir andando.
— Ai, não fosse essa mala. Eita. Ela vai correr até aqui!
— É.
— Vai lá.
— Será?
— Claro, me dá essa mala aqui. Daqui a pouco tô lá. Vai.

Ele corria na direção dela enquanto ela corria na direção dele e, conforme se aproximavam, começavam a rir. Correndo e rindo e correndo e rindo e correndo e rindo e começou uma música, instrumentos de sopro, um hino aumentando de volume, todas as pessoas chorando ao redor, então os créditos. Aplausos despencando feito chuva.

AGRADECIMENTOS

Agradeço a Melissa Joan Walker, Rachel Khong, Sheila Heti, Jason Carder, Lucy Reynell, Lena Dunham e Margaux Williamson por terem lidos versões deste livro e enviado pareceres tão honestos. Agradeço especialmente a Eli Horowitz, que leu muitas versões e emitiu opiniões de extrema valia para mim. Obrigada, Megan e Mark Ace, pelo apelido Clee, a Khaela Maricich por enviar a música "Kooks", do Bowie, e ao meu pai, Richard Grossinger, por ter autorizado a reprodução de trechos de seu livro *Embryogenesis*. Obrigada, Michele Rabkin, pelas conversas sobre o processo de adoção, e Alok Bhutada por responder às dúvidas sobre aspiração de mecônio. Agradeço a Jessica Graham, Erin Sheehan e Sarah Kramer por cuidarem tão bem do meu filho enquanto eu escrevia este livro. Agradeço à minha agente, Sarah Chalfant, por ter dito "você vai ter o bebê E escrever um romance", além de muitas outras palavras de inspiração e coragem. Agradeço a Nan Graham pelo apoio constante e inabalável, me guiando pelo caminho sinuoso com seus pitacos magistrais. Por fim, obrigada a Mike Mills, a quem dedico este livro. Seu amor, coragem e disposição de se entrelaçar me ajudam a cruzar o dia a dia.

O texto foi composto em Adobe Garamond Pro, corpo 12/15,1.
A impressão se deu sobre papel off-white no
Sistema Cameron da Divisão Gráfica da Distribuição Record.